LEGENDS & LATTES · LEGENDS & LATTES ·

歡迎光臨

傳奇拿鐵咖啡廳

崔維斯·鮑德里
Travis Baldree

朱崇旻一譯

給曾對另一條道路感到好奇的所有人……

請入座

楔子

威芙一劍深深刺入蛛煞的頭顱，怪獸的骨肉應聲碎裂，威芙手裡的黑血巨劍微微嗡鳴。她壯碩的雙臂猛地使力將巨劍抽出來，一併帶出的血肉噴得到處都是。蛛煞女王發出一聲令周遭事物隨之震顫的長長低吟……然後在雷鳴般的巨響中，頹然倒在了岩石地面。

威芙舒了口氣，跪倒在地上。下背那如影隨形的抽痛又發作了，她握緊一隻大手，暫且驅除痛楚。她抹掉臉上的汗水與血汙，低頭盯著已然喪命的女王，陣陣歡呼與吶喊從身後傳來，迴盪在洞窟中。

她湊近了一些。是了，就在那裡，就在怪獸的鼻腔上方。怪獸的頭顱是威芙身寬的兩倍——映入眼簾的，盡是奇形怪狀的牙齒與數不盡的眼睛，下顎碩大而突出——而頭部中央，就是書上說的那道肉縫了。

威芙將手指插入那道縫隙，把肉扳開，只見一道慘淡的金光從縫中灑了出來。她整隻手探進那個囊穴，手掌握住一個多面的有機塊狀物，然後猛力拉扯。纖維撕裂的聲響中，那東西被她扯了出來。

芬奈斯挪近了些，就站在她身後——她都嗅得到他身上的香水味了。「就是這個了嗎？」他問道，語調只帶有微乎其微的興趣。

「沒錯。」威芙呻吟一聲，撐著黑血站起身。她也懶得把那塊石頭清乾淨，就直接塞進側背袋其中一個口袋裡，然後把巨劍往肩頭一靠。

「妳真的只要那個東西就夠了？」芬奈斯瞇起雙眼，抬頭盯著她，那張美麗的長臉透露出了笑意。

他揮手示意洞窟的岩壁，只見一層層硬化的唾液中，埋藏著蛛煞女王積累許久的無數珍寶。馬車、寶箱、馬匹與人類骨骸懸在上方，下方則是數百年來無數落難者遺留下來的閃亮寶物——黃金、白銀、寶石，樣樣俱全。

「沒錯。」威芙重複道。「我們互不相欠了。」

隊伍其餘人也邁步走近，盧恩、泰伍士和嬌小的嘉莉娜，捎來了勝利者疲倦卻又興奮的談笑聲。盧恩梳開了沾上血汙的鬍鬚。嘉莉娜收起匕首。高大而警戒的泰伍士則悄然跟在兩人身後。他們都是很好的夥伴。

威芙別過頭，邁開腳步走向洞窟的出口，迎接洞口透進來的幽暗光線。

「妳去哪啊？」盧恩扯開嗓門，粗啞卻又親切地問道。

「出去。」

「可是……難道妳不——？」嘉莉娜開口說。

她話還沒說完就被另一個人打斷了，應該是芬奈斯吧。

一絲愧疚刺痛了威芙內心。這群人當中，她最喜歡的就是嘉莉娜了，臨走前應該花點時間對同伴解釋清楚的。

但是，反正她都不幹了，何不斷個乾淨呢？她其實也**不想**談這件事，這時候如果再多說什麼，她甚至可能改變心意、放棄自己的計畫。

經過長達二十二年的冒險，威芙已經看夠了血腥、泥濘與莫名其妙的破事。獸人的一生往往充滿力量與暴力，最終則是突如其來的慘死——但她可不打算就此終結一生。

是時候迎來嶄新的人生了。

第一章

晨間寒涼的空氣中，威芙站在高處，俯瞰下方寬闊的谷地。圖恩城一幢幢建築林立在霧氣中，偶有矗立的銅頂尖塔在陽光下閃耀，而從城市中央流過的河川同樣籠罩著一層水霧。

她今早天還未亮就離開營地，一雙長腿三兩下走完了最後幾英里路。黑血沉沉地掛在她後背，蛛煞石安安穩穩地放在外套其中一個內袋裡，彷彿一顆堅硬、萎縮的蘋果。她不時下意識地隔著布料摸摸它，確認還在原處。

威芙肩頭背著塞得滿滿的皮革軟包，裡頭主要是放一些筆記與藍圖、幾塊硬麵餅、一袋碎白金與各種寶石，還有一件奇異的小工具。

她順著道路走入谷地時，霧氣在朝陽下逐漸蒸散，只見一個農人駕著塞滿了苜蓿的拖車，孤零零地從旁經過。

威芙心中湧起一股緊張與狂喜，她已經**好幾年**沒有過這種感覺了，彷彿憋在胸中的戰吼，幾欲脫口而出。她還是頭一次為一件事準備得如此充足，讀了書、問了人，做了調查、比較了利害得失，最後選中圖恩這座城市。當初將清單上其他位址刪去時，她可是胸有成竹，如今，那份信心忽然顯得愚蠢又衝動，但她內心的期盼依然不減。

圖恩城外沒有城牆，土地早已拓展到了最初的界壘之外，不過威芙還是覺得自己逐漸接近了**某種**界線。她已經很久很久沒在同一地點住超過幾夜了，以往每一次都是在完成手邊的任務後立即離去，而現在，她即將在這座此生只踏足兩、三次的城市落地生根。

她停下腳步，警戒地環顧四周，儘管農人早就消失在晨霧之中，她還是擔心道路上有旁人。她從皮革包取出一小片羊皮紙，再次閱讀先前抄下來的文字。

幾近奇術之線，
以蛛煞石靈光，
描繪機運圓環，
招致心之所向。

威芙又小心翼翼將羊皮紙收回包包，改而取出自己一週前從爾文一位奇術學者那裡買來的工具——這是一根道金木。

小木條外表捆著銅絲，銅絲線圈裹住了刻在木材上的符文，木條一端還套著雕成如願骨形狀的一小塊白臘木，如願骨可以在刻了溝槽的木條上自由轉動。威芙握著道金木，感覺手心的溫度被銅絲吸去了。線圈用她幾乎感受不到的力道，微微一抽。

至少，那應該是線圈的抽動吧。之前奇術師在演示時，道金木的拉扯力道顯得強勁許多，但那該不會是騙徒的把戲吧——威芙強行壓下這個念頭。一般而言，只有居無定所的傢伙才敢對獸人行騙，畢竟獸人的身高是普通人兩倍，就連握手握得太大力都可能把別人的腕骨捏斷。

她深深吸一口氣，舉著道金木走進圖恩城。

威芙朝城市中心走去，圖恩城居民甦醒並開啟新一天的聲響此起彼落。城市外圍大多是木製建築，偶爾可以看到幾棟用河岩打了地基的建築物。愈是往城市深處行進，映入眼簾的岩石建築就愈多，城市彷彿隨著年歲漸長而石化了。泥土路化成了岩石路面，市中心的道路更是鋪了鵝卵石；神廟與酒館群聚在一座座廣場邊緣，廣場上則立著人物雕像，可能是早已被遺忘的古代大人物吧。

威芙對道金木的疑慮消失了，它彷彿成了活物，開始出力往某個方向拉——先前短暫的輕微抽動，現在變成了堅定的拉扯。她的調查與研究果然沒有錯，這座城市地下顯然存在錯綜複雜的靈脈，強大的靈力形成了一條條能量脈絡。有些學者認為，靈脈會在人們定居的地點形成；但也有學者認為，因果關係恰恰相反，靈脈就像冬季吸引人靠近的熱源，人們傾向在靈脈附近定居或群聚。在威芙看來，這些理論都不重要，重點是**這裡**存在靈脈。

當然，找出強大的靈脈還只是第一步而已。

小小的白蠟如願骨左右抽動，先是往一個方向拉扯，然後又倒轉方向，像上鉤的魚兒往另一個方位拉。一段時間過後，威芙甚至不必再用眼睛注視，僅僅憑觸覺就能感受到拉扯的方向了，於是她將注意力集中在路過的建築物上。

小工具拉著她走過了幾條主幹道，穿過連接主幹道的幾條蜿蜒小巷，經過打鐵鋪、旅社、市集與客棧。路上少有和她身高相當的行人，她身邊也絲毫不擁擠，這想必就是黑血的功勞了。

威芙穿行在組成一座城市的一層層氣味之間——烤麵包、從睡夢中醒轉的馬匹、潮溼的岩石、熱燙的金屬、花香、陳年屎尿。任何一座城市都聞得到這些氣味，不過圖恩城另外帶有晨間河川的氣味，威芙偶爾往幾幢建築之間一瞥，還能看見磨坊水車的葉片。

威芙任由道金木領著她前行，木條的拉力幾度大幅增強，她便停下來審視附近的建築物——但看了幾眼，她還是失望地離開了。這種時候，木條會抗拒片刻，然後它似乎會放棄那個地點，開始朝新的方向拉扯。

最終，道金木**猛力**一扯，威芙有些恍惚地停下腳步，找到了她需要的東西。

這裡不是大街——也是，不能指望道金木幫她找到那麼好的位址——但距離大街也只有一條路而已。道路兩旁零星立著幾盞煤油路燈，現在燈都熄了，不過夜間走在這條路上，應該不會有突然被誰捅一刀的危險。紅石路兩旁的建築都相當老舊，屋頂卻修繕得很好，只有其中一棟屋子頂著破破爛爛的屋頂，而這就是道金木指向的目的地。

以這種店鋪而言，它的規模小了些，剩下的唯一一個單眼鐵鉤掛著一張破舊的招牌——**帕金馬車行**——浮雕字母上的漆早就剝落乾淨了。有兩扇大大的鐵架木門，門卻大開著，本該在上方的橫梁則斜靠在一面牆上。左側還有另一扇門，尺寸剛好夠獸人使用，但說來好笑，它居然上了道掛鎖。

威芙低頭走進去，環顧四周。日光從屋頂一個破洞透入，六個馬欄中間有一道寬闊的走道，地上散著幾片破碎的陶瓦。一道穩固程度有待商榷的梯子通向頂樓隔間，一樓左手邊還有一間小辦公室，以及後方的貯藏空間。後頭馬槽飄來乾草發霉的酸臭味。塵埃在一束束光線下飄旋，彷彿永遠不會落地。

這地方已經算是完美地滿足她的條件了。

她收起道金木。

回到愈來愈熙攘的街上時，威芙瞥見馬路對面一名骨節突出的老太太，那人正在清掃門前臺階。威芙記得自己剛才來到馬車行前，老太太就已經開始掃地，此時她家門口想必已經一塵不染了，她卻堅決地奮力灑掃，還不時鬼鬼祟祟地偷瞄威芙。

威芙過了馬路。老女人故作驚訝，同時擠出了勉強算得上笑容的表情。

「妳知道這家店的老闆是誰嗎？」威芙指著身後的馬車行問。

女人的身高不到威芙一半，努力抬起了頭才能直視威芙雙眼，思考的同時，臉擠成了一團皺紋，雙眼也消失在了層層皺紋之中。

「那家馬車行啊？」

「沒錯。」

「這——個——嘛。」她若有所思地拖長了語氣，不過威芙看得出，她的記憶並沒有任何一絲問題。「我沒記錯的話，那是老安松的店。那個男人從以前就沒什麼生意頭腦，而且我從他老婆那裡聽說啊，他不但不會做生意，連老公也不怎麼會當呢。」

女人意有所指地抬了抬眉頭，被威芙看在眼裡。「老闆不是帕金？」

「才不是呢。安松那傢伙太摳門啦，把馬車行買下來以後竟然連招牌也不換。」

威芙玩味地微微一笑，露出下排獠牙。「知道我該上哪找他嗎？」

「這就說不準啦，不過我猜，他大概是在經營他唯一成功的事業吧。」老女人舉起空著的那隻手，作勢將大酒杯舉到嘴邊，一飲而盡。「妳要是真的想找他，就去瘦骨巷那幾家店碰碰運氣吧。往那邊走個六條街。」她指向南方。

「大清早也在那邊？」

「我告訴妳啊，**這事**他可是一點也不馬虎的。」

「謝了，小姐。」威芙說。

「啊呀，妳叫我**小姐**啊！」女人嘎嘎大笑。「叫我雷妮就好啦。妳是打算當我的新鄰居嗎，這位……？」她做了個「請吧」的手勢。

「威芙。」

「威芙啊。」雷妮點點頭。

「新鄰居就說不定了，得看他是不是真如妳所說，沒什麼生意頭腦。」

威芙朝瘦骨巷的方向邁開腳步時，老太太的笑聲仍不絕於耳。

雷妮對那位安松的評價再怎麼低，威芙也不真的指望在這個時間找到他。她打算隨便找一間有在營業的酒館，進去問問安松平時都上哪喝酒，等到稍晚再去尋他。

沒想到，她只進三家酒館打聽，就找到他本人了。聽完威芙的詢問後，酒保上下打量她，意有所指地對著她背上的劍鞘與黑血揚了揚眉。

「我不是來找麻煩，談談生意而已。」她鎮定地說道，儘量擺出較不具威脅的姿態。

酒保似乎相信她不是來尋釁的了，他朝酒館一角歪了歪拇指，然後又回去擦拭吧檯了，把髒汙塗抹成更新奇的花樣。

威芙走近角落那張桌子，感覺自己彷彿步入森林裡某隻老邁野獸的巢穴……也許是獾吧。這不是危險的預感，而是眼前的人在這地方待得太久，整個角落都染上了他的氣味，基本上成了他的地盤。

他就連外貌也有幾分像獾，胸前垂著糾結、油膩的黑白條紋大鬍子。他的身寬差不多與身高相等，身體幾乎占據了牆壁與桌子之間的空間，以致他深呼吸時，胸腹頂得兩隻桌腳離了地。

「你是安松？」威芙問。

安松點點頭。

「介意我坐下嗎？」還沒等他正式回應，威芙就逕自坐了下來，黑血靠著椅背斜立在地上。老實說，她還真不習慣徵詢別人的意見。

安松垂著水腫的眼皮，默默盯著她，他那眼神稱不上敵視，倒像是暗自警戒著。他面前擺著一個幾乎全空的大酒杯，威芙和酒保對上眼，朝酒杯打了個手勢，安松頓時眼神一亮。

「多謝啦。」他喃喃說道。

「聽說紅石路上那家舊馬車行是你開的，對嗎？」威芙問道。

安松沒有否認。

「我有意買下來。」她又說。「我猜你應該有意售出。」

安松似乎吃了一驚，但詫異的神情瞬間就消失了，他的目光也變得銳利許多。即使這傢伙沒有生意頭腦，威芙也看得出，他一定很擅長討價還價。

「也許吧。」他語音低沉地說。「不過那可是黃金地段，黃金地段啊！之前也有人出價要買，可是多數人都只看到它現在的樣子，沒真正了解那個**地點**的價值。所以說啊，他們出價都太低了。」

這時，酒保幫他換上新的一大杯酒，安松明顯愈說愈起勁了。

「是啊，好多人都開了很低的價碼，我面子都快掛不住了。醜話說在前頭，我知道那塊地的價值，我只願意賣給認真看待這筆買賣的生意人。呃……或是**女**生意人。」他改口說道。

威芙想到雷妮，露出了玩味的笑容與獠牙。「這樣啊，安松。世界上並不只有一種生意。」她深切意識到黑血就靠在自己的椅背上，她若是重操舊業，今天的談判想必會輕鬆不少。「但我可以向你保證，無論我從事什麼生意，都做得非常認真。」

她從皮革包裡取出那袋碎白金，在手裡掂了掂，接著拿出一小塊白金，捏在拇指與食指之間細細檢視，碎金屬反射出亮光。這種地方應該少有人將白金當貨幣使用，她得盡快找機會把手裡的白金兌換成面額較小的貨幣，不過她當初準備這一袋，就是為了這種時刻。

安松眼睛都直了。「喔，呃，很認真。是啊！真的很認真！」他喝了一大口啤酒，掩飾自己的驚奇。

狡猾的老狐狸。威芙暗想，同時忍住了一聲冷笑。

「既然我們都是認真的生意人，那我就開門見山，不浪費你的時間。」威芙一隻手肘撐著桌子，另一隻手將八塊白金推到安松面前。「這大概值八十枚金幣，應該等同那塊地皮的價值。你想必和我意見一致，知道修繕那棟屋子是要虧本的。至於另一位……**女生意人**特地打聽到你的行蹤、拿現金跟你買下那件房地產的機率，恐怕是微乎其微。」

她定定注視著他。

安松的酒杯仍舉在嘴邊，他卻沒有吞嚥。

威芙收回碎白金。他連忙伸出手，在碰到威芙那隻大手之前頓在了空中。她揚起眉頭。

「看得出妳很有眼光啊。」安松雙眼眨得飛快。

「的確。如果你今早願意撥冗把地契帶過來，把所有權轉讓給我，我就在這裡等著，但我只等到正午。」

這隻老獾，動起來比她想像中迅捷呢。

威芙在地契上簽字畫押，將鑰匙收進口袋；而與此同時，安松撈起白金塊收進錢袋，似乎在交易完成後鬆了口氣。「那個……妳不像是會想開馬車行的人啊。」他大著膽子說。

一般人都知道，馬對獸人很是反感。

「我的確不是。我要開的是咖啡店。」

安松一臉納悶。「那為什麼要買馬廄啊？」

威芙沉默片刻，然後定睛注視著他。「無論一件東西最開始是什麼，它都不必永遠維持原樣。」

她將地契摺好，收進皮革包。

威芙起身離去時，身後傳來安松的呼喊：「那個，喂！八級地獄的，『咖啡』是什麼鬼啊？」

威芙又去三處辦了事，這才回到馬車行。

商站的交易所幫她兌換了一些銅幣、銀幣與金幣，之後她出發前往河川北岸那間小奇術學院的藏書閣。她想先記住藏書閣所在的地點，以免之後有查資料的需求。

更重要的是，多數大城市的藏書閣與圖書館之間會透過地域郵政書信往來，服務十分可靠。威芙先前遠遠望見了幾座銅頂尖塔，很快就找到了藏書閣。

她在書架之間一張大桌旁坐了下來，用自己帶來的幾張羊皮紙寫了兩封信。紙張、塵埃與時光的氣味飄在空氣中，勾起了不久前在類似的場所讀書的回憶。

她花了一輩子鍛鍊肌肉與反射動作，經過千錘百鍊後就連心志也變得無比剛毅，結果她居然放棄了那一切，轉而開始閱讀、規畫與記錄細節。她一面寫信，一面露出無奈的微笑。

威芙蓋下蠟印時，郵務櫃檯後的地精不住直勾勾地盯著她。見到獸人光顧此處，女地精震驚得連話也聽不清了，只能請威芙重複念一次收件地址。

「我在找鎖匠，妳知道誰風評好嗎？」

地精又目瞪口呆地愣了片刻，這才回過神來，翻了翻櫃檯後一本工商名錄。「馬可夫鎖匠。」她答道。「石匠巷八百二十七號。」

她草草幫威芙指了路。

威芙道謝，然後動身離開。

馬可夫鎖匠果然就在地精所說的位址。錢袋減輕了一枚銀幣與三枚銅幣的重量後，威芙用一隻強而有力的手臂夾著又大又重的保險箱，離開了鎖匠鋪。

回到帕金馬車行時，夕陽已然西斜。威芙開了辦公室的門鎖，將馬廄大門上了門，然後把保險箱搬到辦公室那個L形長桌後方。她將地契與錢財放進去，上鎖，鑰匙繫了條繩子掛在胸前。

威芙用雙腳和指尖摸索了一陣，在馬欄之間的主要走道上找到一塊鬆脫的石板，接著猛然施力撬起石板，挪到一旁。她在下方土壤中挖了個洞，小心翼翼放入蛛煞石，用土掩埋後又將石板歸位。她拿一支不停掉屑的硬掃帚掃了掃附近的石板地，掩蓋自己動過手腳的痕跡。

她盯著地面半晌，滿腔希望都集中在了那裡，集中在那顆如祕密之心般埋藏在帕金馬車行地下的小石頭上。

不對，不再是馬車行。

這是威芙的店了。

她環顧周遭。這是**她**的住所了，不是暫時休憩的站點，也不是攤開鋪蓋胡亂睡一晚的地方。

這是她的住所了。

晚間清冽的空氣從屋頂破洞飛旋進來，所以今晚應該還會與過去在星空下露宿的感覺無異。

威芙抬頭望向頂樓隔間，以及通往隔間的梯子。她用一隻腳試了試接近地面的一根橫桿，木桿立刻如輕木般粉碎了一地。她嗤笑一聲，從背上解下黑血，雙手將巨劍拋上頂樓，結果驚飛了一群鴿子，鳥群從屋頂破洞逃了出去。威芙又凝視巨劍所在的方向片刻，這才在其中一個馬欄裡鋪開鋪蓋。今晚是不可能生營火了，屋裡也沒有提燈，不過沒關係。

逐漸黯淡的暮光下，她審視著馬廄內部，將舊時的馬蘋果、陳年塵土與長年疏於照管的一切都收入眼底。建築方面，威芙並不在行，但這一棟建築很顯然需要大規模整修。

可是，在付出這些努力之後呢？這回，她不是摧毀事物，而是在建造新事物。

這當然是天馬行空了。這座城市裡根本沒有人知道咖啡是什麼東西，她居然還想開咖啡廳？六個月前，她**自己**也沒聽過咖啡這種東西，沒嗅過它的馥郁，也沒嘗過它的滋味。乍看之下，她這項計畫再荒唐不過了。

她在黑暗中微微一笑。

終於躺上鋪蓋時，她開始羅列隔天的待辦事項，卻只列到第三項。

然後就沉沉睡去了。

第二章

威芙在黎明前的靛藍天色下醒了過來，屋外傳來城市逐漸醒轉的呢喃聲。昨夜驚飛的鴿子又回到了頂樓的巢窩，在上方咕咕作響。威芙起身檢查壓在蛛煞石之上的石板，石板當然沒被人動過。她收拾了幾樣東西，悄悄走到街上，一面咀嚼最後一點硬麵餅，一面呼吸清晨陰影被朝陽取而代之的潮溼氣味。她感覺身體靈活敏捷，彷彿踮起了腳尖蓄勢待發，隨時準備衝刺。

馬路對面的雷妮今早沒在掃地，而是搬了張三腳凳坐在門口，忙著把一碗豆子去殼。她們友善地點頭打招呼，隨後威芙鎖上馬廄，邁開腳步朝河川的方向走去。

走著走著，她發現自己竟哼起了小曲。

逐漸消散的晨間霧氣中，威芙來到了沿著河岸而建的船塢，鎚子與鋸子的聲響此起彼落，工人的喊聲在霧中變得有些模糊。她已經很清楚自己要找什麼了，卻不指望馬上尋獲她要的東西。無所謂，她可以耐心尋找，畢竟根據過往經驗，很多事情都是欲速則不達。她曾用無數個漫長的鐘頭偵查探勘，或是不聲不響地埋伏在怪獸的巢穴附近，早已看慣了時光的流逝。

有個鼠人乞兒提著裝滿蘋果的麻布袋在叫賣，威芙買了幾顆，在一個不起眼的位置找了堆木箱當椅子，坐下來靜靜觀察周遭。

這裡的船隻都不大——大多是適合河運的平底貨船與小漁船——此時長長的碼頭邊有十多艘船，三五成群的造船工人忙著刮船底與甲板、塗防水油，或做其他修繕工作。威芙看著他們工作，細細找尋她要的東西。隨著上午的時間流轉，工人們有的上工、有的休息，換了幾批。

威芙吃到最後一顆蘋果時，終於找到了。

多數工人是兩、三人一組協力工作，都是些人高馬大、嗓門也大的男人，在船上七手八腳地忙著，邊忙碌邊對同伴大聲喊話。

然而，幾個小時過後，船塢來了個矮小的男人。他扛著只比自己矮半截的木製工具箱，只見他耳朵尖長、身體精瘦、橄欖色皮膚如皮革般粗韌，頭上還戴了頂扁帽，遮住了大半額頭。

霍布妖很少在城市裡出沒。人族大都對他們冷眼相待，戲謔地稱他們為「小頑童」，所以霍布妖一般不太和異族往來。

威芙能體會他們的感受，只不過和霍布妖相比，她就沒那麼容易受人威嚇了。

那名霍布妖獨自在一艘小艇上幹活，其他造船工人與碼頭工人都離他遠遠的。威芙默默觀察他工作，看出他不僅勤奮，做事也一絲不苟。威芙雖不是木匠，但還是有鑑賞工藝的眼光，只見霍布妖的工具整理得井井有條，打磨與保養得很好。他正用木柄拉刀、刨子和她叫不出名字的幾種工具，將新船的船緣削磨塑形，每一個動作都簡約而有效率。

威芙將最後一顆蘋果吃完，遠遠觀察霍布妖工作，儘量不引起他人的注意。躲在暗處觀察情勢，對她而言是再稀鬆平常不過了。

到了正午，霍布妖把工具整整齊齊收回工具箱，從箱子裡取出午餐，拆開包裝。威芙選擇在這時走上前。

他抬起頭，扁帽下的雙眼瞇了起來，卻沒有對居高臨下看著他的威芙說什麼。

「你手藝很好。」威芙說。

「唔。」

「至少，我看上去覺得不錯。我對船不是很了解。」她坦承道。

「那妳的讚美似乎就少了點說服力。」他用乾啞的聲音回道，音調比威芙想像中低沉。

威芙笑了，然後上下掃視碼頭。「這裡沒幾個人獨自幹活。」

「嗯。」

「你接到的工作多嗎？」

他聳聳肩。「夠多。」

「夠多了，所以你不想再接一份大單囉？」

聽到這裡，霍布妖脫下扁帽，眼神多了幾分揣度。「妳一個不是很了解船的人，卻需要請造船工人幹活，似乎有點怪啊。」

威芙不想再居高臨下，於是她蹲了下來。

「是，你說得對，我不需要造船，但木材就是木材，工藝就是工藝。我剛才在觀察你工作；只要活得夠久你就會發現，有種人只要了解問題、手邊有工具，就能解決問題，這種人辦事總是令我放心。」不過現在想來，她過去委託的傢伙都高大許多，他們的工具也都血腥許多。

「唔。」霍布妖又說。

「我叫威芙。」她伸出一隻手。

「災殃。」他伸出滿是老繭的手爪，整隻手都被威芙的大手握住了。

「是霍布名。」他說。「妳可以叫我阿災。」

她愕然瞠目。

「就用你喜歡的稱呼吧，你的名字不必合我心意。」

「叫阿災就好，本名太拗口了。」

他將包裹午餐的亞麻布摺蓋了回去，威芙感覺他終於將注意力完全集中在她這裡了。

「那，這份……工作。是此時此地的哪種活呢，還是——？」他揮了揮手，示意虛無縹緲的未來。

「此時此地，報酬優渥，工具和材料不是我選，而是由你來挑選。」她取出錢袋，拿出一枚金幣，遞到他面前。

阿災伸出雙手，似乎準備接住她拋來的錢幣，她卻慎重把錢放在他手心。他抿起了嘴脣，輕輕拋了拋金幣。「那，為什麼選我？」他作勢要把錢幣還給威芙，但她沒有收。

「剛才也說過，我觀察了你的工作態度。你的工具都磨得很利，邊做事還會邊收拾和清潔，全心全意都放在工作上。」威芙環顧身旁，沒有別的工人。「而且有些人可能覺得你接這些活並不明智，你卻還是接了。」

「唔。所以妳找我，是因為我不明智囉？妳想造的不是船，那到底是什麼？」

「這你可能得親眼去看看才知道。」

「**破壞與毀滅啊**。」阿災低聲咒罵一句。他摘下扁帽，隨手塞在褲腰。

他們站在帕金馬車行外，馬廄雙門敞開著。威芙感到一絲不安。

「屋頂是怎麼搭法，我不大清楚。」阿災邊說邊抬頭望向屋頂的破洞。

「但你學得會吧？」

「唔。」他回道。根據威芙的觀察，這是肯定的意思。

他緩緩在室內走一圈，踢了踢馬欄的木板、蹬了蹬地上的石板。他踩過埋蛛煞石的那塊石板時，威芙全身一僵。

阿災回頭看向她。「妳打算僱幾個人？」

「你如果有合作夥伴，我不反對找他們。不然，反正我兩隻手閒著，也不容易累。」她舉起雙手給阿災看。「只不過，我要蓋的不是馬車行。」

「不是啊？」

「聽過咖啡這東西嗎？」

他搖搖頭。

「這個，我需要一間……應該算是餐館吧。喝飲品的餐館。對了！」

她朝皮革包走去，抽出一疊草圖和筆記。她忽然感到莫名緊張。威芙向來不怎麼在意別人的眼光，畢竟她可是比平時遇到的人高出三英尺，體重也比他們多出六英石，有什麼理由在意小人物的閒言碎語呢？可是現在，她卻擔心這個矮小的男子把她當傻瓜看。

阿災還在等她說下去。

威芙有些語無倫次了。「我是在東域的地精城市阿角穆看到這東西的，當時我去……呃，我去做什麼不是重點。我先是聞到了它，然後來到一間店鋪，他們店裡專門做……呃，有點像茶，但又不像茶。聞起來像……」她住了口。「聞起來像什麼也不是重點，反正我也不會形容。總之，你就當作我要開酒館，只是不需要龍頭、酒桶或啤酒，只要幾張桌子、一個櫃檯，後面也留一些空間就好。來，我之前看到那家店，就畫了幾張草圖。」

她把紙張往阿災一推，臉頰愈來愈燙了。可笑至極！

阿災接過那疊紙，仔細檢視一番，像是要將每一條線都記在腦中。

煎熬的數分鐘過去後，他將圖紙還了回來。「這些是妳畫的？不錯啊。」

她的臉竟然更燙了。

「妳也打算把這裡當住所嗎？」他用拇指往頂樓隔間一指。「應該很方便吧。」

「我……是。」

阿災雙手叉腰，盯著馬欄所在的一樓隔間。

威芙本以為他一看到這地方就會扭頭離開，現在看來，她可能選對人了。

「那……」他又在室內走了一圈。「感覺妳可以把馬欄留著，分隔用的木板削得矮一些，把馬欄的門都拆下來，拆下來的木材就沿著牆壁釘成箱型凳子。找幾條長木板，中間用支架撐起來，就變成幾個雅座和靠牆的桌子了。再把辦公室的隔牆拆掉。現在這個櫃檯可能還堪用，得檢查看看有沒有腐朽。」

他踢了踢從梯子上掉下來的碎木塊，對威芙揚起眉頭。「需要新的梯子。兩袋釘子、白塗料、油漆、陶瓦、一些河岩、幾袋石灰。可能可以多做幾扇窗。還需要……**大量木材**。」

「那你願意接單了？」

阿災又用揣度的目光凝視她良久。「妳不是也說了嗎？我就是會接一些不明智的工作，對吧？

既然妳也會出力，那我就做吧。給我一些羊皮紙，有鐵筆的話也給我一枝。我們得列一張清單——**很長**的清單。等到明天，我們可以開始訂購材料，看看能讓妳那個錢袋變得多扁。」從見面到現在，他首次露出淺淺的小笑容。「妳不問價錢嗎？」

「你現在估得出總價嗎？」

「大概沒辦法。」

「那，好。」威芙從牆邊拖了個從前用來裝馬具的木箱過來，吹飛了表面的灰塵，然後將一枝鐵筆交給阿災。

他們一起低頭看著羊皮紙。阿災動手寫了起來。

接近傍晚，阿災回船塢去完成小艇上的工作了，答應明早再回來。威芙收起材料清單，獨自站在寂靜的馬廄裡，外頭的噪音音量不高，似乎被阻隔在了屋外。她朝開著的雙門外望去，看見雷妮家的門廊，卻不見雷妮的蹤影。

她忽然感到好孤單。這就怪了，威芙早已習慣了長時間獨處——漫長的艱苦跋涉、孤零零的營地、冷冰冰的帳篷、不停滴水的山洞。

然而在城市裡，她身邊幾乎總是有幾個人，至少會有一個隊友陪伴在旁。

如今，到了**這座**城市，周圍盡是不同種族與身分背景的人們，她感受到排山倒海的孤寂。她認識且叫得出名字的人只有三個，他們三個都只勉強稱得上點頭之交，但至少雷妮還算友善，與阿災相處時她也莫名地安心。

威芙出了門、上鎖，朝大街走去——並刻意往瘦骨巷的**反方向**走。

妳覺得妳需要朋友？那好，我們都到這裡了。這是新的地點，新的家——這次是永遠的家了。

威芙儘可能找到燈火最明亮、人聲最鼎沸的一家店，那是一間生意興隆的餐館兼酒吧，店外街上並沒有步履蹣跚的醉鬼，威芙走近時也不必跨過一灘灘尿液。她低頭避開門楣，走了進去，店內交談聲一時間變得輕了些。圖恩城的人口結構十分多元，獸人雖然少見，但市民也不是沒見過。只過片刻，酒吧再次喧鬧了起來。

威芙深吸一口氣，儘量放鬆臉部肌肉，露出不帶威脅的表情。她最近都在練習這種表情，而且今天她身穿便服，沒扛著巨劍出門，希望能給人留下親切和善的印象。

長長的吧檯擦得很乾淨，後方牆上掛了一面鏡子，只有少少幾人坐在吧檯前。整個用餐區都籠罩在提燈的火光下；這個時節還沒有冷到需要點火爐取暖，不過用餐區還是燈火通明、氣氛歡樂。

大部分桌位都有人了，威芙拉開吧檯前一張高腳凳坐了下來，努力克制身心的侷促。感覺好彆扭——身邊有好多人，離她好近——而且從前她都是以過客的身分進出這類場所，如今她卻已經是圖恩城居民了。這時候倘若做了什麼失禮的事或當眾出糗，她甚至還沒好好安頓下來，可能就一輩子都擺脫不了恥辱了……明明知道這不是理智的想法，她還是坐立難安。

一名雙頰發紅的圓臉男子走了過來，只見他雙耳耳尖比尋常人族尖銳了那麼一丁點，也許是精靈血統所致，但是從他的大肚腩看來，他想必遺傳到了人族的代謝功能。「這位女士，妳好啊。」他邊說邊把一小塊黑板推到威芙面前，上頭用粉筆寫了菜單。「是來喝酒還是用餐呢？」

「用餐。」威芙微微一笑，儘量不露出下排獠牙。

男子面不改色，用指關節敲了敲黑板說：「豬肉很好吃喔！先讓妳考慮一下，我等等回來點餐。」說罷，他又步履輕盈地離開了。

男人在幾分鐘過後回來，威芙點了餐——就是他推薦的豬肉——然後一面等食物上桌，一面環視周遭，靜靜思索。她之前在幻想未來的光景時，一直不敢想得這麼遠，只在心中構建了抽象的畫面。但現在有了阿災，她終於允許自己稍微為那幅幻象添上細節了。

威芙先前在阿角穆城造訪的那間咖啡廳，可說是最典型的地精建築——牆磚排得細密無縫，店內擺設與裝飾都是幾何圖形，地上瓷磚則是錯綜複雜的花樣。當然，店內的桌椅也都是地精尺寸，威芙入內後只能站著。

她知道自己的咖啡店不會設計成地精建築物的模樣，而現在，她試著在腦中構建自己的店鋪。她看著酒吧的裝飾，一面牆上掛著裱了老舊金框的油畫，地上擺了個巨大的陶製花瓶，瓶裡插著新鮮的蕨類，為店內空氣增添了些許清香。天花板掛了一盞樣式簡單的吊燈，吊燈插著三根粗蠟燭，蠟燭顯然會定期更換，不見陳年蠟垢。

威芙開始想像自己的店面。**再明亮一些**，她心想，**畢竟原本是馬廄，天花板很高。高處的窗戶，有一些日光照進來**。阿災說過要搭幾個雅座，這她能想像，不過除了雅座以外，也許可以在店中央擺另一張長桌，搭配幾張長凳，供客人自由交流、互相認識。

在威芙的腦海中，馬廄高大的雙門敞開著，也許門口可以再擺幾張桌子，供喜歡晒太陽、享受微風的客人使用。地上的石板都磨得晶亮，牆壁也清洗乾淨，塗上了白漆……

上桌的餐點打斷了她的幻想，她最先注意到濃郁的肉香，這才發現自己已飢腸轆轆。

「等一下，我想請問……這是你開的店嗎？」她說。

半精靈一眨眼，露出了比專業服務時更熱情的笑容。「是啊！已經開四年了。」

「不介意的話，可以說說你是怎麼在這裡開店的嗎？」

男人倚著吧檯。「喔，如果妳想問我是不是繼承了家業，那不是。我開的第一家店也絕不是在這條大街上。」他輕笑了一聲。

「那一開始生意是不是沒那麼好？還是馬上就有這許多客人來光顧了？」她揮手示意整間酒吧。

「老天啊，一開始真的很冷清，非常冷清。我這麼說吧，我一開始虧了不少錢，都快做不下去了……然後，我又虧了更多。不過近來啊，我虧得不多不少，**剛剛好**夠我繼續經營下去。妳打算在附近開酒吧啊？我可不建議妳這麼做喔。」他對威芙俏皮地拋了個媚眼，很明顯是在說笑。

「不算是，但可能會開一間類似的店。」

對方似乎有些驚訝，不過很快就恢復了過來。

「那就祝妳好運囉，女士。」他動作浮誇地摀著嘴，刻意壓低聲音說：「但妳可別跟我搶客人喔，聽到沒有？」

「這應該是不大可能。」

「喔，那就沒問題啦。餐點趁熱吃喔。」

威芙靜靜地用餐，沒再和其他人攀談。離開酒吧時，她沉浸在自己的思緒之中。她找到一家還未打烊的燈燭店，買了一盞提燈，回到馬車行。她睜眼躺在鋪蓋上，注視著燈內的火苗，自己此時所在之處冰冷又破舊，幻想中的未來光景仍遙不可及，她還得用行動將幻想化作現實。

但是明天，她可就要認真了。

第三章

阿災還真說到做到，天剛亮就來了。威芙搬了個馬具箱放在門外，坐在木箱上觀察陰影在朝陽下成形，滿心想著這時如果手裡有一杯咖啡就好了。

霍布妖扛著工具箱走進來，把滿箱工具放在大門內側。

「早。」威芙說。

「唔。」阿災說，然後還算親切地點點頭。他從口袋取出他那一份材料清單，攤了開來。「有很多事情得做。這些材料，有的能直接買到，有的得等一段時間才拿得到貨。」

威芙掏出錢袋。她的白金塊和大部分錢幣都鎖在保險箱裡，不過袋裡的錢應該夠添購材料了。她將錢袋拋給阿災。「你願意的話，我應該可以放心把訂貨的任務交給你吧。」

阿災一臉詫異，若有所思地從牙縫吸了口氣，這才開口：「由我討價還價的話，可能沒法幫妳談到最好的價錢。」

「那你覺得換我去議價，可以談到更好的價錢嗎？」她面帶諷刺的笑容。

「嗯，說得也是。那妳真要把這些錢都交給我？不怕我捲款而逃？」他輕輕拋了拋錢袋。

威芙定定凝視著他，神情絲毫不變。

「也是……」他將威芙的個頭和體魄收入眼底，說道。「是啊，妳大概是不怕。」

威芙嘆息一聲。「我已經作為人人畏懼的存在生活了很久，不希望你也那樣看待我。」

阿災點點頭，收起錢袋。「我得花幾個鐘頭去採買材料。」

威芙起身伸了個懶腰，用指關節揉揉痠痛的下背。每當天氣轉冷，下背的肌肉總是僵硬痠疼。

「我需要租一臺貨車，用來搬運垃圾。還得找個地方丟垃圾。」

「貨車可以去磨坊租。」阿災說道。「妳應該找得到磨坊吧。至於垃圾，妳順著主幹道往西走，離大路不遠的地方有個垃圾場。走一走妳就會看到馬車道拐彎向南。」

「謝了。」

「那我先走了。」阿災傾帽對她打了招呼後，沿街緩步走遠。

他說得沒錯，磨坊的確願意租一輛貨車給她——拖車的畜牲就是另一回事了——光是租用貨車就花了威芙整整一枚銀幣，絕對超過了一輛貨車的價值。威芙付了錢以後，磨坊老闆得意洋洋地笑看她，想必在想像獸人試圖將不配合的馬拴到車前。但威芙直接雙手握住車轅一提，輕鬆地拉動了貨車。

磨坊老闆目送她拖著車遠去，困惑地搔了搔光禿禿的後腦勺。

回程路上，威芙出了一身汗，筋骨也充分地活動放鬆了。她路過一處工地，看見三、四把梯子，於是和石匠討價還價了一番。對方用比公道價高出十枚銅幣的價格賣給她，她將到手的梯子拋上了貨車。

雷妮又出現在她家門廊了，只見她手持掃帚，忙著對付門口臺階——那想必是域內最乾淨的臺階，沒有之一了吧。威芙友好地對鄰居點頭招呼，接著著手清空老舊的馬廄。

這份任務可不簡單，她才剛開始沒多久，便充分認知到馬廄裡究竟積累了多少廢物——腐朽的木材、馬蹄鐵、一組生鏽彎曲的乾草叉、一大綑裝穀糧的布袋、破爛的馬具、許多條生了厚厚一層黴的鞍褥，還有大量笨重、老舊又難以搬運的雜物。不僅是馬廄，就連辦公室也有不少垃圾——被蟲蛀了的帳簿、摔碎的墨水瓶，以及灰塵滿布的一套冬季內衣，也不曉得這東西為什麼會扔在辦公室裡。

威芙把壞掉的梯子折斷、丟進貨車，架好新的梯子後爬上頂樓隔間。幸好這裡問題不大，只有一些陳年乾草、鴿子窩，還有一些零零碎碎的小東西。黑血躺在塵埃中，劍鞘已經積了一些灰塵。她撿起巨劍，在手裡掂了掂，小心翼翼地將它靠在斜斜的屋頂邊。

到了正午，貨車上的廢棄物已經堆積如山。

威芙從頭到腳沾滿了髒汙，馬車行也彷彿剛受到沙塵暴侵襲，被捲起後重新落下的塵土形成了一墩墩小丘。她玩味地想著，也許該委託雷妮把這地方掃乾淨——不過她望向馬路對面，已不見老嫗的身影。

她自己的家門前，倒是多了個人影。

威芙背部汗毛直豎，她相信自己的直覺，畢竟能活到現在，就是拜這份直覺所賜。

「需要幫什麼忙嗎？」她一面問，一面拍掉手上的灰塵，心思飄到了立在頂樓、無法隨手抽出劍鞘的黑血那裡。

男子打扮得很時髦，穿著荷葉邊上衣與背心，戴寬邊帽。然而仔細一看就會發現，他的服飾有些破舊了，不僅有幾塊汗漬，布料邊緣也磨損得露出了線頭。他皮膚發灰，看得出是石妖精，尖細的五官稜角分明。

「喔，幫忙就不必了。」他回道。「可以的話，我們都儘量親自歡迎城裡初來乍到的生意人，我也對妳即將帶到這一區的生意感到萬分好奇。」他語音悅耳，幾乎可以用文雅形容。

威芙自然注意到了男子口中神神祕祕的「我們」。

「喔，所以你是這座城市的官員了？」她咧嘴一笑，這回就絲毫沒有隱藏下排獠牙了。她朝男子走近幾步，突顯兩人之間身高與體格的差異。她幾乎能肯定這傢伙的身分，若是在前不久，她早就一手掐著對方的喉嚨，把他從地上提起來了。

男子不動如山，用笑容回敬她。「那倒不是。我不過是在盡市民的義務，歡迎新人加入我們的城市，並且關心他們的事業。」

「那就多謝你關心了。」

「我還沒請教妳的大名呢。」

「你的確沒有，但凡事有來必有往，我也還沒請教你的大名。」

「是呢。妳應該不介意稍微透露一下吧，不知妳是在從事什麼樣的新——」他看向威芙身後的貨車，戴著手套的手一揮。「——事業呢？」

「是商業機密。」

「原來如此啊，那我似乎不便打探妳的隱私了呢。」

「你也這麼認為就好。」威芙後退幾步，抓起車轅開始拖動貨車，使勁時手臂二頭肌鼓了起來。貨車比上午剛租來時沉重許多，她下背爆出了鮮明的疼痛。將車子從屋內拖到大門口時，她也沒放慢速度，而是目光堅定地盯著那位訪客後方的道路，對方也只能在最後一刻狼狽地閃開。

「我們晚點再聊！」後方傳來男子的呼喊聲，威芙則頭也不回地拖著貨車，在轆轆聲中順著鵝卵石路西行。她咬緊了牙關，呼吸粗重。

天上烏雲逐漸聚積，眼見暴雨即將傾盆。

街上其餘人都匆匆避雨去了。

那天下午，阿災回到馬車行時，天色又比方才暗了許多。威芙已經還了貨車，此時捲起袖子坐在門前的馬具箱上，汗水在塵土滿布的手臂上留下了一道道痕跡。

霍布妖逐漸走近，威芙看見他腋下夾著一綑東西。他在威芙身邊停下腳步，翻出那綑東西的一角給她看。「油布。看上去要下雨了，我們最好別讓新木材淋溼。」他將錢袋拋還給威芙，威芙也懶得打開來看就直接收了起來。

她把梯子搬出來，從巷子裡撿了幾塊石頭。兩人一起爬到屋頂上，用油布蓋住破洞，把石子壓在布上。這時雨點滴了下來，淋了雨的屋瓦，多了星星點點的灰橘色斑點。

他們爬下梯子，回到屋內。阿災聽著上頭輕柔的雨點聲，開口說：「好吧，看來今天是不會有人送貨了，除非等會兒雨停。」他環顧空空如也的馬車行。「動作很俐落呢，現在看起來寬敞多了。」

威芙苦笑著打量環境，不知為何，如今的空蕩竟使接下來的任務顯得更加艱鉅。「是不是覺得我太傻？」

「唔。」阿災聳肩。「我不常對妳這種人說出我的負面想法。」

「我這種人？」她嘆了口氣。「你是指——？」

「我是指金主。」阿災又露出淺淺的微笑。

「那，既然我是金主，我看你也沒必要在這裡乾等著了，反正——」

抵達店門口的貨車打斷了威芙，車上載了三口堅固的條板箱。

「來得真快。」阿災說。

威芙踏入雨中。「這不是建材。」她回頭喊道，還未開箱就已經嗅到了貨物的氣味。她簽收貨品，付了錢給車夫，並婉拒了對方幫忙將貨物搬入馬車行的提議，而是自己一一搬進屋。每一口條板箱都拼組得有條不紊，底部與側面精巧相扣，只有頂蓋是用釘子固定。木板上印了地精文字，排列成整齊的直角。

阿災好奇地看著威芙輕輕放下最後一口木箱。威芙揮手示意阿災的工具箱，對他投了個詢問的眼神。

「請便。」他說。

威芙舉起鐵撬，撬起箱蓋，只見裡頭裝著多個薄棉布袋。此時氣味比方才更濃郁了，她興奮得全身一顫。威芙解開其中一個布袋，一隻手深深探入，掬起一把烘烤過的棕色豆子，讓它們從指縫滾落。豆子落回袋中，發出流暢而悅耳的細小聲響。

「唔。妳說得對，不太像茶。」

威芙回過神來，抬眼看向他。「但你聞得到它的味道吧？像烤堅果和水果的氣味。」

阿災對她瞇起了眼眸。「妳不是說妳喝過？」

威芙拿起一顆豆子輕啃了下，溫暖、苦澀而暗沉的滋味包覆了她的舌頭。總覺得自己該多解釋兩句。「他們會把豆子磨成粉，再用熱水沖泡，但其實沒這麼簡單。等機器送到了，我再給你看。諸神啊，阿災，你聞聞這個味道。這還只是它的一點韻味而已。」

她直接在石板地上坐了下來，拇指與食指捏著豆子轉了轉。「我之前告訴過你，我是在阿角穆城見到這東西的，當時我循著氣味找到了一間店，他們當地人叫它『咖啡廳』。人們坐在店裡，用小小的陶瓷杯子喝這玩意，我忍不住想嘗嘗看，結果……我簡直像是喝下了最純粹的安寧，是一種心裡的安寧。喔，但喝太多就不是，那又是另一種感受了。」

「很多人都說，喝杯啤酒能感到安寧。」

「不一樣，這我實在沒法跟你形容。」

「那，好吧。」他面帶稱得上客氣的表情。「我只能說，為了妳這新生意，希望其他人也能和妳體驗到同樣的感受。」

「我也這麼希望。」威芙重新將布袋綁好，取過阿災的榔頭，將木箱蓋釘回原位。

再次抬頭時，只見阿災從後方的辦公區走了出來，在她前方停下腳步，盯著地板思忖了片刻。威芙靜靜等待他開口。

「我猜妳可能需要一間後廚。搭個爐灶，可能還要水桶和一些銅管線。掛鍋子用的掛鉤。」

「好主意，之後也需要用水，我早該想到要放水桶的。但廚房有必要嗎？我要廚房做什麼？」

「這個嘛。」他面露歉意說道。「妳要是發現沒有人想喝豆子水，至少還能賣點吃的。」

隨著午後時光流逝，雨停了，城市的氣味即使稱不上乾淨，至少也清新了許多。時間還未到黃昏，但威芙還是取出提燈與先前的筆記帶到門廊上，準備在儼然成為門廊座椅的馬具箱上坐下。還來不及坐穩、重新查看筆記，她就瞥見雷妮站在對面門前，只見老嫗身上裹了一件披巾，正捧著一杯熱茶連連呵氣。

威芙把提燈留在箱子上，收起筆記，跨過一窪窪逐漸乾涸的水灘來到老嫗家的門廊。

「妳好呀。」她說。

「妳好，已經晚上了呢。」雷妮朝著馬車行一點頭。「看來妳今天過得很忙碌呢，**小姐**。」說到最後兩個字，她露出狡黠的燦笑。

「喔，是啊。是很忙。」

「妳也睡在那裡頭，是嗎？親愛的，晚上記得要上鎖啊，這兒雖然離大街不遠，但我還是不想看到妳夜裡遇到什麼討人厭的傢伙。」

威芙藏不住內心的訝異。一般而言，很少人會想到要關心她身體上的安危，就連她自己也甚少考慮到這點。她不禁有些感動。

「別擔心，都鎖得牢牢的。不過，說到討人厭的人物……」威芙試著在腦中整理自己的問句。「今天來了個訪客，大帽子……」她舉手在頭上比劃帽沿的寬度。「花俏的上衣，看上去是石妖精。

妳認識他嗎？」

雷妮嗤笑一聲，啜了口茶。她沉默良久，這才嘆息一聲。「大概是瑪追歌的手下吧。」

「瑪追歌啊？當地某個大人物嗎？」

「就只是一群野犬而已。」雷妮不屑地說。「牽繩都握在瑪追歌手裡。」她嘴邊的皺紋緊皺成一團。「但瑪追歌那群人不是妳假裝沒看見就能打發的，等他們要求妳付錢的時候——」她一個犀利的眼神掃向威芙。「——他們**遲早**會這麼要求的，到時妳最好省吃儉用存一筆錢給他們。」

「不曉得我有沒有辦法說服自己乖乖交錢呢。」威芙輕描淡寫地回道。

雷妮拍拍威芙粗壯的前臂。「我知道妳以前可能從沒想過要幹這種事，不過我看妳來這裡，也不打算要幹從前那些勾當。我沒說錯吧？」

老嫗的話語又一次令她錯愕。

「這，的確沒錯。」威芙說。「雖是這樣，但我還是沒法忍氣吞聲，對一個戴大帽子、穿搞笑衣裳的小傢伙低頭。」

雷妮陰陰輕笑出聲。「戴帽子的男人還不要緊，妳真正該注意的是瑪追歌集團，他們可是一點也不搞笑喔。」

「我會小心的。」威芙說。

友善的氣氛中，她們靜立了幾分鐘。

威芙斜睨了雷妮馬克杯裡的茶水一眼。「對了，妳嘗過咖啡的滋味嗎？」她問道。

雷妮愕然眨眼，露出被冒犯的不悅神色。「嘖，我可沒得過那種病。而且我是受過教養的，淑女才不會隨便和別人談論自己染了什麼病呢。」她一本正經地說。

威芙不禁哈哈大笑，惹得老媼更加惱怒了。

威芙把鋪蓋和提燈挪到傾斜屋頂下的閣樓，這裡能嗅到從木板縫隙飄上來的咖啡豆香，她深深呼吸，彷彿將溫暖而渾厚的記憶吸入胸腔。防水布在偶爾吹來的勁風中咚咚作響，宛如遠方傳來的鼓聲。

提燈的光線下，靠牆而立的黑血閃爍著微光。威芙盯著巨劍許久，想到了戴帽男子與瑪追歌，心中忽然萌生了像過去無數次露宿與野營那般，入睡時把劍放在身旁的衝動。

她刻意地轉過身，熄了燈，讓肺臟盈滿了從樓下飄上來的醇幽豆香。

屋頂傳來結實的「砰」一聲，接著是有節奏感的沉重獸足聲，有東西對著屋瓦抓了幾下，發出喀噠喀噠的聲音。然而此時的威芙已陷入淺眠，那些聲響也就淹沒在了防水布的響動中。

然後，她沉沉睡去。

木材、瓷磚與其他材料，在接下來數日陸陸續續送到。幾番陣雨過後，天完全放晴了，威芙與阿災趁機修補了屋頂的破洞，舊屋瓦則被他們從破洞丟進馬車行，在地上摔得粉碎。原來完全修補屋頂需要這麼多木料啊，威芙有些驚訝。

阿災在修繕時，就如威芙期望的那般講究與仔細。兩人辛苦勞作了兩天，屋頂終於足以遮風擋雨了。

接著，阿災檢視了房屋內部，用指關節敲敲木板、傾聽木材的聲音，多次挖出了大把乾腐的木屑，連連搖頭。花費四天撬除老舊木材，釘上新木材後，威芙不禁想著，乾脆將整幢建築砍掉重練。她又向磨坊主人租借拖車，把破爛的木材和瓦礫運到垃圾場。

他們合力建了通往頂樓的新梯子，這次是固定式的，搭得比之前臨時的木梯堅固許多。威芙學得很快，鎚子、釘子用起來也不馬虎，畢竟精準地揮動金屬並擊中目標，正好是她的專長所在。

阿災初次爬上頂樓，瞥見隔間一角反射著森森寒光的黑血時，並沒有多做評論。「好愜意。」他只說了這麼一句。「妳應該想弄個床鋪和衣櫥，對吧。」

「不必了。」威芙說。「我習慣將就著睡。」

「『習慣』和『應該』可是兩回事。」但他也沒再多說，事情就這麼不了了之。

在主要的馬廄區，他們依照阿災的提議，將馬欄的木牆削得矮了些，每一欄改造成類似雅座的小空間。霍布妖沿著內牆用木箱做了整齊的U形凳，威芙再憑著獸人的巨力把桌面分別安在了支架上。

威芙在朝北和朝東的牆上切出兩個高高的窗口，讓朝暾從頂樓灑落到新建的用餐區。

辦公室的櫃檯被他們打磨光亮，兩人還在櫃檯尾端加了可上下扳動的延長桌，擴大桌面工作空間。阿災將幾個舊馬具架回收再利用，挪到了現在被威芙當作店鋪後牆的位置。店鋪前方較小的門邊有一扇豎框窗戶，幾片破裂的玻璃也被阿災取下，裝上了新玻璃窗。

「嗯，看上去不再像馬廄了。」威芙看著他裝上最後一片玻璃，出聲評論道。

「唔。現在聞起來也不像馬廄，我可高興了。」

一日午後，威芙從桶匠鋪子扛了一口大木桶回來，還提了幾個小水桶。大木桶被她擺在櫃檯後一角，她也用小水桶從離這邊幾條街的井取了水回來。她把水倒進大木桶，阿災則在一旁檢查桶身是否有漏縫。

辦公空間後側的小貯藏室被他們改建成食品貯藏室，加蓋了更多貯物櫃。威芙照著先前寫的筆記，在地上挖坑並用陶土隔熱，用作冷藏庫，阿災也加裝上大小剛好的活板門。

威芙踩著梯子為店前外牆上了白漆，阿災則填補了牆壁低處河岩之間剝落的灰泥。

待威芙大步回到室內，一手拎著白漆桶、另一隻手臂擦拭著額前汗水時，赫然發現阿災正忙著檢查石板之間的沙土。她的目光立刻落在了埋藏蛛煞石的位置，強行壓下了奔上前阻止阿災的衝動。

「地板需要整修嗎？」她問，語氣儘量保持輕快而若無其事。要是他找到蛛煞石怎麼辦？他能辨認出石塊的真面目嗎？認出來了又如何？威芙認為自己相當信任阿災。

然而。

他抬起頭。「唔。可能得多填一點沙子到縫裡。這塊鬆了，不然把它掀起來，也填一些沙吧。」

他用力踩了踩下方埋藏蛛煞石的那塊石板，威芙的心不禁猛跳了一下。

「交給我吧。」她說，臉上的笑容感覺如虛假面具。

阿災似乎沒注意到異常。

「唔。」他說。

事情就這麼定了。

傍晚過後，威芙先是到街上左顧右盼，確認那個戴帽男子沒來偷窺——接著掀起了石板。她取出蛛煞石握在手中，石塊溫潤，儼然散發出了不同於提燈的柔和黃光。她小心將石塊歸位，挖了幾把土、沙子將縫隙填平。

那晚，她夢見了蛛煞女王，但這回她伸手探入女王頭顱、準備取出蛛煞石之時，周圍的血肉忽然緊緊鉗住了她的手腕。她試圖抽回拳頭，卻徒勞無功，只覺蛛煞的血肉死死將她固定在原處，且就在這時，怪獸的許許多多顆眼珠如黑暗中的烽火般一一亮起。威芙愈發焦急地設法脫身，直到最後，她駭然驚醒。右手臂的神經彷彿流竄著火花，手掌麻木刺癢。

默默躺了一段時間過後，她終於再次入睡，待到早晨便將夢境忘得一乾二淨了。

又累又熱的勞作、肌肉痠痛、裂片、粉塵，以及汗水、石灰與新裁切的木材氣味中，一晃眼又過了數日。

兩週時間過後，屋子已稱得上體面了。威芙不時會站在街上叉腰欣賞即將完工的店面，心中湧升一股暖洋洋的成就感，有時一天看個幾次也不過癮。

又一次欣賞店鋪時，她愕然發現雷妮不知不覺間來到了身邊。老嫗撐著掃帚當拐杖用，威芙還真不曉得她是怎麼悄無聲息地冒出來的。

「嗯，絕對是我見過最漂亮的馬車行。」雷妮說著點了點頭，又邁步走回自家門廊了。

威芙也不知道自己為何等到了現在，但她還在這時架起梯子，爬上去拆下老舊的「帕金馬車行」招牌，心滿意足地丟到了垃圾堆裡。

「需要新招牌了。」阿災雙手拇指勾著褲頭，仰頭盯著空無一物的鐵吊架說。

「不瞞你說。」威芙說。「我做了這麼多筆記，自認大部分細節都考慮到了，結果我一直沒想到招牌的事，也沒想到店名。」她低頭瞅著阿災。「不知為何，我就是一次都沒想過這件事。」

他們沉默半晌，阿災這才清了清喉嚨，用兩人相識以來最猶豫的語音試探道：「威芙的店？」

「也行吧。」她回道。「我也想不到更好的店名了。」

阿災似乎不滿意。

「唔。或是……或是……威芙咖啡？」

「老實說，用我的名字當店名感覺好怪，就像把自己的臉放在招牌上一樣。」

沉默。

「只寫『咖啡』大概也行，反正也沒別的咖啡店，不會有人混淆。」

威芙瞇起雙眼盯著他，本以為他會撐得更久，但阿災還是先捲起了唇角。

「這件事先放著吧。」威芙說。「說不定我最後會決定用你的名字，『阿災咖啡』念起來不是很順口嗎？」

阿災注視著她，嗤了一聲，然後一本正經地說：「嗯。妳說得也沒錯。」

大部分的修繕工程都在幾天後完工了，他們搭了一張大擱板桌，雅座之間的椅凳也做好了。威芙和阿災幫所有木桌椅著色、上油，地板掃得乾乾淨淨，新開的高窗也都裝上了玻璃。

威芙使勁吊起一盞吊燈，用阿災裝在牆上的螺栓板子固定著。到薄暮時分，他們一同用長細燭點亮吊燈，兩人都對灑落的光芒十分滿意，看著環形影子在下方微微閃動。

他們坐在桌前，將威芙的筆記擺在兩人之間，討論了一些更細節的裝潢擺設，思索是否該鋪地毯，或許還能撒一些茅草為室內增添清香。

他們頓時止住了對話。

戴帽男子又站在門前，這回還帶上了同伴。他們打扮得沒有戴帽男子那麼講究，看上去像是烏合之眾——兩個人族，以及一名鬍子修短、黑髮綁成了馬尾髻的矮人。威芙至少瞥見了兩把短劍，她猜這四人身上帶了最少六把小刀，多半藏在了袖口或身上其他位置。

「我之前還想，不曉得你什麼時候會再來。」威芙說。她甚至懶得起身。

「妳願意花心思念著我，我真是榮幸啊。」男子一面說，一面跨過門檻，將經過整修的店鋪收入眼底，讚許地一點頭。「妳還真是勤奮啊！這個老地方還是頭一次變得這麼光鮮。不過看這副模樣，妳似乎不打算做買賣馬匹的生意了？」

威芙一聳肩。

他臉上笑容依舊，彷彿從上一回來訪至今都未變過。「好了，我當然也喜歡開開玩笑，但妳似乎偏好有話直說。我不過是個不足掛齒的代表而已，朋友們稱我一聲寥客，妳也可以這麼叫我。這條街——這整個南區——都是由仁善的瑪追歌監管。」他微微鞠躬，彷彿瑪追歌本人就在面前。

「你覺得我需要被監管？」威芙揚眉。

「我們**大家**不都需要受人照看嗎？」寥客回道。

「說到這裡，你是不是打算告知我，我有義務每月捐一筆錢給……你剛剛叫他什麼？給那位『仁善』的大人？」

寥客對她豎起一根手指，笑得更加燦爛了。

「好，那你該說的都說完了。」威芙泰然自若地低頭繼續看筆記，暗示送客。方才她和寥客對話時，阿災都絲毫未動彈，神情無比僵硬。

寥客的語調多了一絲不耐煩。「那我就指望妳月底的捐獻了，現在的行情是一枚金幣、兩枚銀幣。」

「你愛指望什麼是你家的事。」威芙不慍不火地回道。

她從眼角餘光瞥見寥客身後三個流氓作勢上前——即將犯下可笑的錯誤——但被寥客用一個手勢制止了。

沉重的死寂之中，威芙靜靜等著對方反駁。

然後，寥客等人轉身離去了。

阿災長吁一口氣，對她投了個憂心的眼神。「聽我說，妳別去招惹瑪追歌。」他輕聲說道。

霍布妖的語音向來沉穩而紮實，彷彿一塊塊鋪下的磚頭，此時聽見他陡然改變的語調，威芙不由得認真了起來。

「雷妮也是這麼說的。」她一手搭在桌上，攤開了指掌。「但，阿災，這雙手幹過什麼樣的事，相信你也猜得到。那群傻子甚至沒法預料到和我動手的結果，你覺得面對他們，我真能乖乖行屈膝禮、雙手奉上我的錢嗎？」

「唔。妳想必能輕鬆解決那四人，不過妳聽著。他們可不只四個人，瑪追歌會拿妳殺雞儆猴的。」

「我這些年聽過不少故事和傳說，聽聞來的，總是比實情恐怖很多。我能顧全自己的。」

「也許可以，但這家店呢？」阿災用指關節敲了敲桌面。「它可不防火。好，就算妳自己不怕事，不過我看妳在乎的不只有妳自己吧？」

威芙皺眉盯著他，一時間無言以對。

阿災舉起一根手指，起身說：「等等。」

他在剩餘的材料堆中翻找了一陣，取出一把鎚子和幾枚釘子，踮腳在櫃檯後方的木牆上釘了一個、兩個、三個吊架。

「至少這樣吧，把妳那把劍掛在這兒。」他說。「既然要對他們張牙舞爪，至少做好隨時咬下去的準備，嗯？」

當晚威芙就寢時，黑血就擱在了吊架上，成了隨時可殺人見血的裝飾物。

真希望它能繼續藏在角落裡。

威芙沒約阿災來施工，孰料他竟在午間搭貨車來了，車上還載著一口黑色大爐灶，以及幾根或長或短的煙囪管線。

他從貨車上一躍而下，威芙斜睨著他。「這是幹什麼的？」

阿災聳聳肩。「唔。我說過，妳需要廚房。別急著反對，東西都已經付錢買下來了。」

威芙又好氣又好笑地雙手一攤，拖車的馬匹被她嚇得嘶鳴起來。「這是哪裡弄來的？我又不會烘焙。」

他揮手示意頂樓隔間。「這裡冬天很冷，妳又沒壁爐，等到屋頂積雪了，妳想躺在地板上凍死嗎？來幫我把東西搬下車。」

威芙沒再抗議，一次挪動爐灶一端，奮力搬下貨車。即使對她而言，沉重的鐵製爐灶也搬得十分吃力，好不容易弄下車之後，她輪流挪著兩端，從大門搬進店裡。阿災將煙囪管一根根搬進屋內，然後付了錢給等得不耐煩的車夫。

威芙詫異地發現自己有些喘不過氣，背部也陣陣發疼，她疲憊地坐倒在店裡一張長椅上。「阿災，我不能讓你出錢。」

「唔。由不得妳，妳已經付太多錢給我了。我既然要把錢浪費在傻事上，那乾脆花在這兒。」

「你說是冬天取暖用的？」

阿災點頭。「還有，要是那個豆子水賣不出去……」

威芙笑了。「說到這個。」她示意櫃檯，桌面上擺著杵臼、幾個水壺、散亂的抹布，以及幾口陶杯。

「妳還要賣藥啊？」

「我等等示範給你看。我們先把這東西搬到位吧，它太擋路了。」

在阿災的指示下，威芙把爐灶挪到靠西牆的位置，接著是阿災一連串的估算、抱怨與咒罵，最後煙囪管也安裝上了。他稍微用曲柄鑽和鋸子切割一陣——過程中被威芙揶揄了幾句——煙囪管終於從牆壁的凸緣通到了屋外。數小時過後，他們已裝妥其他幾截管線，並為從屋簷旁探出來的煙囪裝上了雨蓋。

他們用一些廢料做成火絨，在爐灶側箱裡生了小火，柴煙順利延著管線向上排到了屋外。

「好了。」威芙說。「拿一個水壺裝水，把水燒開。」

阿災揚起眉毛。「煮豆子水嗎？」

「你到底要不要試用爐灶？」

他聳肩照辦，用水壺裝了木桶裡的水。

威芙從一個布袋挖出一把咖啡豆，用杵臼磨碎，接著把粉末倒入亞麻布管。她把亞麻布的開口套在陶杯口，等到水壺沸騰嗚嗚時，緩緩、緩緩倒入滾水。

「那是女士的襪子嗎？」阿災問。

威芙瞟了他一眼。「乾淨的。我不穿長襪。」

「問問而已。」他若無其事地說。

「唔。」威芙說。似乎是傳染了阿災的口頭禪。

「原本沒有爐灶，妳打算怎麼燒水？」阿災指出。

「嗯……水壺是用來給機器裝水的，機器還沒送到。現在可以用爐子燒水，那也正好。」

威芙繞著圈，倒完最後的熱水，等待泡脹的咖啡粉充分浸泡。她取下麻布套，轉了轉陶杯，閉眼將杯子舉到鼻子前，深深吸氣。

她淺嘗了一口……然後微笑著點點頭。「很不錯。」

阿災皺眉盯著她。

「我先說了。」她聲明道。「等我能好好泡咖啡了，一定會比這個更好喝。但可以先試試味道。」她把杯子交給阿災。

他動作誇張地嗅了老半天，抬眉微微點頭，接著很慢、很小心地啜了一口。然後，他捧著杯子，站在原處。

在威芙看來已經過分漫長的片刻過後，她終於忍不住了。「怎麼樣？」

「唔。」阿災說。「我承認……其實不難喝。」

稍晚，他們一同坐在大桌前，兩人面前各擺著一杯咖啡。阿災裝作對自己那杯視若無睹，但威芙瞥見他趁她不注意時，小心翼翼、偷偷摸摸地啜了幾口。威芙捧著自己的陶杯，沐浴在熱飲的溫暖與濃香之中，彷彿結束了某種循環，彷彿扣上夾釦時那令人滿意的喀嚓聲。

「總之。」她說。「這個還能加牛奶，你可能會喜歡。」

「牛奶？」阿災皺起了臉。

「比你想像中好喝，等我的機器送來以後，你一定要試試。地精都叫它『拿鐵』。」

「拿鐵？有什麼特別的意思嗎？」

「發明這種飲料的地精咖啡師，好像就是這個名字——拿鐵．戴阿米。」

阿災對她投了個無奈的眼神。「妳怎麼用沒聽過的詞語來解釋另一個沒聽過的詞語？咖啡師又是啥？」

「阿災，這些詞又不是**我**發明的。」

「客人來買杯豆子水——咖啡，還得先被妳教育一番。」

「哪裡的話。我挺喜歡啊，這樣不是更有異國風情嗎。」

「女士長襪和異國豆子水。唉，只能求諸神保佑了。」

第五章

徵才告示板位於圖恩城最大廣場的東側，木板長而不高，最上層是較新的羊皮紙與大頁紙，下層則是數百張破破爛爛的舊告示，簡直像鋪了層毛墊。威芙目光掃過一張張啟示，胸中湧升了令人疲憊的回憶浪潮——狩獵怪獸、賞金僱傭、一場場戰鬥。她曾經遊走一座座城市，完成任務後，伸出關節染血的手撕下懸賞公告，準備前去領賞。被她撕下的告示，大概不下百來張吧。

威芙過去甚至也貼過幾張公告——偶爾僱人，偶爾徵人加入狩獵隊伍。這回和以往大相逕庭。

她將告示插在其中一根鐵釘上，再次閱讀自己寫下的徵才啟事。

誠徵助手：須願意學習

具管理與餐飲服務經驗者

有升遷機會

耐心者佳

與技能職務相符的工資
意者洽紅石路的舊馬車行
下午到傍晚

雖然希望渺茫，但蛛煞石至今可還沒讓她失望呢。

回到店裡，威芙只覺得坐立難安，在店內來回踱步。她剛到圖恩城那天便寄信訂了最重要的貨物，咖啡豆也很快就送到了，然而另一份包裹還遲遲不見蹤影。店面已經整修完畢、打掃乾淨，這下她無從發洩滿身焦慮的能量，不禁有些懊惱。

過去幾週她天天工作，如今阿災不在，她整個人閒得發慌。最終，她無奈地將筆記收入皮革包，邁步走到來圖恩城第一晚造訪過的酒吧。

她在靠後方的餐桌前坐下，點了餐，開始列出一張張愈來愈無關緊要的清單。到了正午，她的餐點還只吃到一半，神經兮兮的一張張清單也寫得亂七八糟，於是她一躍而起，結了帳之後大步走回店裡等待。

告示貼出第一天就有應徵者上門，這種想法實在不切實際，但有了蛛煞石……唉。對於蛛煞石的力量，她也只能選擇信與不信，倘若真信了……

以蛛煞石靈光
描繪機運圓環

威芙升火燒水，磨了些咖啡豆泡咖啡，結果喝得太快了。她又泡了一杯。再一杯。到最後，她的神經已經緊繃到了極限，開始後悔當初沒在徵才廣告上多寫幾句，後悔對蛛煞石的力量信以為真，將自己困在了這地方。她當真相信那塊石頭能有立竿見影的效果嗎？

黑血陰森森地掛在牆上，威芙發現自己想把劍取下來打磨，滿心想讓心神迷失在熟悉的重複性動作之中，但她還是移開了視線。她有些氣阿災逼她把劍掛起來，接著又氣自己愚蠢到怪罪阿災。那男人如此矮小，威芙單手便能將他拋到空中玩雜耍，他再怎麼樣也不可能「逼」威芙做任何事。

然後，下午稍晚，門口傳來「叩」一聲，有人動作明快地開了門。

一名女子大步走進店裡，環顧四周的動作謹慎卻又洋溢著自信。她身材高䠷——當然，沒有威芙這般高——光亮的齊顎短髮襯托出了幾分俐落感。她身穿馬褲與看似毛衣的深色寬鬆上衣，高高的衣領遮住了喉頸。女人的五官精緻高貴，瞳色深暗。此外，威芙也有些吃驚地注意到她髮間露出的短角、微帶紅紫色調的膚色，以及編繩狀的尾巴。眼前的女子顯然是魅魔。

威芙方才灌了四杯咖啡下肚，全身神經已經緊繃如弦，此時她愕然從椅子上跳了起來。

女人緩緩上下打量威芙，表情卻絲毫未變。她意有所指地瞥了牆上的黑血一眼，又將視線移回威芙身上。「誠徵助手。」她說道，語調中不帶任何一絲疑問。她嗓音低啞，咬字倒十分清晰。

「呃，沒錯。」威芙回道，呆立在原處。

女人緩緩揚眉，然後帶上了身後的店門。她伸出一隻手。「譚綴。」女子說。

「威芙。」她彆扭地回握住對方的手，恨自己方才喝了太多咖啡。「抱歉，我沒想到第一天就會有人來應徵工作。」她說——這完全是違心之言，但或許能用作她此時顯得如此手足無措的藉口。

「我喜歡快速行事。」譚綴說。

「很好。很好！」威芙試圖恢復鎮定。她又不是沒僱過幫手——雖然從前那些幫手都是傭兵與盜賊，但原則還是大致相同。說明工作內容，介紹工作條件與報酬，設法判斷對方有沒有可能在令人困擾的時刻捲款而逃，最後決定是否要僱用對方。這不是很簡單嗎。

「簡單來說，我想徵一個助手。好吧，看到告示妳應該也明白了。這份工作……呃，有點像是……呃。妳聽過『咖啡』這種東西嗎？」

魅魔搖了搖頭，烏髮如水簾般波動。「我沒有聽過。」

「好吧，沒關係，無所謂。那茶呢？妳喝過茶吧。我最近打算開一家店，有點像茶鋪——但賣的是咖啡——然後我自己一個人忙不過來。我需要一個願意學習、招待客人、幫忙各種雜務的助手，可能也要負責一些清潔打掃之類的工作。然後在受過一些訓練……受過我的訓練以後，助手也會在必要時泡咖啡。呃。我在公告上寫了『餐飲服務經驗』這項條件，妳有嗎？」

譚綴的神情毫無動搖。「我沒有。」

「呃。」

魅魔朝著威芙一點頭。「妳有嗎？」

威芙張口結舌了片刻，最終擠出一句：「我……沒有。」

「我**倒是**願意學習，這項條件不是寫在前頭嗎？」女人說道。

「確實。」威芙搔了搔後腦勺。諸神啊，這也太尷尬了。

「妳還寫了『升遷機會』這一項。」譚綴提醒她。「那是什麼樣的機會？」

「我是這麼寫的沒錯。這個……我是指，假如生意做得不錯……可能要看妳對哪些方面有興趣吧？」

她們陷入無比尷尬的沉默。

威芙掙扎了許久，不確定該如何措詞。她一向不擅長委婉溝通，在此之前也一直沒機會練就這項技能。魅魔素來以某些……生理上的需求聞名，她們是不是根本別無選擇，非得滿足這些需求與嗜好不可？威芙硬著頭皮說了下去：「妳是……魅魔，吧？」

譚綴聽出了她的言下之意，表情首次發生變化——嘴脣緊抿，眼神一凜，尾巴在身後來回甩動。「我是。而妳則是獸人，經營『不是茶鋪』的獸人。」

「我沒有批判妳的意思！」威芙語無倫次地說，感覺自己站在巨大錯誤的深淵邊緣，卻還是跌跌撞撞地邁出了腳步。「我問這個，只是因為——」

「妳如果想問我有沒有**勾引**客人的慾望，那我可以告訴妳，我並沒有。」譚綴的語調冷若冰霜。

「我想說的……不是那個。」威芙說。「我絕不會這樣揣測妳的意圖。我只是從沒和……妳們族類……合作過……不確定妳會有什麼樣的……需求。」諸神啊，這太痛苦了。她感覺雙頰發燙。

譚綴閉上雙眼，雙手抱胸，同樣臉頰微紅。

威芙百分之百確定，譚綴準備掉頭離開了。

她嘆了口氣。「我很抱歉。其實我**真的**很不擅長這種事，都不曉得自己在幹什麼。」她彎著拇指朝牆上的巨劍一比。「我在行的是那種勾當，一直以來都是。我只是現在想學些不同的東西，**成為**不同的人。我剛才說的每一句話都蠢到了家，我應該要比別人更能體會妳的感受，不該因種族出身而對妳抱有成見的。我知道妳想離開了，但能不能讓我試著從頭來過？」

譚綴緩緩呼吸，鼻子吸氣、張口吐息。「沒必要從頭來過了。」

「喔。」威芙失望地說。「我明白了。」

「何必浪費時間呢？反正大部分項目都已經討論過了。」魅魔逕自說了下去。「那麼，『與技能職務相符的工資』呢？」

威芙瞠目盯著她，片刻後才結結巴巴地說：「不然從每週三枚銀幣、八枚銅幣開始？」

「四枚銀幣。」

「我……好，也行。」

「那還能接受。」

「那，妳想做這份工作嗎？」

「我想。」譚綴再次伸出手。

威芙愣愣地和她握手。「那，這個……歡迎加入。我……謝了。」威芙本打算僱一名助手的，這下卻感覺自己無意間徵了個生意合夥人。方才究竟是誰在面試誰啊？

「那就這麼說定了。」譚綴說道。「很高興認識妳，威芙。」

說罷，她轉身離開，順手輕輕帶上了店門。

「**耐心者佳**。」威芙喃喃自語。

幾分鐘過後，她才意識到剛才沒說明開始工作的時間，但不知為何，她竟毫不為此憂心。

威芙直接走到廣場上，撕下那張才掛不到七個鐘頭的告示，摺起來收進口袋。她回到店鋪，擦去了今日偷偷摸摸磨豆子時散落的粉渣。

清掃完畢後，威芙外出飽餐一頓，渾身暖洋洋地歸來。她坐在店面用餐區擺弄道金木，目光一次次飄回埋藏蛛煞石的位置。

稍晚，她躺在鋪蓋上盯著天花板，想著即將送到的貨物，以及內心逐漸萌芽的潛力與動力。剩下唯一的工作，就是踢開那最後的阻礙了。

她聽見屋瓦發出「咚」一聲，沉重的腳步聲伴隨著吵雜的喀啦聲傳來，似是某隻大型生物朝西牆走去。一段令人屏息的寂靜……接著傳來「砰」的一聲。

威芙悄悄溜出鋪蓋，爬下梯子，在陰暗而寧靜的街道上來回巡視，伸長了脖子朝屋頂望去，接著又查看了西側的小巷，卻都一無所獲。

第六章

威芙果然沒必要憂心，隔天一早譚綴便來了。當時威芙正在街上把溼髮擰乾，身旁擺著一口半滿的水桶。之前發現自己不愛到最近的澡堂沐浴後，她又恢復了從前野營的戰鬥澡習慣。

她盤起頭髮夾好，直起身，用手掌抹去臉上的水滴。「我應該對妳說明工作時間的。」她說。「店還不能開張，我還在等一件貨物。」

「看起來現在就有不少工作可以做了。」譚綴評論道。她和昨日同樣嚴肅而直白，絲毫沒有威芙從前與其他魅魔往來時觀察到的性感風情。不過威芙也必須承認，自己認識的魅魔數量可說是少之又少。譚綴全身上下都散發出了俐落與效率，唯有蜜糖般光亮的秀髮、柔韌甩動的尾巴透出了別樣的韻味。

「喔？」威芙問。

「我必須了解未來的工作內容。沒有比現在更合適的學習時間了。」

「也是。這個，在器材送到之前，我也沒辦法教妳使用方法，不過我今天是打算整理一些餐具和擺設。我個人不太擅長布置，但我有一些初步的想法，我想找陶工買幾件作品，然後看看有沒有適合擺在街邊的桌子，可能再加幾張椅子，可能還有──」她含糊地揮了揮手。「──幾張……畫之類的？原本以為這部分相對簡單，沒想到會這麼繁瑣。」

「我可以提議嗎。」譚綴說道。聽上去不像是問句。

威芙做了個請便的手勢。

「圖恩市集每週辦在同樣兩天，今明兩天都有市集。妳如果想省點錢，省下大量不必要的瞎逛時間，那我建議去市集瞧瞧。」

「願意當我的嚮導嗎？」

「妳出錢，妳說的算。」譚綴說。雖然她的語調平穩如常，威芙似乎瞥見了一抹微乎其微的笑意。

威芙記得，大多數不諳武藝的人們在她身邊總是如履薄冰，彷彿等著永遠不會擊中的一拳砸來。她倒是喜歡這個魅魔直爽的性格──至於阿災，他那又是全然不同的一種坦率了。她再次想起那顆蛛煞石，以及它理應牽引到威芙身邊的事物。

威芙鎖上店門，隨著譚綴走到大街北邊，來到一條蜿蜒的長大道，只見兩旁有許多長駐的工藝店面或工坊。她訝異地注意到，這裡離她初來時造訪的那間鎖匠鋪不遠。多數小販都在寬敞的街上架起了涼棚與桌子，展示商品，而路上一早就有大批人前來採購，人潮還有愈來愈洶湧的趨勢。

她們逛了幾個鐘頭，時間已過正午。威芙邊走邊尋覓清單上的物件，譚綴則有技巧地帶著她遠離瑕疵品，眼尖地注意到了陶器隱藏的裂紋，或是鐵器接縫處的缺陷。未經威芙指示或許可，譚綴便自行接過了講價的任務。威芙看得出，她雖用中性服裝與鎮靜的姿態包裝自己——且完全不以肢體魅惑他人——商販卻仍是對她的……**某種特質**產生了反應。

最終，威芙買下了一整套陶盤、馬克杯與茶杯，以及兩個尺寸大許多的銅製水壺。此外，她還買了頗有分量的一大箱白鑞湯匙等餐具、餐具掛架、一張地毯、兩張鍛鐵桌與相搭的椅子、五盞壁燈、各式清潔用具，加上幾幅田園畫——威芙嫌畫得太模糊，譚綴卻堅稱那些畫作「耐人尋味」。議價時，魅魔大部分時候都能說服商販加上送貨到府服務，只有那一箱餐具和餐具掛架是被威芙夾在手臂下帶回去。

把東西帶回咖啡店後，即使過了午餐時間，威芙仍堅持要請譚綴吃頓飯以示感謝。

大街上有一間妖精經營的小飯館，只在白天營業，不知為何似乎很適合這種性質的共餐。今日相當暖和，空氣中飄著濃濃的河水氣味，她們在街邊的露天桌位坐了下來。

妖精菜餚以奶油麵包與精美的擺盤著稱，威芙平時沒吃得這般講究，但她不得不承認，自己吃著吃著也喜歡上了這種飲食。

「那。」兩人等待餐點上桌時，她開口說。「妳從以前就一直住在圖恩這兒嗎？」

「不是。」譚綴回答，就連坐姿也十分端正。「我在很多地方待過。」魅魔接著流暢地轉移了話題。「妳顯然並不是喜歡多元都市的那類人，為什麼選擇圖恩城？」

威芙心想，她選擇圖恩城的真正原因是靈脈，但這解釋起來太麻煩了。她改而提出另一個真實卻又簡單許多的回答：「是我研究的結論。」她戲謔地低頭掃了自己的身軀一眼。「妳看我這副模樣可能猜不到，但我其實看了不少書。簡單來說，我有了做這件事的想法以後，花了很多時間在藏書閣裡查資料，也和很多人聊過，從很多方面來看這都是最合適的地點。」

「咖啡。」譚綴說，脣角勾起了小小的微笑。「不是茶。是妳長久以來的夢想，還是稍微轉換步調而已？」

威芙說明了在阿角穆城認識咖啡的經過，這回比先前對阿災解釋時順暢許多。譚綴若有所思。

「似乎和妳從前做的那類工作差很遠呢。」

「是嗎，那妳猜我從前幹的是哪一行？」威芙揚起一邊眉毛。

譚綴面露愧色。「對不起，是我說錯話了，尤其在……」

威芙嗤笑一聲。「逗妳的。我的臉皮沒那麼薄，而且無論如何**妳**都猜對了。我身上這麼多傷疤，可不是幹農活得來的。」

譚綴對她投了個探詢的眼神，而後似乎放鬆了下來。

餐點上桌了，那名妖精服務生離開後，譚綴舉起盛了淡啤酒的馬克杯。「那麼，敬我們錯誤的假設。」

威芙跟著舉杯。「我也敬這一杯。」

用餐的同時，威芙接著說：「我覺得，我可能從好幾年前就在找一條出路了。冒險、戰鬥、當賞金獵人——用這種方式討生活，不是一百處傷口慢慢失血，就是等著被一擊斃命。但過著過著，妳會變得麻木，根本不會考慮其他的可能性。這是我第一次有了別種感受，也想要**繼續**維持這種感受，所以呢，我趁著身體裡的血還沒流光，來到了這裡。」

譚綴點點頭，卻沒有接話。

威芙默默等待，想著譚綴或許願意分享自己的經歷，然而對方只靜靜進食。

不然下次吧。

儘管如此，這頓飯還是吃得相當愜意。

回到店鋪，只見門外的街上擺著一口巨大的條板箱，看上去是地精製造的。而坐在箱子上、雙腿懸在空中的結實矮人，則是威芙的老熟人。

「盧恩！」她高呼。「八級地獄的，你怎麼會在這裡？」

他跳下箱子走來，緊張地扯了扯綁成辮子的八字鬍。「幫老朋友送貨來啦。」他說。

「老矮子，還不過來。」威芙大張著雙臂說。

盧恩終於露出寬心的神情，與她相擁。「必須說，我本來還不確定妳願不願意見我呢。妳那時候就這麼離開了……」

威芙單膝跪下來，儘量平視對方。「那是我不好，我當時要是停下來跟你們解釋——要是想辦法交代清楚——我真的怕自己會退縮。那對你和其他人都不公平，但……」她無助地聳肩。

盧恩仔細觀察她的表情，這才果斷地一點頭，拍拍她雙肩。「好，那妳現在可不能退縮了，可以告訴我們了。對吧？」

「嗯，可以了。」她抬頭看向木箱。「不過……送貨是怎麼回事？」

「啊！這個啊，我弟弟康納在經營從阿角穆出貨的驛站，他看到妳的名字就覺得好奇，告訴了我。我說我可以來送貨，反正之前也幹過。我必須說，看到這一箱以後，我還真恨不得問問妳目前在幹些什麼。」他的視線快速朝威芙身後一閃。

「喔！這是譚綴，她現在是我的工作夥伴。」威芙起身介紹兩人認識。「譚綴，這是盧恩，我們以前合作了——嗯，該有好幾年了。」

「直到很——近期才結束合作。很高興認識妳。」盧恩說。

「幸會。」

「好了，我們總不能成天站在街上說話。」威芙說。她開了鎖，移除兩扇大門的門閂，敞開大門。「盧恩，幫我把這東西搬進去吧。」

兩人合力將木箱搬上長桌，譚綴則困惑地跟了過來。

「來。」威芙說。「你很好奇，那就由你來開箱？」

「那可太好了。」盧恩回道。

他從腰帶取下短柄小斧，用斧緣輕輕撬起箱蓋四角，然後他們一同滑開蓋子。箱內的木屑中間，是個體積龐大的銀色盒子，盒子上滿滿是繁複的管線、藏在厚厚一層玻璃內的測量儀器、一些旋鈕與調節器，以及盒子前側兩個有著長手柄的機關。

「威芙。」站在長凳上朝木箱內探頭的盧恩說。「這到底是什麼鬼東西，我還真連一丁點概念都沒有。」

「是咖啡機。」譚綴若有所思地說。「對不對？」

「完全正確。」威芙的語氣得意洋洋。

「咖啡？」盧恩說。「妳之前在阿角穆說的，就是這東西？」他瞥了譚綴一眼。「她可是一直**嘮叨**不停呢。」

「沒錯。」威芙對他笑笑。

「八級地獄的，那妳打算拿這東西做啥啊？」盧恩問。

「幫我抬出來，我就告訴你。」

不久後，他們將機器擺在了櫃檯上，條板箱則被扔到街上。威芙重新關上大門，免得爹客又突然來訪——尤其是現在，她是真沒興趣和那傢伙周旋。有了盧恩在身旁，她擔心自己會忍不住把寥客揍得頭破血流。

箱裡除了木屑以外，還放了一本手冊，譚綴趁威芙與盧恩坐在長桌邊聊天時，拿過來詳讀了。

威芙說明自己的計畫，以及這幾週的整修工作之後，盧恩更仔細檢視了這幢建築，目光帶著幾分欣賞。

「喲。」他說。「威芙，我只能說，妳做事總是這樣全力以赴。雖然我不是很懂妳這門生意要怎麼做，但妳每一次都是看準了結果才開始戰鬥，可見妳的直覺比我可靠得多。」

「這我就不曉得了。」威芙說。「但我已經儘量把可控的部分做到最好，不留太多僥倖了。」

聽她這麼說，盧恩瞇眼注視著她，彷彿想繼續追問。

「那，嘉莉娜最近好嗎？」威芙連忙問道，匆匆略過了接下來一些尷尬的話題。

「她是有點受傷，但妳也知道她那個人，那姑娘可是堅強得很。現在可能還沒過那道坎，可是過一陣子就沒事了。我說啊，妳如果要我幫忙捎句話……或是送一封信……？」

「我是該寫封信給她，不過我還得花點時間想想該怎麼解釋。你們旅途中還是會經過琺利安城嗎？」

「那當然，那邊去哪都方便。」

「等我想到要怎麼說，就會寄東西到那裡給她。你告訴她……這個，跟她說我為自己當時離開的方式感到抱歉。」

盧恩點點頭，然後雙手在桌面敲了敲。「對了，說到離開，我得先走了。天快黑了，明天還有很長一段路得趕。但是在走之前……」他在腰間的軟袋裡摸索一陣，掏出一顆灰色的小石子，石頭一面刻著波浪狀的三條線。

「閃石？」威芙問。

「沒錯。」盧恩說。「我身上帶著和它一對的石子。我知道妳在這兒已經安頓好了，也沒預期之後會遇上什麼問題，但如果妳真碰上了麻煩，要是事情進展得不順利——妳把妳這顆丟進火堆，我就會收到信號。既然我知道妳目前在這兒，就能過來幫妳一把了。」

「我不會出事的，盧恩。」

「當然是不會，但如果……說不定妳哪天會發現自己還想出去冒險。」他搶在威芙出聲抗議前舉起雙手。「我只是說如果而已！我也不是說這種事很有可能發生，但做了準備總是好的，對吧？」

威芙從他手裡接過石子。「做了準備總是好的。是啊。」她最不想遇到的就是盧恩所說的狀況，不過這畢竟是對方的一片心意，而且她先前二話不說就離開了夥伴，現在至少該大方收下人家善意的贈禮。

「那我走了。」盧恩輕快地說。他起身再次擁抱威芙，並對譚綴微微鞠躬，補充一句：「小姐，幸會。」

威芙送他到門前。「盧恩，能再見到你，我是真的很開心。幫我跟嘉莉娜還有泰伍士說聲抱歉，至於芬奈斯……」

盧恩對她露齒一笑。「要不幫妳踢他屁股一腳？」

「唔。」她說。

「回頭見。保重啊，威芙。」

然後，他邁步走進了夜色。

「真抱歉。」威芙回到店裡，見到譚綴仍在瀏覽那本地精文手冊。「說真的，妳不用待到這麼晚。是我沒注意時間，我早在一個鐘頭前就該放妳回家了。」

讀冊子讀到一半的魅魔抬起頭來。「看了這個之後，妳要我直接回家？我非得知道它是怎麼運作的不可，否則把機器放在這裡不動，我回去了也不可能按捺著好奇心睡著。」她輕觸機器光潔的表面。

擺在櫃檯上的機器外表光滑閃亮，顯得十分先進，不愧是出自擅於工程學的地精族之手。這臺機器雖和威芙在阿角穆城看見的那一臺有些差異，但已經足夠相像，且在盧恩離去後，她更是感受到逐步攀升的期盼，以及些許令腹中翻騰的不安。

「妳已經知道怎麼用了嗎？」譚綴問道。

「大致知道吧。」威芙說。她不住盯著機器，目光游移在彎曲的管線與擦得雪亮的玻璃片上。

「既然如此。」譚綴神情變化，添了幾分幽默。「別這樣吊我胃口啊。」

「喔對！那，先點火。」威芙找到機器前側的小門，掀了開來，勉強能看見裡頭的火油與火芯。她找到一根較長的硫火柴，先是點了火柴，接著點燃機器的火芯，關上小門。

「然後加水……」她拿水壺盛了大木桶裡的水，打開機器上頭另一道小門，小心翼翼地將水倒入門內空倉。

威芙去貯藏室取一袋咖啡豆，同時聽見音調逐漸升高的細微嘶聲，待她回到櫃檯，機器前側的儀錶已經開始微微轉動了。

機器一端裝有精巧的研磨機械，威芙把一些豆子倒入另一個小隔間，接著從前側拉開其中一個長柄機關，將它放入磨豆機械下方的溝槽。右手邊的儀錶指向藍色區域時，她扳動控制桿，機器頓時發出尖銳的轉聲，磨成了粉末的豆子被緊緊填入握柄凹勺。

「可以幫我拿馬克杯嗎？」

譚綴拿了過來，並興致勃勃地觀察機器的操作流程。

「現在是最後一步了。」威芙邊說邊把握柄放回原本的位置，馬克杯擺到握柄下方，然後扳動另一個控制桿。

一聲較響亮的尖銳嘶聲傳出，接著是咕嚕響動，機器開始嗡嗡震顫，只見水流過了銀色管線。

接下來數秒，運作聲愈發吵雜，然後一股棕色液體穩定流出，注入了馬克杯中。

威芙多等了片刻才將開關扳回關閉狀態，但她立刻就能看出，方才那些步驟大都操作無誤。馬克杯飄出濃郁、溫暖而近似堅果的芳香……太完美了。

她把杯子舉到鼻前，闔眼深深吸氣。

「諸神啊。對了，就是這個味道。」

等量的寬慰與狂喜湧遍威芙全身。

「我個人很喜歡這種喝法，不過妳是第一次喝，所以……」威芙把馬克杯放在另一個出水口下方，按下上頭的開關，立刻有熱水注入杯子，直到馬克杯幾乎全滿。

她小心翼翼地轉向譚綴，遞出馬克杯。「來，喝吧。小心燙。」

譚綴鄭重其事地接過杯子，雙手捧著，小心地嗅了嗅。

她將杯緣舉到脣邊，吹氣數秒，然後非常、非常審慎地輕啜一口。

漫長的沉默。

「喔。」譚綴說。「喔天啊。」

威芙粲然一笑。這門生意或許真有可能成功。

第七章

阿災再次帶著工具箱登門時，威芙驕傲地對他展示全新的地精咖啡機。霍布妖雙手拇指插在腰帶裡，饒富興致地端詳著，這時譚綴也正好出現了。

威芙為雙方做了介紹。

「很榮幸認識妳。」阿災深深鞠躬。

「店裡修繕得很漂亮。」譚綴示意店內空間，說道。「我還記得它以前的樣子。」

霍布妖微微挺起了胸膛，威芙確信他是在強忍著笑意，但最終他只點了點頭，一如往常地說：「唔。」

前一天採購的戰利品一件件送到，一整天下來陸續有人來送貨。

阿災掛上了壁燈，譚綴與威芙則從箱子裡取出碗盤，放到架上，鋪開地毯，並將戶外的餐桌椅擺到店前的窗下。

下午中段，阿災暫時離開，說是去「辦點小事」。一段時間過後，他竟彆扭地扛著一面不小的木招牌回來，喘著粗氣，將木板面朝威芙看不見的方向放在店前，手指焦慮地敲著木板頂部。

「那個。」他說。「我應該先問妳的，但是……妳好像還沒決定好，也**還沒**掛招牌上去。我想了一會兒，想說……嗯。」威芙敢發誓，他這是臉頰發紅了。「啊，諸神的。」他呼了口氣，把招牌轉過來給威芙看。

招牌切割成了鳶盾形狀，表面陽刻著幾個斜體大字，中間以熟悉的劍影相隔。

「妳當然不一定要用它，我只是想到這個點子，手邊又剛好有點閒時間，就想著……這個，妳畢竟需要招牌，總不能讓人以為這兒還是馬車行嘛。」他艱澀地吐出這段話。

招牌上寫著：

傳奇

&

拿鐵

「阿災。」威芙發現自己竟有些哽咽。「它很完美。」

「嗯。」他說，然後雙手把招牌朝威芙一推。

譚綴若有所思地點點頭。「令人印象深刻。拿鐵是什麼啊？」

「加了牛奶的豆子水。」阿災從招牌邊探出頭，故意用所有人都聽得見的氣聲說。

譚綴扯了個鬼臉。

威芙笑著接過招牌，舉起來細細端詳。「你們都這樣說了，我當然得泡一杯正統的拿鐵讓你們嘗嘗，你們非得喝下去不可。我在冷藏庫裡放了一罐新鮮牛奶，今早還在練習呢。」

「唔。我們先把牌子掛起來吧。」

威芙夠高，站在椅子上就能搆到鐵吊架，將招牌的單眼鉤套在了尖鐵上。阿災顯然事前量過了尺寸。

三人都倒退一步，抬頭欣賞新招牌。

「好人有好報，我這就去弄些牛奶豆子水給你喝，如何？」威芙燦笑著對阿災說。

阿災裝模作樣地嘀咕了幾句，卻興致勃勃地看著威芙示範飲料的製作方法，直到最後一步，她將牛奶舉到噴出蒸汽的銀色噴頭下，打成了泡沫狀。威芙把奶泡倒入馬克杯，擺到阿災面前。他先是仔細打量杯中飲品，又抬頭打量威芙，最後才小心地吹了吹氣，啜飲一口。

他瞪大了雙眼。「嘖，好傢伙。牛奶豆子水啊，我真是服了。」他又長長喝一口，結果燙到了舌頭。

「這我一定得嘗嘗。」譚綴說。

阿災把馬克杯遞給她，同時連連往燙傷的嘴裡吸氣。

小心啜了一口、闔眼細細品味後，譚綴判定為極品美味。「圖恩城又不是沒有地精，他們怎麼不賣這個？」她語調驚奇地問道。

「誰曉得呢？但我可不希望他們做這份生意。」威芙回道。「至少讓我先站穩腳步啊！」

「完全贊同。」譚綴邊說邊喝了長長一口，尾巴欣喜地如鞭子般來回抽動。

「這個還給我，謝謝。」阿災說，甚至還搖著手要譚綴把馬克杯還回去。「而且，妳不是該學怎麼做這個嗎？」

「我讀了和機器一起送來的那本書，不過這**確實**是一門技藝。」她一面說，一面將馬克杯交給阿災。

「來櫃檯這邊，我教妳。」威芙說。她笑容滿面，首次覺得這幢建築、這座城市、這處**所在**……就是她的歸屬。明天、下週、下個季節、下一年，她仍會存在於此，仍會存在這個……

家。

「那麼，就照妳說的，明天開張？」譚綴問道。三人一同坐在其中一個露天桌位，啜著各自的飲料。

「希望可以。」威芙說。「但我不太確定該抱什麼樣的期待，老實說，我還滿緊張的。感覺該再準備些什麼，可是我也想不到能做什麼了，所以想說該直接上陣，我……**我們**遇到問題再一一解決。」

「理想情況下，我們並不需要直接上陣的。」譚綴帶著戲謔的笑容說道。「但妳真的指望客人直接找上門來嗎？妳不打算打廣告嗎？」

「打廣告？」

「預告一下，做告示牌，僱個街頭公告員，讓大家知道妳要開店了。」

威芙愣了一下。「我都沒想過這件事。」

「妳都已經做了詳細的規畫，竟然沒想到這一層。」譚綴說。

威芙似乎同時受到了讚美與責備。「我那時候在阿角穆城，也是誤打誤撞走進了那間咖啡廳，想說這裡的客人應該也能這麼找到這家店。」

「但妳當時去的那間店，裡頭有客人吧？」

「是啊。」

「那本身就是一種廣告了。妳看到別人買他們的商品，看到店裡的回頭客，就知道那家店值得妳去探索。」

「喔。妳在這方面好像比我在行許多，那……妳有什麼建議？」

譚綴沒有立即回答，而是默默思索了片刻。威芙喜歡她這一點。

「早早開張也無妨，我們可以先適應環境。在我看來，妳會遇到的問題是，即使告訴全城妳在賣咖啡，大家也都和我、阿災一樣，不明白那究竟是什麼東西。」

阿災點點頭。

「所以。」譚綴接著說。「我們也許得讓他們認識這件新產品。唔……我再回去想想。明天可以先演練一回，但老實告訴妳，我不抱太大的期望。我不想看到妳失望。」

威芙皺起眉頭。「看你們兩個反應這麼好，我都沒想到之後還會有什麼困難。」

「我覺得妳現在還不必煩惱。」譚綴說著，輕輕一碰她的手。「我只是認為，我們別太過期待會比較好。」

威芙仍在琢磨此事，忽然被另一道聲音嚇了一跳。

「瞧妳這副樣子，好像都已經安頓好了呢，小姐！」

雷妮笑吟吟地瞅著他們，臉皺得像顆乾枯的蘋果。

「雷妮！」威芙說。「呃，好像是吧。」

「我還是猜不出妳這兒是做什麼的，不過看上去是真的漂亮。」她抬起頭，瞇眼看著招牌。

「嗯。完——全——摸不著頭腦。」她神色一亮，往桌上放了個盤子，只見盤子上是一塊深色的圓形烘焙物。「看你們在慶祝的樣子，剛好我今天烤了點東西。」

「喔，呃，謝謝妳。」威芙結結巴巴地說。她幫阿災與譚綴做了介紹，雷妮點頭對他們搧了搧雙手，算是打招呼。

「要不我幫妳搬張椅子，再泡杯飲料？」威芙舉起自己的馬克杯。「我可以讓妳看看我店裡要賣的東西。」

雷妮動作浮誇地朝杯裡望了望，又深深嗅幾下，但最後還是搧搧手。「喔，不用了，這年頭我的胃已經吃不進新鮮玩意兒了。你們慢慢吃，明天以前把盤子還給我。」她又搖搖晃晃地回到馬路對面。

威芙取來餐具，奮力鋸開了他們推測是無花果蛋糕的物體，三人淺嘗了一口。他們坐在那裡，咀嚼了極長一段時間，費力吞嚥，喃喃說了些勉強算得上讚賞的話……接著三人互視一眼，啞然失笑，一致認同那東西完全無法下嚥。

他們又坐著聊了一會。阿災喝完了他那杯飲料。

「唔。既然妳這邊都準備好，我的工資也結清了……」他低頭看著桌子說。「看來目前工作都做完了。當然，碼頭那邊還有不少工作等著我。」

「那希望你之後有空來坐坐。」威芙說，費了一番力氣才壓下了語調中的失望。她已經習慣了阿災的存在。「只要你來，我隨時幫你泡一杯咖啡。記得常來。」

「真需要的話，我說不定會來。」他說。

威芙突然朝他伸出手。「別跟我見外啊，阿災。」

他回握住威芙，整隻手都被她的大手握住了。「威芙妳也一樣。這份活做得很開心。」不知為何，這句話從他口中說出來，竟是意外地感人。

「很高興認識你，阿災。」譚綴說。

阿災又一次點頭，對她們微微鞠躬致意，就這麼離開了。

威芙目送他離去，心稍稍碎了。

譚綴捲起袖子在洗碗盆中清洗馬克杯，再將杯子擺好晾乾。威芙則走進食品貯藏室，取出今早買牛奶時順便買來的長條冬青吊花。

她盯著掛在牆上的黑血良久，然後把吊花從劍的一端纏到另一端，再後退一步審視裝飾後的效果。

「很好看。」譚綴邊擦乾雙手邊說。威芙這才回過神來。

「我只是想……我也不曉得自己是怎麼想的。」

「在之前，妳隨時可以拔劍揮砍。」譚綴說道。「過去的它是一把武器。」她若有所思地看向威芙。「現在，它是一件紀念物，是一件裝飾。它成了過去遺留下來的物事。」

威芙點點頭。「妳說得有道理。」

譚綴露出幾近得意的小小微笑。「我說的話通常都有道理，妳終有一天會對我心服口服的。」

「那很抱歉，我只能希望妳對明天的預期有誤了。」

「假如我的預測**無誤**，妳也別往心裡去。」

威芙哼了聲。「我儘量。」話雖如此，她仍感到憂心。

譚綴收拾環境時，威芙走到用餐區，來到蛛煞石的埋藏處。她用腳尖輕踩了那塊石板三下以求好運，而後從口袋抽出被她摸得破破舊舊的一小片羊皮紙。

幾近奇術之線，
以蛛煞石靈光，
描繪機運圓環，
招致心之所向。

「我先走了。」譚綴走進來說。威芙又被她嚇了一跳。

在她納悶的目光下，威芙匆匆把紙片塞回褲子口袋。「呃，很棒！好。明天見。我好像該試著好好睡一覺，但老實說我大概睡不著。」

「我相信——」

聽見忽然傳來的喀啦聲與碰撞聲，兩人同時轉向店門口。

威芙探頭向外張望。

雷妮的盤子仍放在鍛鐵桌上，只被吃了幾口就沒人碰的無花果蛋糕卻已不翼而飛。

譚綴跟著來到門邊，低哼了一聲。

「八級地獄的，什麼鬼啊？」威芙說。

「呵，無論小偷是誰。」譚綴說。「我都打從心底同情他。」

第八章

譚綴並沒有說錯。

隔日，傳奇拿鐵咖啡廳首次開張，等著客人光顧。

威芙將馬車行的兩扇大門撐得敞開，在窗邊牆上的木釘上掛了張「**營業中**」的牌子，然後待在櫃檯後緊張兮兮地等客人出現。

沒有任何一名客人上門。

威芙不得不承認，這樣的結果並不意外。她先前審慎擬定、查找資料與各種準備，卻沒考慮到最重要的一件事：哪有人會登門買一件他不知道自己需要的商品呢？

譚綴立刻就看見了問題的所在。

威芙怎會渾然不覺？

譚綴來時，一隻手臂夾著個皮革對開本，卻直接將東西放到了櫃檯下，沒多說什麼。魅魔在機器後就定位，沖了兩杯咖啡。

「店裡安靜也正好，是個練習的好機會。」她顯然仔細觀摩了威芙製作飲料的方法。沖出來的第一杯稍嫌苦澀，第二杯有點淡，但還能入口，咖啡的芳香也令威芙靜下了心。

門外拂來的微風相當沁涼，兩個馬克杯都冒出了誘人的裊裊蒸汽。如今萬事俱備，已經比威芙料想中更貼近她的計畫了。

唯一的問題是，她們根本無事可做。

最初幾個鐘頭，威芙像隻受困的猛獸般來回踱步。

阿災來了一小會兒，邊喝咖啡邊大聲評論它的風味，彷彿要讓周圍不存在的其他客人聽見。最終，他面帶彆扭的笑容，打聲招呼離開了。

店裡倒是來了一位意料之外的訪客。

上午時間過了一半，雷妮便搖搖晃晃地過了馬路來。

「早啊，親愛的。」她歡快地說。「我想說來看看這邊在熱鬧什麼。」不過店裡很明顯稱不上「熱鬧」。「給我弄一杯那個吧。多少錢？」她朝咖啡機揮了揮手說。

威芙想起先前在酒館看見的石板菜單，暗自咒罵自己怎麼會沒有想到。

「呃，咖啡是半枚銅錢。那是……那是原味的。拿鐵是一枚銅錢，就是，呃……加了牛奶的。那個，既然妳的胃……？」威芙揉了揉自己的胃。

雷妮在寬鬆連身裙的口袋裡翻找一陣，把一枚銅幣推到了櫃檯上。譚綴盡職地將錢收入錢箱，開始工作。

老媼聽著機器發出的嘶聲、磨豆聲與咕嚕聲，興奮地輕笑著，嘰嘰喳喳說個不停。她點頭接過加了奶泡的馬克杯。

「很好，很好。」她說。「謝謝妳們兩個啦！喔！既然我都來了，就順便把我的盤子拿回去吧，嗯？」

威芙一面道謝一面把盤子交還給她。

「多謝啦！」她樂呵呵地說。「好啦，該回去幹活了。回頭見囉。」

說罷，她拿著盤子搖搖擺擺地過了馬路，連一口也沒喝的拿鐵仍在櫃檯上冒著蒸汽。

威芙沉重地嘆了口氣。

譚綴把拿鐵拿去喝了。

「那麼。」譚綴抱著她的皮革對開本，出聲說道。在此之前，威芙還以為這名魅魔是絕不可能面露緊張的呢。「我昨晚不是說我有一些想法嗎？我回自己房裡，又思考了一下。」

「喔？」

譚綴在櫃檯上翻開對開本，抽出幾頁紙張，只見滿滿的草圖與文字。她焦慮地翻了翻那幾張紙。「是的。嗯，希望妳今天沒**太**失望。假如我們——假如**妳**——能讓人們知道他們缺了這件商品，相信客人就會來光顧了。」她對上威芙的視線。「因為這**真的**不錯。我是說這個想法。」

「我也很希望妳想到了好點子。」威芙訝異地喃喃說。譚綴昨晚似乎頗有信心，現在卻語速很快，彷彿怕被威芙插嘴打斷。威芙低頭看向譚綴的筆記。

「反正這些都只是我的想法而已，我想說如果妳——我們——能想辦法找到一群核心顧客，就能建立口碑，讓他們把這間店的消息口耳相傳出去。而且，店裡有了客人以後，其他人也會受他們吸引。總之。我提議辦一場活動。」

她將其中一張紙轉向威芙，只見譚綴畫了張相當好看的草圖，還能隱約看見一些草稿線，文字則結合了粗體和花體字。

開業大吉

傳奇 & 拿鐵

品嘗轟動地精界的**奇異**產品

免費嘗鮮

限量供應！

「這是妳畫的？」威芙驚奇地問。

譚綴將一綹短髮順到耳後，尾巴在背後來回搖擺。「是我畫的。總之，我們請筆墨商做幾張海報，拿去貼在徵才布告欄，再弄幾塊告示板擺在街上。像這樣。」

她翻出另一張草圖，與第一張相似，但加上了一個花俏的大箭頭，指向店面可能所在的方向。

「譚綴，這太優秀了。」威芙說。她似乎看見魅魔的臉微微一紅。「我……我都不知道該說什麼了。我……我真的很感動。」

「說得很對。」

「說到底，妳要是沒有生意，我也拿不到酬勞。」譚綴臉上閃過一抹微笑。

「這場活動的關鍵是，我們的優惠是限量的。我們要一次吸引大量顧客上門，但不能太多，否則我們也接應不過來。所以，我們暫時只在街上放告示牌就好。另外，讓人免費嘗鮮確實會虧點錢，但如果他們能成為回頭客，那就再好不過了。」威芙注意到，譚綴最後還是選擇了「我們」的說法，她不禁微微一笑。

「那在妳看來，我們第一步該怎麼做？」

威芙看著譚綴全心投入這項提案。「我會需要一筆經費去湊齊這些材料。我們明天開始用告示牌來宣傳。我可以今天下午先畫好，晚上等打烊**過後**再放到街邊。然後，我們再來看看廣告效果。」

威芙從保險箱取出一些錢放入錢袋，順著櫃檯推向譚綴。「那就交給妳了。」

譚綴粲然一笑——威芙還是第一次見她笑得如此燦爛——然後抓起錢袋、收拾對開本。她匆匆出門的同時，回頭喊了一句：「晚點回來！」

隨著上午時間流逝，威芙原先的樂觀也迅速消逝了，她逐漸感到絕望——但此時，她的心情又好了起來。好吧，雖然有了計畫，能否成功也還是未知數。她朝街上瞄了幾眼，確認沒有顧客走近，然後嗤地苦笑一聲、搖了搖頭，暫時閂上兩扇大門。

她推開長桌，小心翼翼地撬起地上石板，摸了摸躺在土裡的蛛煞石。

「幫幫忙吧，小小姐。」她悄聲說。「別讓我出糗。」

譚綴回來時，吃力地抱著兩塊沉重的及腰折疊告示牌，一隻手臂彆扭地夾著對開本，肩頭還掛著一個布包。

「這部分我顯然沒考慮清楚。」她氣喘吁吁道。

威芙趕緊上前接過告示牌。譚綴一邊放下了其他物件。

女人沒問生意是否有了起色，畢竟店裡仍是門可羅雀。她攤開布包，只見裡頭裝著塞了軟木塞的幾瓶墨水、幾枝筆刷，還有幾塊形狀彎曲的木頭，不知是什麼用處。

譚綴把錢袋還給威芙，著手畫起告示牌。

她盤腿坐在地上，捲起了衣袖，幾張草圖放在一旁，開始沾墨水作圖。她穩穩握著筆，繪出筆觸簡潔的線條，專注時，嘴部絲毫未見緊繃。幾塊彎曲的木頭原來是模板，她順著模板畫出幾條較長、較繁複的曲線。譚綴偶爾會瞄一眼草圖，不過在威芙看來，她幾乎不需要參考草稿。

不到一個鐘頭，譚綴在告示牌底部畫了最後一條蛇形線條。她用抹布清潔筆刷，蓋上墨水瓶，然後伸了個懶腰，一面揉背一面檢視自己的作品。

威芙覺得成果優異，像是出自專業人士之手。「妳以前該不會是告示牌畫工吧？」

「不是，我只是從小就有……藝術天分而已。」譚綴轉向她。「我覺得可以現在打烊，我們趁外頭天還亮著，先去把告示牌放好。」

「這裡就屬妳內行。」威芙捲起脣角說。「妳叫我把它們擺哪裡，我就擺哪裡。」

譚綴走到街上。「第一塊放店門口，就這裡。」她指著離店門幾英尺的位置。威芙將兩張告示牌帶出門，一張靠在牆邊，另一張則往地上一放，調整角度，讓牌子上的箭頭指向店門。

「那這一塊呢？」威芙單手舉起另一張告示牌問。

「我想擺在路口，放在能看見大街的位置。這邊來。」她領著威芙沿紅石路走到轉角，威芙放下告示牌後，譚綴從不同方向檢查牌子的可見度，又花了些時間調整角度，直到滿意為止。

她們回到店鋪時，點燈人正開始用長燭點亮路燈。

「所以，妳覺得這真的有用？」威芙倚著門框，等譚綴收拾東西。

「反正也不可能更糟了嘛。」譚綴拿著她的對開本走出來。

威芙瞇起了雙眼，沉聲嘀咕：「這我就不曉得了。」她隔著譚綴肩頭瞥見沿街走來的人，那頂帽子她一眼就認出來了。

「妳在看什麼？」譚綴轉身，順著她的視線望去。寥客在這時漫步經過，身旁還有個腰間掛著提燈、左胸別著胸章的粗壯男子。

寥客親切地單手搭在城衛肩頭，微笑低語幾句。別著胸章的男子聽了溫厚地大笑一聲。

「沒什麼。」威芙說。

寥客在離威芙幾步距離處停下腳步，略作詫異地瞟了威芙一眼，接著目光掃向她身後的店鋪。城衛面露困惑，似乎不明白他為何突然停下。

石妖精踏近一步，隔著窗戶往內望。「真是把可怕的劍啊，威芙，妳這不會是想嚇唬什麼人吧。」他指向店內。

城衛跟著瞇眼往店內張望。「唔，還真的呢。」他出聲表示同意，同時拍了拍自己那把短劍的劍柄。

「只是件紀念品而已。」威芙說，語音不受控地添了幾分威嚇意味。

譚綴的目光在他們之間游移，她抱緊了對開本。「我該擔心嗎？」她低聲問道。

威芙不確定該如何回答，這時才赫然意識到，自己能失去的事物並不只有這間店。

寥客點點頭，前襟花俏的褶皺跟著上下抖動。「再兩週。」他說。「只是一點善意的小提醒，免得妳忘了預留一筆錢。」

城衛對此毫無反應。威芙頓時打消了向當地管理機構求助的念頭。

威芙握緊拳頭，又迫使雙手放鬆。「那只能祈禱我這兩週生意好起來了。」她說。「畢竟石頭是擠不出血來的。」

「是啊，相信妳在擠血這方面，或者用……其他方式讓東西流血這方面，很是在行吧。我猜妳是個很有才能的人，妳放心，我們也有類似的本事的。」他的目光短暫落到譚綴身上，他竟不帶譏嘲意味地對女人鞠躬致意，甚至連表情也莫名歉疚。

「我們走吧？」城衛提醒他。

威芙與譚綴看著兩人遠去。

「剛才那是怎麼回事？」他們終於消失後，譚綴問道。

「這件事我來處理就好，妳不用操心。」

譚綴似乎不信，卻沒再爭辯。

「妳該回家了。」威芙強顏歡笑著說。「告示牌都做得很精美，我也留妳留得太晚了。」

「妳確定？」

「完全確定。」

譚綴不情願地點點頭，腋下夾著對開本離開了。

魅魔拐過轉角的同時，威芙大步走到店門邊，取下掛在木釘上的「營業中」木牌，進了屋內。關門時，她儘量放輕了動作，門鉸鍊卻仍被震得喀啦作響。

威芙躺在鋪蓋上，取出盧恩送她的閃石。她在手裡不住翻轉那顆小石子，回想起從前「成功」與「失敗」之間的涇渭分明——如今，那清楚的界限也不知蹤影了。

她收起石子，很長一段時間都沒有睡著。

第九章

她當然對告示牌宣傳的效果懷有一**定程度**的期望，但威芙萬萬沒想到，一早將「營業中」木牌掛上時，門外竟已經有三個人在排隊了——一名魁梧的碼頭工人、一名面頰發紅的洗衣女工，以及一名穿著沾了麵粉的大圍裙的鼠人。

碼頭工人訝異地上下打量威芙，然後沉聲說：「免費嘗鮮？」他朝街上的告示勾了勾粗壯的拇指。

「沒錯。」威芙邊說邊用河岩撐開店門。此時天還未亮，晨間空氣仍帶有仲春的寒涼。三個客人都趕忙入內。威芙點了爐灶當暖爐用，一盞盞壁燈也在店內灑下了溫暖的奶油黃光。洗衣女工走到櫃檯前，檢視著威芙用幾塊鵝卵石壓在桌面的一張羊皮紙。她還沒時間去找黑石板，於是在紙上手寫了菜單，過程中深刻意識到了自己的筆跡和譚綴相比是多麼潦草。有菜單總比沒有好，但晚點有空時，她還是問問這位新員工願不願意幫她重寫菜單吧。

威芙沒在簡易菜單上寫價錢，以免嚇跑潛在客人。反正目前還在試喝階段。

菜單

咖啡～地精豆子烘烤後沖泡而成的濃郁飲品

拿鐵～咖啡加牛奶——綿滑可口

「這些我都沒聽過。」洗衣女工用發紅的食指敲著菜單說。「哪個最好喝？」

威芙稍微考慮過這個問題該如何回答。「妳平常喝茶會加奶油嗎？」

「才不會。」女人回道。「我就愛喝熱茶，不加奶才能喝得更多。所以，這東西像茶囉？」

威芙搖了搖手表示「有一點」，然後坦承道：「不，其實不像。」她看向另外兩人。「你們呢？」

「跟她一樣。」碼頭工人抱胸說。小鼠人走近櫃檯，踮起腳尖看清楚菜單，片刻後默默敲了敲「拿鐵」那一行字。

「沒問題。」說罷，威芙動手煮起了咖啡。

機器開始發出嘶嘶聲、磨豆聲與咕嚕聲時，三個早鳥客人都好奇地聚了過來。熱咖啡開始沖入馬克杯時，小鼠男驚得「吱」了一聲，油滴般閃亮的雙眼瞪得老大。

威芙將第一杯推到女人面前。對方小心翼翼地舉起馬克杯，深深一嗅、吹得涼一些，然後大大啜了一口。她整張臉皺了起來……過了片刻，她點點頭。「啊。不難喝。」她承認。「這絕對不是茶。我可沒說我願意一杯一杯花錢買這東西，不過……」她晃到了用餐區，坐上長凳，雙手捧著馬克杯，向前傾身，深深嘆息一聲。

碼頭工人接過他那一杯，狐疑地嗅了嗅，然後不知怎地四大口飲盡了杯中的熱咖啡。威芙不禁蹙眉，不由自主地抓了抓自己的喉嚨。粗壯男人思索片刻，聳聳肩，歸還了馬克杯，默不作聲地走了。

威芙很是失望，但還是勉強學著生意人的口吻喊了聲：「呃，謝謝惠顧！」

譚綴無聲地進了門，在威芙替小鼠男泡拿鐵時，譚綴靜悄悄地繞到了櫃檯後方。鼠男優雅地交扣著雙手在一旁等待，觸鬚微微抽動，鼻尖也輕輕顫動。

他熱切地接過馬克杯，鼻尖湊到從金黃色奶泡表面飄上來的縷縷蒸汽中。輕輕巧巧地啜一口之後，他閉上雙眼，明顯在享受飲品的滋味，威芙也用手肘撐著櫃檯看他享用拿鐵。

小鼠男睜開眼眸，點頭致謝，然後靜靜帶著馬克杯走到一處雅座，一邊啜飲拿鐵，一邊前後晃著碰不到地板的腳爪。

「一開始這樣還不錯。」譚綴說道。「目前就這些人嗎？」

「目前是這樣。」

洗衣女工離開了，馬克杯就放在了桌上。之後，鼠男也喝完了飲料，將空馬克杯拿回櫃檯，他禮貌地鞠躬，快步出了店門，只在地上留下些許麵粉足印。

譚綴在爐灶上燒水，在洗碗盆裡倒滿熱水，將三個馬克杯泡了進去。「好主意。」她示意櫃檯上的菜單說。「很有幫助。」

威芙斜睨了她一眼。「如果交給妳辦，一定能做得更好。」

「這個嗎，我也不會說是『更好』啦。」

「我晚點會去弄一塊石板和一些粉筆回來，這是從大街上一家酒館那裡學來的。我們把石板掛在櫃檯後面，妳可以像之前畫告示牌那樣發揮藝術天分。這樣行嗎？」

「我很樂意。」

清早的客人——天還未亮就起床做工的人們——斷斷續續走進店裡。威芙與譚綴協力工作，客氣對著客人介紹飲品，輪流煮咖啡與清潔。店內溫暖舒適，空氣中飄著烘豆的氣味，一路飄到了街上。

顯然有好幾個客人都是聞香而來。

威芙心中斗膽萌生了希望。

幾個鐘頭過後，上午的人潮枯竭了，即使外頭街上愈發熙攘，店裡卻恢復了冷清。

「現在又變得像昨天那樣了。」威芙咕噥道。

「我們先別著急。」譚綴說。

但威芙也注意到，女人又在刷洗剛才已經清潔乾淨的馬克杯了。沒過多久，譚綴開始動作粗暴地擦拭咖啡機表面，這已經是今天第五次了。

接下來數小時，可說是如火如荼。

到了中午左右，終於又有客人走進門了。

他很年輕，身材高䠷、相貌英俊，略嫌瘦削的面孔透出了幾分貴氣，卻又留了相當不合適的鬍子——稀稀疏疏的鬍鬚和他的相貌實在不搭。他環顧四周，彷彿在尋找什麼人。只見他一隻手臂上掛著裝滿書本的小包，還不住低頭看向托著什麼東西的手心，身上則穿著下擺開叉的斗篷，左胸的別針看上去像是雄鹿頭樣式。

他沒有來櫃檯，而是逕自晃進了用餐區。

威芙皺眉看著他。

「雅刻思的學生。」譚綴低聲說。

「雅刻思？」

「奇術學院。」

「喔。我進城那天去過一次，一直沒注意學院叫什麼。他看上去家境不錯，說不定還能幫我們建立口碑。學生之間不是都會聊天嗎？」

「那倒是說得一點也不錯。」譚綴喃喃說道，語音隱隱透出了一絲怨毒，惹得威芙斜睨了她一眼。

青年繞著長桌與長凳走了兩圈，這才坐到靠牆的雅座上，從書包裡取出幾本書開始閱讀。

威芙對譚綴投了個疑問的眼神，但魅魔只聳了聳肩。她們繼續觀察那名青年。

過了大約二十分鐘，愈來愈疑惑的威芙終於走上前，問道：「能幫你服務嗎？」

青年微微抬頭，笑盈盈地回答：「不用，謝謝！」

「你是來參加我們免費嘗鮮活動的嗎？」她追問。

「嘗鮮？喔，不是，我不用免費嘗鮮，謝謝！」說罷，他又繼續埋頭讀書了。

威芙一頭霧水地回到櫃檯，搖了搖頭。

青年在那裡坐了整整三個鐘頭，期間忙碌地瀏覽書籍，不時在羊皮紙上草草書寫什麼，還多次檢視托著物品的手心，邊看邊喃喃自語。最後他收拾了東西，起身走向櫃檯。

「多謝妳們了。」他親切地一點頭，然後就轉身離開了。

漫無目的地踱步了許久後，威芙霍然起身，決定行動。她留譚綴顧店，自行走到了城市北部的商業區。今天沒有市集，但她還是在一家招牌店鋪找到了一大塊石板，也買了幾塊粉筆，甚至還多挑了幾種顏色，讓譚綴等會大展身手。

能夠**行動**起來，至少感覺還不錯。晨間的客潮，使得威芙對其餘時段的生意太過期待了，但在回程中，她儘量勸戒自己別懷有不切實際的希望。做生意就是會有尖峰時段，餐廳自然是用餐時段最熱鬧，至於咖啡廳……嗯，她很快就能摸索出咖啡廳的熱門時段了。

「喔，太好了，這個非常完美。」譚綴從威芙手裡接過石板與粉筆，愉悅地說道。她從貯藏室找出那幾塊木模板，將所有工具往長桌上一擺，動手畫了起來。

她畫圖的同時，威芙站在店門口上下觀察街上情景。雷妮在對面門廊一如既往地灑掃著，歡快地朝威芙揮了揮手。

難道除了上午，其他時段都不可能有生意上門了？阿角穆城裡的咖啡廳似乎一整天都生意熱絡，和威芙這邊的情況大相逕庭。也許等更多人接受了咖啡這種新產品，她的生意也會好起來吧……或許明天就能一窺咖啡店未來的走向了。

威芙回到店裡，就見譚綴審視著靠在牆邊的石板，菜單已經描繪完成了。譚綴的花體字藝術又一次大大勝過了威芙的字跡，她還用多種顏色的粉筆做出賞心悅目的效果。石板上的文字彷彿刻在了斜面上，隨時可能從平面上跳下來。此外，譚綴也修飾了文字內容。

傳奇 & 拿鐵

菜單

咖啡～奇異芳香、濃郁醇厚的烘焙飲品——½銅幣

拿鐵～綿滑乳香、雅緻風味的別樣飲品——1銅幣

～屬於勞動紳士與淑女～

的精緻品味

她甚至畫了兩顆豆子與一個馬克杯，再加上一縷弧度優美的蒸汽。

「我喜歡。妳真是藝術天才。」威芙點點頭。「來，貯藏室裡有榔頭。」

譚綴舉著石板，由威芙在後方牆上釘了幾根釘子，當作支撐石板的架子。

「黑板這個主意很不錯。」譚綴說。「這樣我們就能輕鬆地改寫或增加品項了。」

「改寫？」

「說不定妳哪天會想在菜單上多加幾樣商品啊。」

威芙環顧四周，嘆了口氣。「我本來希望下午會有更多客人的，或是在晚餐時間會來更多人，但現在看來是不太可能了。短期內應該沒有增加商品的必要。」

譚綴抿起了嘴唇，食指在唇上點了點。「我們再等一下，看看明早的狀況再說吧。」

「那妳說，明天繼續免費嘗鮮嗎？」

「是，先看看有沒有回頭客上門。」她臉上閃過一絲狡猾。「讓魚兒上鉤，再看他們會不會脫逃。」

「我是真不懂釣魚。」

「妳現在可是住在河濱城市，很快就能學會了。」

威芙只希望她說得沒錯。

第十章

果然有回頭客上門了——不過目前為止，店裡的飲料都不用錢，威芙看來，他們可能還稱不上「客」。咖啡店營業時，洗衣女工和小鼠男又回來了，女工還帶了個朋友同行，而且後面另外排了四個新客人。

小鼠男搶先快步進屋，動作激起了一朵麵粉雲，然後無聲地指向菜單上的「拿鐵」。譚綴幫第一批客人煮咖啡的同時，威芙注意著街上的動態，見幾個行人加入了短短的隊伍，她暗自點了點頭。

晨間的生意相當穩定，威芙和譚綴輪流沖泡新鮮咖啡，偶爾才有兩人同時閒下來的間隙。

「看來魚兒都上鉤了。」譚綴拿著幾個空馬克杯經過時，低聲說道。

「妳是釣客。」威芙笑著說。「妳說的算。」她朝櫃檯另一側張望，看見一些睡眼惺忪的客人坐在用餐區，零零星星聊了幾句。

她瞟向身後，見到譚綴捏著粉筆踩上踏凳，在石板菜單最下方加上新的一行字。

免費嘗鮮，只限今天！

她下了踏凳，對上威芙疑問的眼神，說道：「我們看看魚兒能不能順利釣上來。」

上午時間流逝，接近午間時分，店裡還是相當冷清。此刻，昨日那位雅刻思學生又出現了，只見他健步走進店鋪，驚訝地看著在用餐區啜飲咖啡的人們，然後只漫不經心地掃了威芙與譚綴一眼，便快快走到一張空著的雅座坐下。他再次從書包裡取出書籍，又開始草草書寫，並神祕兮兮地觀察手心的物件。

接下來一個鐘頭，青年除了占用桌位看書以外什麼都沒做，威芙愈看愈感到煩躁。「他在幹什麼啊？」她用稍嫌響亮的氣聲問譚綴。

譚綴聳聳肩。「寫功課？做研究？不過他為什麼偏偏選在**這裡**做，我就不曉得了。」

「昨天店裡沒別人，他來了我還有那麼一點高興，可是……如果他只打算占著桌位的話。」

「這不是輕輕鬆鬆就能問出來了嗎。」譚綴一面說，一面從櫃檯後方繞了出去。

她走近雅座時，青年心不在焉地抬眸瞥了她一眼，握緊了托著什麼東西的那隻手。「我能幫妳什麼忙嗎？」他有那麼點尖銳地問。

「這是我該說的話呢。」譚綴說。「真是謝謝你連續兩天光顧我們這間店，我想來看看你有沒有意願品嘗我們的新產品——你是為了我們的免費嘗鮮活動而來的，沒錯吧？」

威芙故作悠哉地晃到了用餐區對面，側耳偷聽。

「嘗鮮？」他的目光在譚綴的角和尾巴之間游移，臉上一片茫然，彷彿昨天沒被問過相同的問題。

「咖啡呢？還是拿鐵？你想必注意到了吧，我們這裡是間咖啡廳。」

「喔！」青年似乎回過了神來。「原來，那我不用了。」他面露微笑，彷彿做了什麼大善事。「我不用飲料，謝謝！」

譚綴禮貌的微笑逐漸消失，但她似乎刻意擠出了新的一抹笑容，這回明顯燦爛得多。威芙意識到，譚綴平時深藏不露的魅魔本性，此時揭露了小小一角。她語音添上了貓咪呼嚕聲一般的聲調，問道：「我能不能請問你在做什麼呢，這位……？」

「呃。嗯。海明頓。」他結結巴巴地說。「我，呃。這個，我當然也很想告訴妳，但這真的**非常**高深難懂。」他試圖擠出抱歉的表情。

「我對高深難懂的事情最感興趣了。」譚綴說。「我也去雅刻思學院旁聽過幾門課，你不妨說說看，就當是挑戰我的理解力吧？」

「是嗎？」海明頓愣愣眨眼。「喔！這個，呃，我跟妳說吧，這是和靈脈有關的研究。」譚綴坐到他對面的座位上，下巴靠在交扣的十指上，海明頓則愈說愈起勁了。「整座圖恩城都布滿了縱橫交錯的靈脈，奇術線學說就是在探討靈脈對於物質界的發散影響。這與**我**的研究領域有一些有趣的交集。」

他攤開手掌，他手心印著一圈散發淡淡藍光的符咒，符文扭動著，在小小的光波中重新塑形。

「靈脈羅盤。」譚綴指著它說。威芙愣了愣。

「喔，是啊！」青年答道，見譚綴認出了他手裡的符咒，他顯然很是欣喜。「可是，我在這裡發現了十分異常的現象。整座城裡，還有通往西方卡德斯城那一區，都能找到零零散散的小脈樞，但我在**這個位置**找到了一個脈樞，讀出來的數據真的非常有趣。妳也知道，靈脈是會產生脈衝的。」

「我知道。」譚綴說。

「可是這個脈樞**很穩定**，真的很神奇，所以我要做一些測量，寫一些筆記。這有機會寫成一篇**很有趣**的論文，我還能探討脈樞和魔符之間的交互作用。」

威芙腹中開始翻攪，視線不由自主地飄向埋藏蛛煞石的位置。她心裡明白，青年所說的現象想必和蛛煞石相關，假如讓他繼續測量下去——光是聽到那所謂的「羅盤」，她便膽戰心驚——誰知道他會勘察出什麼呢？

「那還**真是**有趣啊，海明頓。」譚綴說。

「是嗎？呃，是吧。」

「不過，我們這裡可是營業場所。」她接著說道。「我們當然很歡迎你光顧，但店裡的座位其實都是留給客人的……」

海明頓露出錯愕又困擾的神情。「我……不太愛喝熱飲。」

譚綴直接無視了他的抗議，對他甜甜一笑。「……你今天運氣很好，我們有免費試喝活動喔。」

「是。好喔。我，呃，好吧。」他心不甘情不願地接受了。「那我……就……恭敬不如從命了。」

「太好了，我這就幫你沖一杯。」譚綴起身朝櫃檯走去，但又回過頭來。「喔，另外提醒一下，今天是促銷活動的最後一天了。以後只要半枚銅幣，就能喝到我們的招牌飲品喔。多謝惠顧！」

譚綴煮咖啡時，威芙悄聲問道：「妳也是雅刻思畢業生？」

「其實稱不上畢業生，我不過是修了幾門相關課程而已。」

「和什麼相關？」

「我個人的興趣。」她答得模稜兩可。

威芙沒再追問下去。

譚綴將飲料送到海明頓的雅座，青年一臉懷疑地盯著飲料許久，絲毫沒有要拿起來喝的意思。

譚綴用食指點了點下巴，片刻後拿起粉筆，又往菜單上加了一行字。

＊用餐區僅供消費顧客使用

海明頓最終離去了，絲毫未動的飲料仍擺在桌上。他至少還在那裡糾結了片刻，顯然在思索該將馬克杯留在原處，還是把滿滿的一杯咖啡拿回櫃檯——兩個選項都令人尷尬。他偷偷摸摸地行經櫃檯時，注意到譚綴在菜單上補充的那一行字。「那個，我也是**願意**消費的，就只是，我剛才也說了，我實在不愛喝**熱**飲。如果有什麼**吃的**，那說不定可以。」他語帶央求地說。

「唔。」威芙儘量學著阿災的口氣說。「我會考慮的。」

青年離開後，威芙看向霍布妖安裝的爐灶，腦中隱隱萌生了某個仍未成形的想法。她任由想法在腦中慢慢浸泡著，動身將海明頓的馬克杯取了回來。

店裡的客人幾乎走光了，只剩一個老矮人窩在靠後的桌位，一面緩緩喝飲料，一面慢吞吞地挪動手指讀大報，嘴唇還跟著無聲地動著。

威芙轉過身，霎時間停下了腳步。一頭毛髮蓬鬆的龐然大物就坐在店鋪中央，懶洋洋地伸展四肢，享受地上那一方塊陽光。譚綴站在牠的另一側，駭然瞪大了雙眼。

野獸體重應該有十英石左右，體型和狼同樣碩大，看上去卻像一隻長毛蓬亂、身上沾了煙灰的巨大家貓。

「牠突然就……出現了。」譚綴無力地說。「我都沒看見牠進來。」

「八級地獄的，牠到底是**什麼**啊？」威芙問。

大貓無視兩人，打了個大大的哈欠，伸長了前腳每一根利爪，還慵懶地弓起背部伸懶腰。

「恐貓。」威芙身後忽然傳來一道人聲。

年邁的矮人從報紙上移開目光，抬起頭來。「這年頭很少見到牠們了，據說是瑞獸。」他瞇起眼睛。「也可能是凶獸。我忘了是哪個。」

「你以前見過？」

「是啊。在我很小的時候，牠們還沒這麼少見。很會抓老鼠。」他咳嗽一聲。「還能控制流浪狗的數量。」

譚綴面色蒼白。「我們該……試著把牠挪開嗎？」

恐貓先是端詳著譚綴，接著目光轉向威芙，碧瞳睜得又大又圓。那雙眼眸緩緩瞇成了細縫，遠方山崩般的低沉隆隆聲充斥著整間店——威芙這才意識到，牠是在**呼嚕呼嚕**叫。

她想起屋頂上的碰撞聲，以及雷妮那塊不翼而飛的蛋糕。她又想到那幾句詩，以及蛛煞石。

「老實說。」威芙說。「我這些年來學到的教訓是，假如一頭野獸還沒發火，那就別去招惹牠。我覺得還是別動牠吧，說不定牠過一段時間就會自己走開了？牠好像就住在這附近。」

譚綴遲疑地點頭，輕手輕腳繞到了櫃檯後方。

老矮人將報紙摺起來夾在腋下，跳下椅凳，漫步經過大貓時，他伸手搔了搔牠一隻巨大的耳朵後面。「嗯，好姑娘。」他說。「好久沒看到牠們了，真懷念啊。」

「你怎麼知道牠是母的？」譚綴問。

矮人聳聳肩。「猜的。反正我是不打算把她的尾巴掀起來確認。」

恐貓並沒有離開，但威芙設法用一碟奶油把牠引到了店鋪一角，離開用餐區正中央。野獸姿態高雅地走近，環視店內空間，然後伸出鏟子大小的舌頭一口，將那碟奶油舔了乾淨。牠重新躺下來蜷成毛茸茸的一大團，隆隆呼嚕聲變成了方才的三倍響，就這麼睡著了。見大貓終於離開店中央，譚綴很明顯鬆了口氣。

咖啡廳又一次空了下來，威芙猜這就是一天中的離峰時段，但她還是希望能有一兩個客人來訪。

然而，出現在門前的訪客，卻是她最不想見的人物。

芬奈斯從容地走進店鋪，雙手交握在背後，一身香水如影隨形。精靈的長髮盤成了時尚的造型，臉上帶著玩味的神色，儀態一如往常般莊嚴。威芙分明比他高出兩個頭，他竟還能用鼻孔看她，究竟是怎麼做到的？

威芙和他在同一個團隊相處了多年，兩人之間卻依然冷漠，威芙試圖用個性不合來解釋，但她內心深處很清楚，他們不過是互相厭惡罷了。芬奈斯一向能以語調微乎其微的轉變令她心生羞恥，或者將小心翼翼的措詞如利刃般刺入肋骨間隙，字句鋒銳到你甚至沒發現自己受了傷，直到低頭看見自己滿身鮮血才恍然大悟。至於威芙，即使沒能及時反應過來，即使已經過了太久，她還是會直截了當地用言語回擊。

她原以為再也不會和芬奈斯見面了，也樂得如此，但現下這位不速之客來到了她的店裡，可見對方另有所圖。威芙只希望是自己猜錯了。

無論如何，她強行擠出了笑容。「芬奈斯！真意外，是什麼風把你給吹來了？」

他的笑容比威芙還要虛偽，在那張俊美的臉上卻是瑕不掩瑜。「威芙。我聽盧恩說，妳在這做起了——」他環顧四周，就連蹙眉的動作也完美無缺。「——**買賣**。我想來親眼見識見識。」

「那盧恩呢，他都好嗎？」

「喔，很好。非常好。」他一隻指尖撫過櫃檯表面，再舉到眼前瞅了瞅。

譚綴抿脣觀察兩人的互動，顯然注意到了電流般的緊張氛圍。她傾身倚著櫃檯，帶著笑容對精靈說道：「你好啊！不好意思，打斷你們聊天了，但你想不想試試我們的新產品呢？我們現在有免費嘗鮮的活動，慶祝本店開張大吉。」

「開張**大**吉呀？」只稍微強調了那個「大」字，帶出了極細微的一絲揶揄。「啊，這就是妳念念不忘的那個地精飲品？」他帶著放縱的微笑看向威芙。「不，我不用了，謝謝妳。我不過是來和老朋友打聲招呼而已。」

「很高興再見到你。」威芙說。

她並不高興。

「是啊，看妳剛開張就生意興隆，我也不勝欣慰呢。」精靈掃視明顯空無一人的用餐區，臉上笑容不減。他輕輕用指關節敲了敲咖啡機，側耳傾聽機器的微弱鳴響。「我彷彿能聽見**機運**到來的足音呢。」

威芙頓時一僵。

忽然間，一團毛茸茸的巨物從她身旁走過，站到了芬奈斯面前，石子刮過洗衣板般的呼嚕聲轉變成了極具威脅的低鳴。恐貓毛髮直豎，看上去又更龐大了，口中發出的嘶聲遠遠大過了咖啡機運轉時的聲響。

芬奈斯遲疑地打量這隻動物。「這東西是……妳的嗎？」

譚綴又是向前傾身，禮貌、凶殘卻又愉悅的語音嚇了威芙一跳。「是呀，她算是我們店裡的吉祥物喔。」

芬奈斯嫌惡地皺起鼻子，視線落到威芙身上。「真可愛。我今天只是來祝賀妳的，現在就先上路了。祝妳好運啊，威芙。」

威芙默默目送他離去，譚綴則繞過櫃檯在大貓前方蹲了下來。恐貓正鄭重其事地舔舐著一隻前腳爪，看上去很是得意。

譚綴原先的懼怕已煙消雲散，她伸手搔搔恐貓耳後，惹得大貓低聲呼嚕。她柔聲說道：「妳真的是個好女孩呢，對不對呀？一眼就認出了討厭鬼。」她看向威芙。「老同事嗎？看來你們關係不怎麼親近啊。」

「算是吧。在我以前幹的那一行，同事之間就算不是好朋友也無所謂。」

譚綴又再次注意起大貓。「嗯，得給妳取個名字呢。就叫……**阿睦**，怎麼樣？」

威芙嗤笑一聲，沒能忍住脣角的微笑。「既然妳們已經成了好朋友，那就這樣叫吧。」

「哪像妳和**他**。」譚綴歪著拇指，示意剛離去不久的精靈。「妳覺得他來這裡的真實目的是什麼？」

威芙沒有回答，而是想到了芬奈斯方才那句話。她的手摸向了口袋，以及裡頭那張對摺的小紙片。

幾近奇術之線，
以蛛煞石靈光，
描繪機運圓環，
招致心之所向。

第十一章

儘管昨夜為了芬奈斯的事輾轉反側，威芙最終還是將心思放到了海明頓離去前關於食物的評論。她默默思索時，譚綴到街上塗掉了告示牌上限量免費嘗鮮的字句，順道修改了石板菜單。

常客們回來了——外加幾張生面孔——威芙欣喜地發現，他們接受了咖啡的價格，付帳時也沒多抱怨。威芙與譚綴交換了個寬心的眼神，著手忙碌起來，享受著咖啡機的嘶嘶聲、櫃檯後的溫暖，以及晨間的忙碌。

阿災又來了，見今天不必談大說地填補尷尬的死寂，他顯然鬆了口氣。威芙不肯收他的銅幣，他牢騷了幾句，但還是站在櫃檯邊喝著飲料，邊看她們工作邊不時點點頭。

威芙想起之前在琢磨的想法，忙到一半時，她請譚綴暫時接過煮咖啡的任務。

譚綴俐落地接過點單與泡飲料的工作，威芙則到用餐區找之前那個小鼠男。鼠人窩在後方角落一處雅座，擺盪著短短的腿腳，闔眼捧著直冒蒸汽的馬克杯，似在冥想。

威芙坐上他對面的位子，鼠男睜開了明亮的眼睛，警戒地注視著她。威芙前兩天早晨也看見他穿同一件圍裙，上頭總是沾滿了白麵粉，現在近看鼠男的面貌，她發現對方手臂與臉部細小的毛髮也沾到了麵粉。

「嗨，我是威芙。」

他點點頭，吸了口拿鐵。

「不愛說話嗎？」

他搖搖頭。

「沒關係，我只是想問你一件事。我注意到你的——」她揮手示意那件圍裙。「——這個，麵粉。我想問問，你會烘焙嗎？」

鼠男盯著她，觸鬚微微抽動，然後他輕輕放下馬克杯，緩緩地連點了三次頭。

「你**會**，對吧？那，我有個想法。我在想，店裡可能需要一些……麵包——或是某種烘焙的糕點——給客人吃。」她作勢捏了捏不存在的麵包。「可能就是小點心一類的吧。我自己是不怎麼懂這個，但我想說，你，這個，如果你**確實**擅長這些，那……」

小鼠男怯怯地舉起一隻腳爪打斷她，接著他隔著馬克杯靠上前，用細小的氣聲說：「**明天**。」

「明天？」

他又點點頭。在威芙看來，他點頭的動作似乎很積極。

她不知鼠男是不是趕時間，還是需要花幾個鐘頭考慮，但她還是克制了好奇心，沒再多問。

她敲了敲桌面，站起身。

「那我就等你的好消息了，這位……？」

鼠男抬頭盯著她，用無比嚴肅的氣聲說：「**頂針**。」

「頂針。」威芙重複道。她對鼠男點頭致意，然後轉身回了櫃檯。

下午時段，店裡又是一片冷清。海明頓回來了，他苦著臉買了杯飲料，還是放在桌上沒碰。威芙在空無一人的用餐區擦桌子、收拾用過的馬克杯。這時，譚綴冷若冰霜的語音忽然劃破了寂靜。

「你是來幹什麼的？」譚綴瞪著一名斜倚著櫃檯的青年，青年注視她的眼神顯得過於熟稔。從他秀氣而俊俏的相貌看來，他似乎是富家子弟，身上雖沒穿海明頓那種下擺開叉的長袍，威芙還是在他量身訂製的上衣看見了相同的雄鹿胸針。

「我隔著窗戶看到妳，當然得進來跟妳說說話了。」他回道。「好久沒見到妳了呢，譚綴，我都以為妳是在躲我了。」

「你想得沒錯。」

「反正，我只是來消費的，我們就把這次見面當成命運的安排吧。」

「你不是說，你隔著窗戶看見我了嗎？如果命運真要插手，就該押著你轉身走出大門才是。」

「好啦，別這樣嘛。妳這麼個魅魔，難道**感受**不到我們之間這種——」他示意兩人之間的空氣。

「——這種**吸引力**嗎？妳一定感覺得到吧。」

譚綴一臉錯愕，然後刻意擺出不帶任何情緒的表情。「凱林，我們之間並**沒有**吸引力，也從未有過。我覺得你可以走了。」

「但我還什麼都沒**買**啊。」他抗議道，帶著笑意。

「我們店裡應該沒什麼你想買的東西。」威芙邊說邊走向店鋪前頭，仗著身高優勢抱臂睥睨他。

凱林注意到了威芙，輕鬆的笑容消失無蹤，被某種尖銳的神色取而代之。「我怎麼不記得有邀請妳一起聊。」

威芙微感驚訝，青年面對她竟絲毫未退縮。

「這是我的店。」威芙面不改色說道。「我可以決定什麼時候為誰服務，我現在也實在不想為你服務。所以，請你離開。」

凱林盯著她片刻，脣角捲起一抹冷笑。「妳大概還沒見過瑪追歌吧。這裡的人**遲早**都會為他們效勞，換句話說，妳遲早也得服務的。」

「喔，所以你是他的跑腿小弟了？我還以為負責跑腿的是那個戴華麗帽子的男人呢。」

凱林正準備回嘴，阿睦突然從威芙身後走出來，以優雅卻又令人心驚的動作信步經過。她在譚綴身旁坐了下來，泰然自若地舔著巨大的腳爪。

凱林愣愣眨眼，但還是恢復了冷笑。

威芙看不出他是勇敢還是愚笨。

「我今天就先走了。」他說。「但我們很快還會見面的。」

他又看向譚綴，臉上掛著柔和卻具占有意味的笑容。「至於我們兩個呢，我們晚點再敘敘舊吧。我很期待喔。這就是**命運**。」

他離開了。

譚綴緩緩呼出一口氣。

「剛剛那是怎麼回事啊？」威芙問。

「他以前是雅刻思學院的學生，對我有種……」譚綴努力措詞。「……病態的執念。」

「就是妳在學院修那些……個人興趣相關課程的時候？」

「是。」

「看來他也在幫當地集團的老大辦事，顯然受了教育也不見得能找到好工作。」

「喔，這我可一點也不意外。」譚綴陰鬱地嘀咕。

「我們不讓他進來就好。」

魅魔在恐貓身旁蹲了下來。「或是把他當零食餵給阿睦好了。好孩子，肚肚會不會餓呀？」

阿睦發出落石般的呼嚕呼嚕聲。

傍晚，譚綴暫時離開，帶了幾床被毯和一顆大大的鵝絨枕頭回到店裡，在店鋪後方一角，與威芙鋪了個臨時小床給恐貓用。阿睦再次出現時，大步走向那一堆蓬鬆的布料，伸出巨大的前腳拍了拍，然後又大步走開了。

但她們還是把小床留在了那裡。

準備開門營業時，就聽見頂針敲敲前門，只見小鼠男懷裡抱著一個布包，包中飄出縷縷蒸汽。威芙嗅到溫暖、香甜且帶有酵母味的香氣，似乎還捕捉到了肉桂的辛香。

他快步竄到了屋內。

譚綴拿著一袋咖啡豆與一瓶牛奶走出食物貯藏間，深深吸入一口氣。「那是**什麼**味道？好香喔。」

小鼠男焦慮的目光在兩人之間游移，他默默將布包推到櫃檯上。

威芙指指包裹。「我可以打開嗎？」

頂針猶豫地點點頭。

威芙小心翼翼地攤開布包，露出一塊和她拳頭一樣大的麵包卷，那東西大到幾乎不像是食物了。柔軟的麵包卷成了螺旋，每一卷之間都藏有深色的糖與肉桂，表面還塗了厚厚一層乳狀糖霜，沿著邊緣滴落。

譚綴說得沒錯。飄出來的香味無比誘人。

「這是你做的？」威芙欽佩地問。

「**是**。」小鼠男氣聲說，又一次小小地一點頭，雙手交握在沾滿麵粉的圍裙前。

威芙與譚綴相視一眼，然後威芙小心從巨大麵包卷撕下一塊，深深嗅了嗅後，拋進嘴裡。

她闔上雙眼，不由自主地發出無言的讚嘆。這絕對是她很久以來——不對，或許是她**這輩子**吃過最美味的東西了。

「慈愛的諸神啊。」她滿嘴麵包地呢喃。「譚綴，妳快試試。」

譚綴也剝下一塊，放進嘴裡。

她咀嚼的同時，威芙感覺到，譚綴周身的氛圍悄悄轉變了，多了一股撩人的光輝，她的尾巴也捲成了優美的圓環，在身後來回甩動。威芙和鼠男目不轉睛地看著她咀嚼。

魅魔再次睜眼時，眼中虹彩放大、雙頰潮紅，眼神迷濛地看向鼠男。「你來上班吧。」她就連語音也變得低啞慵懶。話說出口，她才陡然回神朝威芙一瞥，暖洋洋的氣氛逐漸消散。「等一下，他是來應徵工作的，對吧？」

威芙轉向頂針。「你想不想天天來這裡烤這個麵包？」

他點點頭，在兩腳之間挪了挪重心，彷彿想說些什麼，卻不知該如何開口。

「一週四枚銀幣？」威芙接著問。她瞄了譚綴一眼，確保魅魔沒有異議。

魅魔圓睜著眼眸點點頭，揮著雙手表示「都好都好你們快點談妥」。

頂針點頭同意，然後伸長了脖子，首次用絲滑的氣音一口氣說出四個字：「**免費咖啡**？」

威芙伸出一隻手。「頂針，你想喝多少咖啡都不成問題。」

第十二章

頂針回店裡報到時，腳爪抓著一小片沾滿了漬的羊皮紙。他踩著上下晃動的步伐走進店面，把紙張推到櫃檯上，輕輕拍了拍。

譚綴拿起紙張快速掃閱，那是一張清單，字跡潦草而歪斜。「麵粉、蘇打粉、肉桂、黑糖、鹽……這些是食材呀。」她說。

小鼠男積極地點點頭，指著羊皮紙。

「還有一些用具。」譚綴讀完清單上剩下的項目，又說道：「看樣子需要一些平底鍋、碗……」

頂針快步前去查看櫃檯後方的空間，朝食材貯藏間張望，邊留意現有的食材與器材，邊用一隻爪子點了點嘴唇。他又示意那張紙，譚綴帶著打趣的微笑將紙還給他。

頂針從櫃檯下方的錢箱旁拿了一枝鐵筆，踮起腳尖在清單上添了幾項，這才果斷地點點頭。可以無聲地溝通時，頂針顯然偏好不開口。

「這些是你做那種麵包卷會用到的材料嗎？那個肉桂麵包？」威芙問。

如她所料，頂針無聲地表示肯定。

「知道我哪裡能買到這些東西嗎？」威芙問譚綴。

「我一時也想不到。我倒是可以找個麵包師打聽看看，不過……」

頂針拉拉威芙的衣袖打斷她們，指了指自己。「**我帶妳**。」

「喔。好啊，那就擇日不如撞日了。譚綴，在我們回來前，妳自己一個人顧店沒問題吧？」

「當然沒問題。」

小鼠男左右挪了挪身體重心，滿臉渴望地盯著咖啡機。

「**先來杯咖啡**？」他氣聲央求。

頂針慢悠悠地喝飲料，在他最喜歡的雅座裡享受每一口拿鐵。他一杯還未喝完，外頭街道已經喧鬧了起來，他喝完後把馬克杯拿回櫃檯，在門邊靜靜等待，直到排隊的每一位客人都點了咖啡。

「那我們走吧。」威芙擦乾雙手，走到他身邊說。

譚綴邊為睡眼惺忪的城衛打奶泡，邊分心地對威芙一點頭。

就在他們準備外出時，阿睦如低空雷雲般飄然走進店門，頂針甚至不敢吱聲，直接僵立在了原地。

「唉，八級地獄的。」威芙嘶聲咒罵。她神經緊繃地注意恐貓的動態，只消大貓的細微動作微帶挑釁意味，她就會出手把小鼠男拉開。

然而阿睦只緩緩眨眼，舔了舔鼻子，明顯毫無興趣地從他們身旁走過。恐貓來得並不頻繁，行蹤也難以捉摸，威芙先前根本沒考慮過阿睦對這位麵包師的看法。威芙或許相信蛛煞石的力量，相信阿睦從一開始就不構成危險。

他們走出店鋪，威芙跟隨快步前行的小鼠男，來到城北的商業區。

他們花了上午大半時間，湊齊頂針需要的所有材料，有幾次威芙都逛得暈頭轉向了。到了磨坊，她向先前租貨車給她的磨坊老闆買了麵粉，而後又多花幾枚銅幣買了幾口布袋，用來裝頂針清單上那些雜七雜八的包裹、密封罐與陶器。

小鼠男胸有成竹地穿行大街小巷，一次也沒遲疑，帶著威芙走訪多間店鋪，還有幾次敲響了民宅的門。有一回，他們造訪了一位戴著眼鏡的老頭，那人家中瀰漫著令人發暈的各種奇異氣味。頂針每一次都會戳戳清單，對店家表示想買那件商品，再滿臉期待地看向威芙，等著她付帳。

終於征服整張清單後，威芙一邊肩膀扛著兩袋麵粉、一隻手抓著好幾個鼓鼓的布袋，另一條手臂下夾著餘下的物品，彆扭地蹣跚走回咖啡店。她的下背又開始抗議了。頂針大步走在前頭，懷裡抱著許多根木匙。他們回到店裡，威芙側身行經海明頓和另外兩位客人，到後方貯物空間卸下了重擔，這才鬆快地吁了口氣。

頂針立即著手取出本日的戰利品，在貯藏間整齊擺好，即使被兩袋麵粉壓得難以動彈，他還是用力一搖毛茸茸的頭顱，勇敢地拒絕了威芙的幫助。威芙聳聳肩，任他我行我素。

「該買的東西都找到了嗎？」譚綴問道。

「感覺還真像是**什麼**都買回來了。」威芙呻吟著，伸展脊椎，發出「喀、喀」幾聲。

頂針從她們之間冒出來，用目前為止最長的一句話震驚了威芙與譚綴。

「**夠我開始幹活了**。」

說罷，他又回去興高采烈地拆包裹了。

稍微按摩緩解背痛後，威芙接過了譚綴的工作，為最新一批顧客沖飲料。頂針在她們後方哼著悅耳的小曲子，不時傳來鍋碗瓢盆與木匙的碰撞聲，接著是量秤、刮響與攪拌的聲音。

他很快占用了原先被用來晾乾餐具的小桌子，爬上踏凳開始揉麵團，激起了煙霧般的麵粉雲。

等麵團發酵時，他走近威芙，微微抽動著觸鬚，緊張地悄聲說：「**拿鐵**？」

「頂針，你要的話我可以整天幫你沖新鮮拿鐵。」

他開心得全身都扭了起來。

稍晚，等到所有客人的飲料都沖泡完畢，威芙與譚綴一起好奇地觀察頂針工作。只見他用新買的擀麵棍將麵團擀平，塗上厚厚一層閃亮亮的肉桂餡料，再小心翼翼地將麵皮捲成長圓筒狀。他將長筒麵卷切成大小相等的小塊，一塊塊分開，整齊地在平底鍋上排好。

等麵團第二次發酵時，他點燃爐灶，往碗裡扔了大把大把的糖、奶油與牛奶，一番激烈攪拌後製成了糖霜。店裡瀰漫著酵母與糖的香甜氣味。

一個個小麵卷發酵到令頂針滿意的程度時，他從踏凳跳下來，將整個平底鍋放入爐灶側箱，然後在矮凳上坐了下來，十指相搭、耐心等待。

此時從爐灶飄出來的氣味已經不容忽視了。

「慈愛的諸神啊。」譚綴喃喃自語。「聞起來好香，我都快受不了了。」

威芙正想出聲贊同，抬頭卻從眼角餘光瞥見了某種動態。

店門口站著一名搖搖晃晃的木匠——從沾在頭髮上的木屑看來，應該是木匠沒錯——他神情茫然地站在那裡，深深嗅了幾口，然後眨眼。他默默在門前站了半晌，疑惑地環視店鋪與菜單。

「能為你服務嗎？」威芙問。

他張口，閉口，又吸入滿腔甜香。

「我……你們這兒賣什麼，我就買什麼。」他說。

他接過譚綴現煮的咖啡，眼神迷濛地付了帳，接著悠悠走到用餐區坐了下來。他心不在焉地啜著飲料，凝望遠方。

譚綴與威芙相視一眼，同時揚眉。

「八級地獄的，**那**是什麼味道啊？」她們認出了這道聲音。雷妮朝櫃檯走來。

「剛請了個麵包師。」威芙歪著拇指示意頂針。

「還沒出爐呀？小姐，我不瞞妳說，我看妳開始賣糕點，其實是鬆了一口氣。我也不想唱衰妳的咖啡，可是賣糕點還是比較好賺的。我可是烘焙好手，我的判斷是一定信得過的。」她謙遜地抬手按在胸前。

威芙想起雷妮的蛋糕，努力維持中性的表情。

「我就不打擾妳做生意了。」老嫗接著說。「不過等妳把爐子裡那東西拿出來賣了，記得幫我留幾份，聽到沒？」

「那當然。」

雷妮腳步蹣跚地出了門，同時竟有三位新客人走進來，威芙甚至看見路上行人嗅到飄出店門的香氣，一個個放慢腳步、好奇地東張西望。

看來下午時段也許會熱鬧起來了——他們甚至還沒開始賣麵包卷呢。

威芙與譚綴匆匆商量了一番，威芙認為一個麵包卷應該賣兩枚銅幣，譚綴卻按著她的前臂，一本正經地盯著她說：「威芙，四枚銅幣。四、枚、銅、幣。」

她們取下寫菜單的石板，譚綴快速加上新的品項，簡單幾筆畫出了糕點的圖案，另外加上幾條彎曲的線條，象徵它令人垂涎的香味。

傳奇&拿鐵
～菜單～
咖啡～奇異芳香、濃郁醇厚的烘焙飲品——½銅幣
拿鐵～綿滑乳香、雅緻風味的別樣飲品——1銅幣
肉桂卷～無與倫比的糖霜肉桂糕點——4銅幣
～屬於勞動紳士與淑女～
的精緻品味

「四枚銅幣？」威芙重新把菜單架在牆上時，忍不住又問一句。「妳確定？」

「相信我。」

頂針跳下踏凳，拿起一條厚實的乾抹布，開啟爐灶側箱，取出了那鍋麵包卷。一顆顆呈誘人的金黃色，又大又漂亮。頂針把平底鍋放到爐灶上，關閉側箱時，新出爐的糕點香氣四溢，威芙似乎聽見譚綴不由自主地呻吟一聲，她自己的胃也開始咕嚕咕嚕直叫。

小鼠男剛才將濃稠、綿密的糖霜放在一旁，現在他將糖霜澆在麵包卷上，嗅了嗅，而後滿意地點點頭。

威芙抬起頭，看見海明頓饒富興致地盯著那鍋肉桂卷。「好厲害的香味。」他說。

「你不是說過，希望我們賣點吃的嗎？那就讓你排第一位吧。」

「啊。」海明頓滿臉愧色地說。「這個，其實，我有些飲食方面的限制。我不太能吃**麵包……**」

威芙緊緊皺起了眉頭，上半身沉沉靠在了櫃檯上。

「那我還是買一個吧？」他弱弱地說。

「多謝。」

「呃。是。」

得到頂針的首肯後，譚綴把溫熱的肉桂卷一一移到大淺盤上，鄭重其事地擺上了櫃檯。

海明頓付帳的同時，威芙將一塊肉桂卷放在蠟紙上交給他，並惡狠狠地瞪了他一眼。「你不把這個吃下去，我或譚綴可能得動手殺了你。」

青年笑了起來，不過見威芙沒有跟著發笑，他的笑聲變得生硬許多。他小心地雙手托著肉桂卷，溜回座位看書去了。

方才在用餐區的所有人都起身來排隊了，全部人都等著買肉桂卷，結果不到三十分鐘，剛出爐的糕點已銷售一空。

譚綴盯著淺盤上的碎屑，一隻手指沾了些糖霜，舉到嘴邊舔乾淨……她眼神蒼涼地轉向威芙。

「我連一塊都沒吃到。」她說。「就算它不只四枚銅幣，我也願意花錢買啊。」

「那算妳運氣好。」威芙說。「妳應該很快又會有機會吃到了，而且我們這次要是再忘記幫雷妮留一份，還真不曉得她會怎麼拿那把掃帚對付我們。」

頂針已經忙著攪拌食材、製作新一批糕點，還不忘喜孜孜地高聲哼唱小曲。

第十三章

還未破曉，頂針就已經進店裡開始烘焙了，譚綴也算準了時機提前將店門開一道縫，讓肉桂與麵粉香悄悄飄到街上——結果今天才剛開始營業，湧進咖啡店的人潮已是昨日的三倍。

譚綴和威芙並肩沖飲料，忙碌卻又精神十足、認真卻又手忙腳亂地同時使用咖啡機的兩把手柄。客人接連不斷地點單，忙得她們團團轉。

短短幾分鐘內，頂針的肉桂卷被搶購一空，但幸好第一批在烘烤時，他已經明智地備好第二批肉桂卷的麵團，放在一旁發酵了。

爐灶火力全開，店內比平常悶熱許多，肉桂卷冒上來的蒸汽也使空氣變得潮溼。才過一個鐘頭，威芙與譚綴的上衣都已經被汗浸透了。嘈雜的人聲、頂針工作時的器具碰撞聲，以及地精咖啡機的嘶嘶聲、隆隆聲，為整間咖啡店增添了令人頭暈目眩的繁囂。

隨著上午一步步逼近中午，人潮終於有所減少，但每次得空頂多只有十分鐘。用餐區氣氛活絡、人聲鼎沸，客人比先前坐得久了些，悠悠哉哉地享用糕點、啜飲咖啡。而且從開店至今，威芙頭一次看到多數客人拋下相對不受打擾的雅座，選擇坐在公用的長桌。

威芙倚著櫃檯觀察顧客們一張張臉，終於看見她之前不敢奢望的事物——那東西存在於客人半閉的眼眸、緩慢而刻意的吞嚥，存在於捧著溫熱馬克杯的雙手、喝下最後一口時的回味再三。她在客人身上看見了自己當初的體驗，那股熟悉與喜悅流遍她全身。

「妳已經連續笑一個小時了，到現在還在笑。」譚綴說道，偷閒發呆的威芙這才回過神來。

「是嗎？」

「是啊。」

她們都熱得滿面通紅，但威芙不禁注意到，今天的譚綴顯得放鬆許多。威芙喜歡這樣的她。

「我只是覺得一切都到位了。這種感覺以前也有過幾次——像我找到黑血那一次。」威芙歪頭示意牆上的巨劍。「她被我握在手裡，就像物歸原主一樣，我把她舉起來使用時，那真的……」她意識到了故事的走向，陡然一頓。「總之，現在這樣感覺……很對。」

「是很對。」

「但還是有些小問題得處理。」

「我覺得妳可以先花一兩天沾沾自喜，再來考慮那些小問題。」譚綴帶著揶揄的笑容說。

「那就不好說了，我們很可能在這兩天內活活熱死。」

頂針突然出現在她們之間，她們齊齊低頭看他。小鼠男抬頭看向威芙，然後拉拉她的衣角，指向烤箱，接著再張開雙臂。

「我……對不起了，頂針，我不懂你的意思。」

他扭了扭鼻尖，悄聲說：「**更大**。**更大**……**會更好**。」

「你說肉桂卷？它們已經和我的腦袋一樣大了啊！」

他搖搖頭。「**爐子**。**爐子！**」然後他洩了氣。「**抱歉！抱歉！**」

威芙瞥了阿災安裝的爐灶一眼。頂針從早忙到了現在，每一次有肉桂卷出爐，還沒冷卻就會被客人搶購一空。也許過一陣子肉桂卷的熱度會稍微下降，但她也看得出，這種工作步調讓可憐的小鼠男精疲力盡了。如果能弄一臺更大的爐灶，他們**的確**能較輕鬆地供應糕點。

「頂針，我也很想這麼做，只是我不知道該怎麼在這裡裝一臺更大的爐灶。櫃檯後面的空間已經很有限了。」

頂針垂頭喪氣片刻，但還是無奈地點頭接受了。

「如果糕點能放久一點就好了。」譚綴自言自語道。「不必現烤糕點的話，我們就能囤一些備著，少一些壓力。」

小鼠男盯著她，若有所思地用爪子點了點下脣，眨了眨眼。他緩緩回去擀麵團，擀平了新一塊麵團，威芙卻注意到他偶爾停下動作，凝望遠方。

時隔多日，阿災終於又來訪了，威芙立刻塞了塊肉桂卷給他。他好奇地檢視糕點，然後咬下一小口。

他的反應完全在威芙意料之中。

「唔。」

但那是正面的一聲「唔」。

他朝熱鬧的用餐區一點頭，咀嚼後吞嚥。「看樣子這邊進行得很順利啊。還有這個……」他讚賞地看著肉桂卷。「這東西當真優秀，我就說那臺爐灶會派上用場。能不能也幫我弄一杯拿鐵，我配著吃？」他仔細閱讀菜單，往櫃檯上放了六枚銅幣。

威芙直接把錢推了回去。「你自己留著。而且，你如果能想辦法解決店裡太熱的問題，我還能多給你錢呢。我們開著爐灶的時候，室內當真熱得像八級地獄一樣。」

阿災又咬了口肉桂卷，愉快地闔眼嘆息。「這個嘛。我可能有辦法，但需要點時間看看有沒有效。那是我在一艘地精豪華遊艇上看到的玩意兒，很有意思。」

威芙起了興趣。「是某種窗戶嗎？」

「錯，不是窗戶。」他說。「我也不保證有用，怕讓妳失望了。給我一兩天時間，我去看看有沒有辦法。這兩天記得別把整間店燒沒了啊。」他難得露出真誠的淺淺微笑，然後帶著飲料與肉桂卷從容走進用餐區。

這天稍晚，生意依舊熱絡，陸續進出的客人讓他們保持忙碌，但還不到焦頭爛額。

威芙把馬克杯洗淨，感覺已經是第八次把手擦乾時，抬頭看見一名農場工人模樣的高大男子走進店裡。她困惑地注意到，男人一邊腋下夾著某種類似魯特琴的樂器。厚厚的黃頭髮幾乎遮住了男人雙眼，他的手幾乎和威芙同樣巨大、同樣粗糙，看上去實在不像樂師的手。

「能為你服務嗎？」威芙問。

「呃，妳好。我想請問……等等，呃。那個，妳好。」他結結巴巴地重新打了招呼。「我的名字叫潘德瑞。我是……」他的聲音突然壓得極低，幾乎只剩氣音了。「……**吟遊詩人**？」這聽上去更像是疑問句。

「恭喜你。」威芙好笑地回道。

「我想……我想請問，可不可以……可不可以**表演**？那個，我是說在這裡？」

威芙錯愕地愣了一下。「我還真沒考慮過這種店內娛樂。」她坦承。

「喔。喔，那，呃。那……那就算了。」他用力一點頭，頭髮垂到了臉邊。

威芙也不敢肯定，但男子似乎暗暗鬆了口氣。

「你彈得好聽嗎？」譚綴問道，同時繞過櫃檯接近男子，雙手抱胸。

「我，呃。這個，我……」

威芙嗤笑一聲，用手肘輕輕撞了撞譚綴胸脅。

「不如這樣吧。」威芙說。她想起了蛛煞石，想起那種扣上夾釦的「**喀嚓**」感、萬事到位的感覺。「你直接試試看，怎麼樣？你除了我們的許可以外，也沒有其他要求吧？」

潘德瑞看上去快吐了。「是。我是說，不是。我是說……好喔。」

然後，他呆呆站在原處。

譚綴揮了揮手示意他快去。「那就去啊。」她神色嚴厲，但威芙看得出她在強忍著笑意。

農場工人——或者說是吟遊詩人——拖著腳步走進用餐區，環顧四周時幾乎藏不住臉上的驚恐。他垂頭走到靠後的位置，然後慢慢轉過身。沒有人注意他，他只默默在那裡站了數分鐘，雙手幾乎要將魯特琴掐死了，調音弦軸被他轉了又轉，嘴裡也喃喃念個不停。

威芙幾乎能肯定他是在和自己爭論不休，她忍不住好奇地探出頭，看向站在角落的男人。他手裡那是一把奇特的魯特琴，威芙從未見過這樣的樂器。琴的前側似乎沒有共鳴箱開口，而是在琴弦下方裝了某種類似板岩的石片，上頭嵌著幾枚銀色小釘。

本以為潘德瑞會敗給焦慮，灰溜溜地逃出店鋪，沒想到他最後還是深深吸了口氣，開始彈琴。魯特琴的聲響出乎意料，店內所有人頓時停止交談。那樂音彷彿未經矯飾的尖銳嗚咽，比威芙聽過的魯特琴音都響亮**很多**。潘德瑞開始投入地彈琴，威芙忍不住微微一縮，她看見其他人跟著皺眉。男人彈出來的聲音也不是**沒有樂感**，卻透出了近乎野蠻的韻味。

威芙不禁心想，或許是她太盲目地相信蛛煞石的力量了，它雖號稱能吸引威芙需要的事物，但如果引來的是**這種**東西……

她看向滿臉不自在的客人們，甚至有幾人站起身，似乎準備離開。

威芙朝年輕人走去，說來奇怪，他此時似乎全心投入音樂之中，竟然完全放鬆了下來。威芙靠近時，他才茫然睜開雙眼，看見了她。潘德瑞環視周圍，看清人們臉上的震驚，這才猛然停止奏樂。

「潘德瑞？」威芙舉起一隻手。

「喔，諸神啊。」男人無比羞愧地呻吟道。

然後他像拿盾牌似地舉著魯特琴，倉皇逃出了店鋪。

威芙是很同情那個年輕人，但隨著午後客潮湧進店裡，她很快就忘了那個人。顧客對肉桂卷的需求稍微減少了，頂針終於有機會休息，威芙後來也放可憐的小鼠男回家了。頂針已經累壞了，威芙總覺得再不阻止他，他會把自己累得直接暈過去。

收拾餐桌回來時，她發現譚綴站在店前的窗邊。

「不會又是那個凱林了吧？」

「嗯？不是，不是他。」

「那不然妳在看什麼？」

「那個老頭。」

威芙探頭往門外望去，只見露天桌位坐了個年邁的地精，他頭上戴著形狀奇特的帽子，看上去像個彎曲的小布袋，臉上還戴了深色眼鏡。他面前擺著一個馬克杯、一份肉桂卷，還有一面西洋棋盤，棋盤上有幾枚小小的象牙棋子。他對面沒有坐人，倒是阿睦蜷著身子窩在桌下，發出心滿意足的低沉呼嚕聲。大貓仍然甚少來訪，也不肯躺在她們鋪的小床上，所以見她在地精腳邊打盹，威芙與譚綴都有些驚訝。

「喔，阿睦好像挺喜歡他。」威芙聳聳肩。「但我還是沒懂，妳在看什麼？」

「他已經在那邊坐一個鐘頭了。我們那位立志當吟遊詩人的朋友進來後不久，他就來了。」

「然後？」

「我看不出是誰在下敵方棋子。」

「他在自己下棋？」

譚綴點點頭。「但他似乎從不幫對方下棋，至少我到現在還沒看到他碰另一方的棋。」

「妳竟然有辦法偷偷觀察他下棋？」

「我一開始也沒太在意，可是現在一直忍不住偷看。」

「這樣啊。」威芙說。「今天連來自地獄的吟遊詩人都來了，再來個下棋的幽靈也不奇怪吧？」

「我**總有**一**天**會看到他挪對方棋子的。」譚綴果決地點頭說道。

這時，兩名城衛大步進門，一口氣買光了餘下的肉桂卷。

她們很快便將老地精之謎拋到了九霄雲外。

第十四章

咖啡店還未開門營業，頂針就拿著另一張清單出現了，這次的清單不是很長。

「醋栗、核桃、柳橙……小荳蔻？」威芙一臉困惑地問。

頂針熱切地點頭。

「我甚至連最後那東西是什麼都不曉得。現在的肉桂卷已經很完美了啊！」

小鼠男焦急地搓著雙手，面露委屈。「**相信**。」他悄聲說。

威芙忍住了一聲嘆息。「好吧，那我去想辦法。譚綴，妳可以先顧店嗎，我去弄一些……這不知道是什麼東西？」

「如果買了那些東西回來，頂針就能多烤些點心的話，那妳要我做什麼，我應該都在所不辭。」譚綴說道。

頂針立時眉開眼笑。

清晨的空氣又溼又涼，威芙又來到了商業區，努力回想著上次和頂針同來時去過哪些店鋪。

醋栗、核桃與柳橙不難買到，柳橙雖不是當令水果，但也只是稀少一些而已。威芙向每一間店的老闆問起最後那項奇特的物件，但每個人都和她同樣一頭霧水。最終，她回憶著頂針上回的路線，去到了屋內瀰漫辛香味的老人家中。

幾次錯誤地拐彎過後，威芙找到那戶人家，敲了敲門。裡頭傳來磨磨蹭蹭的腳步聲與咕噥聲，老頭子將門開了微微細縫，狐疑地瞪著她。

「呃，不知道你還記不記得我。」她說。「我上次和，呃——」她舉手示意頂針的身高。「——小傢伙一起來的。總之，我想要找……『小荳蔻』？」

「哼。在幫頂針跑腿啊？」老頭把門開得大一些。

「算是吧。不得不說，他當真是了不起的麵包師。」

老頭隔著眼鏡仰頭瞪她。「那小子可是天才。」說罷，他從威芙手裡搶過羊皮紙，拖著腳步走進陰暗的屋子裡。門縫飄出無比濃郁的各式氣味，熏得威芙頭暈目眩。那些氣味個別聞或許很香，但全部混雜在一起實在是太嗆鼻了，她還真不曉得那個老頭子怎麼受得了。

遠處傳來老頭的嘀咕聲，哐啷、咚咚等碰撞聲，然後又是幾聲尖銳的咒罵。老人終於拿著一個棕色紙包回來了，連同清單一起往威芙手裡一塞。

「兩枚銀幣、四枚銅幣。」他說。

「這麼貴？」

「有別人開出更低的價錢嗎？」他露出不甚友善的燦笑。

「唔。」

威芙在錢袋裡挖了挖，付了錢給老頭。

屋門砰一聲在她面前關上。

頂針開心地吱了一聲，接過食材，小心翼翼地在櫥櫃裡排好，又繼續準備剛才做到一半的肉桂卷了。

今天的生意至少和昨日同樣繁忙，威芙繞到櫃檯後面幫忙應付人潮時，譚綴對她露出感激的笑容。看到頂針沒馬上使用她採購回來的商品，威芙不禁有點失望，但很快便在晨間客潮中忘了這件事。

一段時間過後，等到肉桂卷的銷售速度稍微緩了下來，頂針才從後方的食品貯藏間取出那些食材。

譚綴輕輕用手肘撞了撞威芙。「我已經**等不及**要看他這次準備做什麼了。」

「今早賣小荳蔻給我的老傢伙跟我說，頂針他是個天才。」威芙低聲說。

「這不用他說，我早就知道了。」譚綴輕笑著回道。

「說得也是。」

小鼠男動手量測與攪拌，做出了黏黏稠稠的麵團，再將切碎的核桃與醋栗加進去，並在攪拌碗上方磨了磨橙皮、落到麵團上。原來小荳蔻是一種看上去乾巴巴的小種子，頂針切得極細碎，用刀刃側面把種子壓碎，再輕輕將一些粉末刮起來、撒到麵團上。餘下的小荳蔻粉被他用蠟紙包起來，暫且放到一旁。

頂針將麵團揉成又長又扁的圓柱形，期間譚綴與威芙不情願地輪流幫客人沖飲料，兩人都恨不得聚精會神地看頂針做點心。圓柱狀麵團被他放進兩口平底鍋，撒上大把大把的糖後送入烤箱。完事後，他開始收拾工作空間，過程中一直輕輕悄悄地哼著悅耳的曲子。

烤箱飄出的氣味相當吸引人——堅果香與甜香在空氣中交織，味道很是細緻，讓威芙聯想到了冬至慶典。頂針終於從烤箱取出那幾塊扁扁的糕點時，威芙與譚綴都湊了過來，卻被他趕走。他把大塊的糕點切成小塊，在平底鍋上整齊排列，然後又放回烤箱。

「烤兩次？」威芙問。

他重重點頭。

一段時間後，頂針終於判定糕點烘烤完畢，便取出來放涼。威芙滿腹疑惑地審視著——聞起來雖香，看上去卻像是沒成功發起來的小塊小塊扁麵包，實在有些可悲。

頂針堅持要等到糕點完全冷卻，接著緊張而隆重地各給了威芙與譚綴一塊。威芙皺眉檢視手裡的小點心，觸感如放了很久的麵包般硬實。之前那個老頭**是**對頂針青睞有加，肉桂卷的人氣更是不言而喻，但威芙還是和譚綴交換了個擔憂的眼神。

她們正準備咬下去，頂針忽然焦慮地揮了揮腳爪，急切地小聲說：「**配飲料！**」

譚綴配合地沖了兩杯拿鐵。她們嘗試咬了一小口糕點，結果……那個紮實的小點心還**當真**可口，不僅脆脆碎碎的口感恰到好處，堅果與水果香還被一股奇異而綿密的甜味襯托得更加美妙，那種神祕的甜味想必就是小荳蔻了。或許沒有肉桂卷好吃，但……十分討喜。

小鼠男焦急地打了個手勢，示意她們沾飲料吃。

威芙聳聳肩，把糕點一端泡在拿鐵裡，又吃了一口。她不禁瞪大雙眼。她默默品嘗，讓自己花片刻時間享受兩種口味優美的和諧韻味。「八級地獄的，頂針。那個老傢伙說得沒錯，你還**真的**是天才。」

但直到譚綴指出這些糕點的妙處，威芙才恍然大悟。「這些能久放，對不對？可以放隔夜，說不定放個好幾天也沒問題？」

頂針點點頭，對她們粲然一笑。

「我們得找個容器存放它們。還有，譚綴，看來我們又要更新菜單了。問題是，這些該叫什麼才好？」

「我有個想法。」譚綴回道。她脣角帶笑，從櫃檯下方找出了粉筆。

傳奇&拿鐵

～菜單～

咖啡～奇異芳香、濃郁醇厚的烘焙飲品——½銅幣

拿鐵～綿滑乳香、雅緻風味的別樣飲品——1銅幣

肉桂卷～無與倫比的糖霜肉桂糕點——4銅幣

頂針糕～酥脆的堅果與果香小點——2銅幣

～屬於勞動紳士與淑女的精緻品味～

隔天上午，頂針糕起初賣得並不是很好，但在偶爾缺肉桂卷時，客人還是願意嘗試這種新點心。一整天下來，甚至有客人優先選擇了頂針糕。

威芙不時回神，會發現自己正漫不經心地哼著頂針糕、哼著小曲兒。

廚房似乎一天天變得悶熱了，威芙與譚綴都焦急地等待阿災再訪。霍布妖終於又出現時，取出了一大張摺起的羊皮紙，在櫃檯上攤了開來。紙上畫了幾幅草圖和一些丈量數字，但威芙完全看不出畫的是什麼。

「所以，這就是廚房過熱的解決方法了？」

「唔。這是一臺自動循環機，我之前也說過，我是在一艘地精遊艇上看到的。我得花幾個鐘頭安裝，甚至需要一整天。得稍微切入爐灶的煙囪管，我們還得搬梯子把它掛上去。大概需要妳幫一把，很重的。」他指著天花板。

「只要以後不必再有困在烤箱裡的感覺，要我關店一天也沒問題。」

譚綴呼出一口氣表示贊同。

「這不便宜就是。」霍布妖面露歉意地說。他敲了敲紙上的示意圖。「這些我都得向地精工匠買來，賣得可貴了。」

「大概多少錢？」

「三枚金幣。」

「喔，那我這兩個月叫瑪追歌滾蛋，就能省下這筆錢了。」

阿災厲色瞪著她。

「開玩笑而已！」威芙不慍不火地說，不過她心裡也不確定那是不是玩笑話。「好，我們就照你說的辦吧。」

她掏出四枚金幣，交給阿災。「再加上你的工錢。別還給我，自己收著。」

「唔。這週末可以嗎？」

「正合我意。」

阿災在約定的時間回來時，威芙已經在門口放了告示牌。

本店整修，休息一天

她已經看見多位晨間常客上門來，讀完公告失望地離去。她心底萌生了荒唐的恐懼，只怕客人再也不回來了——但她還是儘可能壓下了驚慌。

霍布妖推著手推車來了，車上載了一個黃銅製的大型筒狀機械、幾片翅膀狀的大葉片、一臺像是風車的小型風扇，以及某種長長的皮帶，看上去像是一條巨大的磨刀皮帶。

威芙叉腰盯著這些雜七雜八的部件。「嗯，之前看到插圖，我看不出這東西要怎麼用，現在我看了實體，反而更搞不清狀況了。」

「喔，這很精妙的。」阿災說。威芙替他撐開兩扇大門，他低哼著奮力把推車推進屋。「不愧是地精，總能做出一些新奇的玩意。」

阿災先是移除爐灶上一截煙囪管，將管子切成兩半，接著把小風扇裝入精巧的箱子裡，裡頭還有一整套環環相扣的齒輪，可以在風扇轉軸的牽連下動起來。威芙協助他調整箱子的位置，重新固定在主煙囪管上。

她從後巷取回之前的舊梯子，靠在牆邊。阿災動作小心地爬上去，接著威芙扛著較大的黃銅機械，跟著爬上梯子。她設法單手將機械按在天花板上——她的姿勢彆扭無比，還得高高托著沉重的機械，即使是**她**的肌肉也有些吃不消了。

阿災快速將幾枚地精製作的螺絲旋緊、固定，威芙也扯了扯機器，確保它不會突然砸到他們頭上。

一番斟酌過後，威芙將阿災整個人舉起，讓他把四片翅膀般的葉片插入從黃銅圓筒伸出的四條支臂，如此一來，上頭的機器顯得較像煙囪管裡的小風扇了。接著，他們把大皮帶套在黃銅圓筒的轉軸上，另一頭套在煙囪管外露的齒輪箱機關上。

「嗯。」威芙說。「我**還是**看不出這東西的作用，不過我現在是真想看它動起來了。」

阿災揶揄地輕笑著，往爐灶裡丟了幾塊木柴，點燃了火爐。

起初，什麼事都沒發生，但隨著火爐逐漸升溫、熱空氣上升，皮帶逐漸動了起來。皮帶一開始動得很慢，也一直沒達到高速，卻還是牽動了天花板上的大風扇，空氣遭受擾動，吹起了穩定而清涼的微風。

「見鬼了。」威芙說。

「唔。」阿災說。「就算真有鬼，妳至少還得親身進到地獄才會被活活燒死了。」

第十五章

「諸神啊，真和之前差太多了。」譚綴說。

阿災的自動循環機懶洋洋地在上方轉動，涼爽的氣流吹了下來，讓他們好受多了。頂針似乎和威芙與譚綴同樣開心，甚至還有過之——威芙其實不確定鼠人能不能出汗散熱，他先前一直在爐灶旁幹活，想必熱得最是難受，卻一句怨言也沒有。

一些晨間常客為昨日暫停營業的事抱怨了幾句，但見到新裝的地精機械吹拂微風，他們的注意力全被吸引過去了。

威芙環顧四周，暗暗點頭。她對店鋪的內部裝潢與擺設十分驕傲，這裡感覺是**新潮**又前衛的空間，同時卻也溫馨親切。空氣中飄著肉桂經烘烤而散發的辛香、咖啡豆磨碎的馥郁香氣，以及甜甜的小荳蔻香，著實令她迷醉，而在她沖泡咖啡、微笑、幫客人服務與閒聊之時，一股深深的滿足感油然而生。那是她從未體驗過的溫暖光輝，她很喜歡。她非常喜歡。

從常客們臉上的神情看來，他們也感受到了。然而，站在櫃檯後方的威芙，卻獨享了他人無法體會的一絲甜蜜。

因為這是我的店。她心想。

她瞥見身旁的譚綴不由自主地綻放笑靨。

又或許，是我們的店。

威芙一抬頭，就見人高馬大、有志成為吟遊詩人的潘德瑞站在門內，左右挪動著腳步。這回，他大大的手裡緊抓著一把樣式較傳統的魯特琴，威芙都擔心琴頸被他生生擰斷了。

「你好啊，潘德瑞。」

她有些好笑地等對方開口，他**想**說什麼話再明顯不過了。

「我。呃。那個。」

譚綴朝威芙投了個微帶責備意味的眼神，威芙這才對那可憐的年輕人施以援手。

「想再試一次嗎？」她問，說話時儘量專心注視著手邊的事物，不去看潘德瑞。

「呃。我……很想……試試。可是我保證，我這次會彈比較不現——呃，我是說，比較**傳統**的曲子的，小姐。」

「小姐？嘖，我這下知道雷妮為什麼討厭我這樣叫她了。」威芙扮了個鬼臉。

「我……對不起？」他皺著臉，用詢問的語氣說。

威芙對他揮了揮手。「你去吧。上回其實也不算**難聽**，就只是……很驚人而已。祝你斷腿囉。」

潘德瑞一臉錯愕。

「看來這邊沒有人這麼祝福別人？」

譚綴聳聳肩。「聽起來像在宣戰一樣。」

「說得也是。」

潘德瑞困惑地眨眼，然後再次縮著頭、拖著腳步走進用餐區。這回，威芙打定了主意不跟過去，免得讓他更緊張。

她倒是豎起了耳朵傾聽，過了一兩分鐘卻還是什麼都沒聽見。她低笑一聲搖了搖頭，又準備泡新一杯咖啡。

她將咖啡交給客人，機器的嘶嘶聲也逐漸消停後，魯特琴音變得愈來愈清晰了。這回的音樂比上次柔美許多，潘德瑞彈奏的是一首輕柔的民謠，旋律相當悅耳。曲子包括規律而好記的彈撥部分，以及細緻而悠揚的指彈主調。

「滿好聽的。」譚綴評論道。「他也是有兩把刷子的呢。」

「還不賴。」威芙同意道。

這時，一道歌聲加入了魯特琴音，聲音清揚、甜美且洋溢著深情。

「等等。」威芙說。「那是**誰**啊？」她從轉角探出頭，看得瞠目結舌。「哇，還真見鬼了。」

歌聲的主人是潘德瑞，他的歌聲驚人地純粹而婉轉，和他虎背熊腰的模樣形成強烈對比。

……當一日結束，我本想完成之事
代價卻已高過昨日，
當我走上另一條路，
幾乎感覺不到肩上重負……

「我應該是第一次聽到這首歌。」譚綴說。「**聽上去**是傳統曲風，但實際上不是傳統民謠。我敢打賭，這是他自己寫的歌。」

「這樣啊。」用餐的顧客當中，沒有任何人露出驚嚇的表情，威芙甚至看到一兩人跟著節拍抖腳。「抱歉啊，我不該質疑你的。」她喃喃自語，但主要是對藏在地板下的蛛煞石說的。

「妳說什麼？」

「喔，沒什麼。就只是感嘆運氣好而已。」

一段時間過後，海明頓來到櫃檯前，彆扭地將菜單上所有品項都點了個遍。

「你想喝咖啡，**還要**一杯拿鐵？」威芙狐疑地打量著他，出聲問道。

「呃。對。」他頓了頓，不安地挪動身子。「然後，我想問妳一件事情。」

威芙嘆了口氣。「海明頓，你有什麼請求就直接說吧，不然我明知你根本不會喝，實在也不想幫你泡咖啡。」

「喔，那，那太好了。」他喜孜孜地說。

「不過，這個你是非買不可了。」威芙把一塊頂針糕朝他推去。

「呃。當然好。」海明頓付了錢，卻似乎不知該拿那塊糕點做什麼才好。

「那麼，你需要我幫什麼忙嗎，小海？」

「首先，可以的話，希望妳別叫我**小海**。」

「但今天是你有求於我，而且你還看不上我們店裡賣的任何一件商品呢……**小海**。」

他皺起了臉。「我又不是**看不**——！唉，**算了**。」他深深吸一口氣，試圖從頭來過。「我是**希望**，妳能讓我在這裡下一道魔符，這是我研究的一部分。」

威芙眉頭一皺。「魔符？幹什麼用的？」

「這個嘛，我的主要研究領域就是魔符，而這個靈脈匯流點不存在靈能波動，又能對那些和物質基質相配的奇術建設產生相乘效果，所以——」

「海明頓，你還是直截了當的回答吧。」

「咳咳。妳**完全**不會感覺到魔符的作用。」他心不在焉地咬了口頂針糕。

「但它的作用到底是**什麼**？」

「這個……它能發揮**各式各樣**的作用，不過作用本身並不是重點。另外，魔符**不會**干擾到妳的客人或其他人，不出意外的話，妳甚至不會看到它！」

「那你怎麼不直接下魔符，還特地來問我？」

他頓時義憤填膺。「我**絕不會**做那種事。」他義正嚴詞地說——只可惜說完之後吃了口頂針糕，破壞了剛才的氣氛。

「是什麼樣的魔符啊？」譚綴出聲問道，顯然剛才一直在偷聽。「光學觸發型？生靈感應型？你要用精準聚焦嗎？」

「呃，生靈感應型。選什麼當聚焦對象都可以，像是鴿子也行。」

「一隻鴿子有沒有從屋子上空飛過去，很重要嗎？這有什麼好追蹤的？」譚綴問道。

「只是舉個**例子**嘛。」海明頓說。「我剛才也說了，魔符的作用並不是重點，我只是想研究符咒的穩定度、作用範圍與精確度。」

威芙無奈地嘆了口氣。「只要別再跟我說這些莫名其妙的話，你要怎麼下魔符都隨你便。除非……」她看向譚綴。「除非這有什麼不妥？」

她擔心這會暴露地板下的祕密，但此時強烈反對也可能令人起疑。即使海明頓有辦法具體找出蛛煞石的位置，威芙也不得而知，所以或許現在先配合他會是最恰當的做法。

「沒問題的。」譚綴說。

「我**就**說了，妳們根本不會感覺到它的。」海明頓氣呼呼地說。

「感覺不到，不等於無害。」威芙不慍不火地說。「總之，你去做吧。」

「我……謝謝妳。」

「頂針糕好吃嗎？」她帶著狡黠的笑容問。

「什麼糕？」

她指著海明頓此時空空的雙手。

他已經把整塊點心吃得一乾二淨了。

順遂的日子過得太久了，威芙若是在野外、在征途中，或者在怪獸的巢穴外紮了營，此時想必會感受到一股不祥的預感竄上背脊。

當天傍晚，她和譚綴打烊收拾時，爹客出現在了店外，同行的還有譚綴那位不受歡迎的追求者——凱林——及另外至少六到八人。

威芙站上前擋在了門口，這才想到自己不該放鬆警惕的。

「怎麼了？」譚綴問道。她清洗到一半的馬克杯落回了洗碗盆中，她也試圖從威芙身旁向外望。看見凱林的瞬間，譚綴全身一僵，目光迅速掃過他身後的一眾男女。

他們全身佩帶了好幾把刀械，正常人都會產生幾分戒備。威芙不禁暗暗希望阿睦能突然出現，但需要那隻恐貓幫助時，她卻正巧不在店裡。

威芙**自己**並不擔心對方的刀劍，然而有了譚綴在身邊，她腦中的風險估算便出現了巨大的偏差。上一回寥客來訪時，魅魔也在場，但這回附近沒有城衛，無人維護那虛無縹緲的律法了。若要獨自作戰，威芙絕不可能為自己的安危憂心，可是有了譚綴在身旁，蠻力忽然顯得十分單薄，似乎絲毫無法抵禦敵人。

「妳近來生意興隆，真是恭喜啊。」寥客一面脫帽致意，微微欠身。

威芙看不出這是不是對她的譏諷。

「已經到月底啦？」她正色問道。「我以為還剩幾天呢。」

寥客輕鬆地點點頭。「確實。妳也許不知道，其實我這份工作最微妙之處，就是確保萬事順利進行，確保事情不出任何**問題**。妳要知道，要是見血、骨折，或者有什麼資產不幸遭受毀損，那就是**失敗**了，如果有這種血腥場面，我們怎麼能維持良好的合作關係呢？瑪追歌要的是**良好**的合作關係，可長久維繫的合作關係，我必須勤奮盡責，確保雙方合作順利。」

「妳好啊，譚綴。」凱林說著，朝她露出極具占有欲的笑容。

寥客對他蹙眉。

譚綴瞄了威芙一眼，雙目圓瞠。

威芙儘可能散發自信的氣場。

寥客接著說道：「我今天過來，是想讓妳明白，我是認真的，我們月底**必定**會向妳收取捐款。我也想再重申：我自然是希望我們能成功合作，但如果無法……文明地解決問題，那形勢必定對妳更加不利。」

威芙垂在身體兩側的手同時緊緊握拳。「形勢可能比你想像中對我更有利也說不定。」

寥客哀怨地嘆息一聲。「聽著，我當然明白妳的肢體武藝**非常**了不得，這點沒什麼好爭論的。但是，妳在這裡經營事業，僱了幾個員工，生意還做得**很好**。妳真打算為了錯誤的原則，拋棄這一切嗎？這世上多的是稅負、讓步和妥協，有了這些，事情才能照常**運作**。這不過是其中之一罷了。」

「我可不想看這家店燒成灰燼呢。」凱林帶著極度欠揍的笑容說。

寥客忽然以流暢而粗暴的動作揪住凱林衣襟，把他整個人拉到面前。「惹人煩的**糞馳**，給我**閉嘴**。」他低吼道。

從寥客方才移動的速度看來，威芙立刻認知到了自己的錯誤。寥客的實力不容小覷。

凱林張口結舌地踉蹌倒退，沒再多說什麼。

寥客理了理大衣，重新戴上帽子。「再一週。」他說。「我很期待未來建立**毫無波折**的合作關係。」他朝威芙一點頭，也對譚綴點頭致意。「抱歉了，小姐。」

說罷，他們轉身離去了。

威芙剛在背包裡翻找一陣，正握著閃石直起身時，譚綴爬上頂樓找到了她。

「妳還好嗎？」譚綴問。

威芙有些感動，然後很快又慚愧地意識到，方才面對街上那群人，最受威脅的人並不是自己。她怎麼忘了問譚綴的感受？但現在問也太遲了。

「很好。」她為自己過分簡短的回答皺起了眉頭。「只是在考慮幾個選項。」她盯著躺在手心的閃石。魅魔好奇地瞄了它一眼，但威芙並沒有多做解釋。

譚綴的目光掃過空空蕩蕩的房間，除了威芙的鋪蓋、背包，以及一些整齊地堆在角落的多餘建材以外，什麼都沒有。

「妳都睡這裡？」

「比這更簡陋的環境，我也都習慣了。」威芙回道，一時間有些難為情。

譚綴沉默了許久。

「聽我說，妳打造了很美好的一間店，它真的很特別。」她凝視著威芙雙眼。「我也明白，妳是在重建自己的生活，這我完全可以體會；我懂這種感受，也懂這種渴望背後的意義。」她示意空空如也的房間。「但是，樓下的店並不是妳生活的**全部**，妳其餘時間做的事情也同樣重要，甚至是更加重要。妳不是說自己讀了很多書嗎？怎麼房裡連一本書也沒有？」

威芙或許是忽略了一些生活上的樂趣，雖然這沒什麼爭論的餘地，她還是嘗試辯解。「但我其實也不需要其他什麼了。我今天就感覺到，這樣就**足夠**了。我可不打算失去現在的這些。」

「問題是，這些**真的**足夠嗎？」譚綴蹙眉看向地面。「他們想從妳手裡奪走的東西……它之所以這麼……難以固守，是因為這是妳擁有的一切了。我只是想說……也許，如果妳用看待這間店的方式，去過妳生活中其他日子——也投入同樣的精力——就算要付出代價，這份代價也不會顯得這麼沉重了。」

威芙無言以對。

「無論如何。」譚綴又說。「我覺得妳該花點心思布置**這間**房間。」她笑得有些疲倦。「真是的，至少弄張像樣的床吧。」

威芙等到譚綴離去、帶上店門的聲響傳來。一小段時間過後，她走進廚房，店內只剩下爐灶的低微響聲了。

她打開火爐的門，在原地站了良久，注視著躍動的火焰。

威芙抬頭望向黑血，看著新纏上的吊花。

然後她一把將閃石拋進火爐，關閉爐門，爬上梯子，徒勞無功地試圖在冷冰冰的鋪蓋中入眠。

第十六章

三日過後，曾經的夥伴們——除了芬奈斯以外——來到了店門前。接近傍晚，盧恩率先矮身走進門，他看見在咖啡機後方忙碌的威芙時揚起了眉頭，打量了人聲鼎沸的店內。嘉莉娜從他身後走了出來，露出剛才被矮人粗壯的身軀遮擋的樣貌：一副護目鏡推到了滿是刺短髮的頭頂，臉上堆滿了燦爛的笑容。泰伍士姿態優雅地跟著進店，默默點了頭。

「你們好啊，威芙，晚上了呢。」盧恩說。

「大夥們，我們今天提早打烊。」威芙大喊一聲。客人紛紛以吵鬧的怨聲回應她。

譚綴詫異地瞅了她一眼，看見她的神情，這才注意到剛進來的盧恩等人。「都是妳的朋友嗎？」

「都是些老朋友了。」威芙歪著拇指朝後方的巨劍一指。

「那是**黑血**嗎？」嘉莉娜高聲笑著驚呼道。「她怎麼裝扮成了冬至花環的模樣！」

「就是她。」威芙笑著說。「等我幾分鐘，我把店裡清空。」

她費了比想像中更多時間，才終於說服最後幾名顧客離開店面。威芙不只一次萌生了一個念頭——如果有辦法讓客人外帶飲料，那該有多好。**唉，算了，這不是眼下該解決的問題**。

威芙放頂針先回家了。她開口想對譚綴說話時，魅魔舉起一隻手打斷她，尾巴在身後凌厲地甩動。「我要留下來。」

威芙思索片刻，點頭說：「那好。」

他們圍坐在公用長桌邊，譚綴為所有人泡了咖啡，威芙則擺出一盤肉桂卷與頂針糕。

「謝謝你們過來。」大家都在椅凳上坐下來，面前都擺了飲品後，威芙開口說。她擺弄著面前的馬克杯。「那個，我先介紹一下，這是譚綴，她是我的……同事。譚綴，盧恩妳之前見過了，這是嘉莉娜，還有泰伍士。」她分別示意三位老友。

「還是很榮幸見到妳。」盧恩嚼著一大口肉桂卷，口齒不清地說。

「魅魔呀？」嘉莉娜單手支著下巴說。

威芙看見譚綴全身一僵。

嬌小的地精想必也注意到了。「啊呀，甜心，我沒別的意思，只要妳別叫**我**去**發明**什麼東西就好。很高興認識妳喔，我很喜歡妳的造型。」地精朝譚綴的毛衣揮了揮細小的手指。

「嘉莉娜比較偏好，呃，動刀子的工作。」威芙說。

「我**是**很喜歡刀子沒錯。」嘉莉娜不知從何變出了一把小刀，開始修指甲。

泰伍士正色對譚綴一點頭，小小咬了一口頂針糕。石妖精一如既往地沉默寡言，一頭白髮垂在了神情戒備的臉畔。

「很高興認識各位。」譚綴說。她快速啜了口飲料，威芙甚至敢發誓，她這是感到緊張了。

盧恩將那顆和威芙一對的閃石放在桌子中央，同時把一整塊肉桂卷吃完，接著伸手取了塊頂針糕。「那麼，看到這地方、嘗到這些點心以後，我猜妳把我們叫過來，不是想要回到以前那種胡亂野營、刀口舔血的生活。」

「被你說中了。」威芙說。「是啊，我不打算回去過那種生活。」她盯著嘉莉娜思忖片刻。「但是在我說明情況之前，我得先對你們賠不是。是我對不起你們所有人，當初那樣離開，我自己也覺得很慚愧。我們同進同出了那麼多年，我不該一聲不吭就直接丟下你們，我只是怕——」

「我們懂。」嘉莉娜說。「盧恩告訴我們了。」她瞇眼看著威芙。「不瞞妳說，我之前是有點火大沒錯，可是……這裡真的**很棒**。」她揮手示意整間店鋪。「威芙，我為妳開心。」

「我並不介意。」泰伍士靜靜說道——這位石妖精比任何人都懂得避開尷尬的話題，能保持緘默就絕不開口。

「好了，既然這些話都說開了，我們就來談正事吧。」盧恩帶著大大的笑容說。「我們畢竟是行動派嘛，是不是？除非妳特地把我們叫來，只是想餵我們吃些點心。如果真是這樣，我也沒什麼好抱怨的。」他又吃起了第二塊肉桂卷。

威芙深深吸一口氣，讓氣息以嘆息的形式呼出來。「簡單來說……這邊都很順利。**非常**順利，比我預想的好很多。可是，有個當地的……**勢力**，來找我麻煩。」

泰伍士忽然聚精會神，嘉莉娜則直接在椅凳上站了起來，雙手按在桌面直視威芙雙眼。「妳竟然到現在還沒折斷他們幾根骨頭，教他們一些基本的禮貌？」

「這個，沒有。目前還沒。」

「那妳想找我們**幫忙**做這件事囉？」嘉莉娜笑得興高采烈，還透出了一點嗜血。

「事情沒這麼簡單。」

「真是的，這**最**簡單了。」嘉莉娜說。「沒有比這更簡單的事了！」

威芙雙手平攤在桌上，努力尋找合適的措詞。「是這樣的。我原本希望……希望光是我構成的**威脅**就夠嚇唬他們了，我甚至還把黑血掛在了牆上，當作是……算某種警告吧。我不想用以前那個威芙的手段處理問題，因為……因為……」她怎麼也傳達不出自己的想法。

「因為她一旦這麼做，一切就會毀於一旦。」譚綴開口了。

盧恩一臉疑惑。「她以前用武力解決了十幾樁問題——不對，應該有二十幾樁了吧！守護自己的東西又不可恥，這也毀不了什麼，被毀的只會是那個沒事來招惹她的傻子而已。」

「我不是那個意思。」譚綴說道，語氣意外地激動。「就算這一次，面對**這一個**問題，可以順利用那種方式解決……可是一旦有了這個選項，一旦她有了隨時重操舊業的選擇……」她指向牆上的巨劍。「那麼，她之前放下刀劍、打造這間店面時所獲得的一切，就都付之東流了。也許下一次，在日子比較艱苦的冬季，她會接一份任務賺點外快。也許她會為了貨運費用的折扣，再當一次賞金獵人。長此以往，這裡將不再是圖恩城一間小咖啡店，不再單純地賣和臉一樣大的肉桂卷——這裡將成為威芙的領域，誰都別想招惹她，你沒聽說上回有人不過是看了她一眼，就被她打斷了雙腿嗎？」

「她**的確**這麼幹過。」嘉莉娜故意壓低了聲音說。

「那是從前了。」譚綴一隻手指往桌面一戳。「現在，在這座城市裡，這間店就是全新的開始。她應該直接付錢給瑪追歌，別再惹是生非了。」

「那，威芙。」盧恩納悶地說。「如果妳是這樣想的，為什麼叫上我們？」

威芙無助地雙手一攤。「我也不曉得……可能是想聽聽你們的建議？或者說，我可能是想……」

「妳想讓我們去做。」嘉莉娜接著說完。她狡猾地問道：「妳難道想**拿錢**僱我們辦事？」

威芙一臉苦惱。「不是，我不是那樣打算的，我……我**不知道**該怎麼辦。」她喉頭深處發出懊惱的沉沉低吼。「現在的問題是，我**不想**付錢給他們，我真覺得我沒法放下身段去迎合他們。我也沒打算僱你們解決問題。我只是想，可能……可能稍微**展露**一下我們的武力，讓他們放棄糾纏。」

「那不就等同牆上那把劍嗎？」譚綴說。「既然要走這條路，妳乾脆把劍拿下來用算了。」

眾人沉默半晌。

「瑪追歌。」泰伍士說。

「你認識他？」威芙問。

「我聽過他們的名頭。」他回道。

「那你怎麼看？」

泰伍士一如往常地沉默思索，大家也都靜靜等他發言。

「也許。」良久後，他終於開口。「這件事可以和平解決。」

「我洗耳恭聽。」威芙說。

「我也許能安排一次會談。」他接著說。

「在暗巷裡見面談條件，下場絕對是被人一刀捅在背上。」嘉莉娜評論道。

「瑪追歌和威芙之間，可能有許多出乎你們意料的共同點。」泰伍士說。

「為什麼這樣說？」

「我以前見過他們。」他說。「我發了誓不透露太多，我也很認真遵守誓言，但我……感覺……這個辦法值得一試。」

「那你能幫我們安排？」威芙問。

「我認為可以。我會聯繫城裡的門路，等明天傍晚就該收到回覆了。」

嘉莉娜一臉不信服。「我還是覺得趁夜把他們宰了比較保險。」

「我跟妳保證，並不會比較保險。」泰伍士平鋪直敘地說。

「你們真覺得冒險去和對方交涉，會比乖乖交錢更不危險？」譚綴雙手抱胸，神情嚴厲。

威芙思索片刻。「我不覺得這樣風險比較低。」她嘆了口氣。「但我感覺我幾乎不是從前的自己了，我和從前那個威芙之間，只剩這最後一絲線了，我實在……還沒準備好切斷這條連結。」

譚綴抿緊了脣，但沒再多說什麼。眾人陷入漫長而尷尬的沉默。

忽然間，盧恩從椅凳上一躍而起，打破了沉寂。「八級地獄的，那是什麼鬼東西！」他放聲驚呼。

恐貓悄悄出現了，繞到他們身後。她蹭了蹭長凳，呼嚕呼嚕聲宛如來自地層深處的震顫。

「那是阿睦。」威芙帶著寬心的笑容說。她看向譚綴，心中感激恐貓打破了緊張，或至少推遲了這份緊張。

「妳手下都有一隻地獄猛獸了，還要**我們**幹什麼？」盧恩高呼。

「哇，妳好可愛喔，對不對呀？」嘉莉娜柔聲說著，雙手大力搔抓阿睦背部。嬌小的嘉莉娜完全可以坐上恐貓的背，把她當坐騎。

「她是隻只能同甘不能共苦的看門貓。」威芙輕笑著說。「只有心情好了才來露個臉。」

「她餓了呢。」嘉莉娜說，朝大貓面前遞了個肉桂卷。阿睦一口全吞了下去。

那之後，他們轉而聊起了較輕鬆的話題，威芙又端出幾杯飲料，盧恩則以迅雷不及掩耳的速度將剩餘的糕點一掃而空。

他們終於魚貫走出門時，夜幕早已低垂。威芙與譚綴留下來收拾店鋪。

她們靜靜地一同打掃，刷洗、擦拭與掃地。威芙擦乾雙手，轉身面對店鋪前方時，看見譚綴帶著難以解讀的神情站在門口。

「對不起。」女人忽然說。

「為什麼？」

「我沒資格說那些話，也沒資格替妳說話。所以，對不起。」

威芙皺起眉頭，低頭盯著自己雙手。

「不，妳沒有說錯。事情的確該是妳說的那樣，我應該也是這麼希望的。我現在還不清楚自己能不能做到，但——」她又抬頭注視著譚綴。「希望在未來某一天，我能夠做到。所以。謝謝妳。」

「喔。」譚綴微微點頭。「那就好。晚安，威芙。」

她靜靜離開了店鋪。

「晚安，譚綴。」威芙對已然關上的店門說。

第十七章

威芙與譚綴靜靜地協力工作，兩人都沒提及昨晚的事。威芙原本擔心氣氛會變得緊張，不過一整個上午，兩人之間依舊輕鬆而平靜。威芙暫且將瑪追歌、月底的強制捐款，以及抓起黑血將所有潛在問題齊膝斬斷的念頭擱置腦後。

這樣也好。

大約到了中午，潘德瑞再次帶著魯特琴登門。威芙看來，這回他沒有先前那般畏畏縮縮了。她笑著朝用餐區一歪頭，潘德瑞便拖著腳步繞過了轉角，不久後，傳來較有活力但仍有民間風味的民謠，以及潘德瑞甜美而真摯的歌聲。

這樣更好了。

稍晚，譚綴輕輕撞了撞她，低聲說：「他又來了。」

「誰來了？」

「那個神祕的西洋棋玩家。」

果不其然，年邁的地精正在店前一張餐桌上攤開木製摺疊棋盤，接著小心翼翼地擺放棋子，排列出進行到一半的一局棋後，他漫步走進店內。

他隔著櫃檯看向威芙兩人，用皺亂天鵝絨布般的嗓音說：「兩位小姐，請給我一杯拿鐵。還有一塊可口的小甜點。」他指著裝滿頂針糕的玻璃罐。

「馬上來。」威芙說。

譚綴幫老地精泡飲料時，尾巴快速地來回甩了幾次，威芙認得這個動作，這表示譚綴感到焦慮。最終，她終於忍無可忍，強裝若無其事地問道：「所以……你是在等人嗎？」她示意窗外的棋盤。

小老頭露出驚訝的神色。「沒有啊。」他一面回答，一面接過飲料與點心，點了頭便回自己的桌位了。不過一眨眼的功夫，阿睦就像是憑空出現，再次蜷著身子在那張餐桌下躺了下來。

譚綴整張嘴都皺了起來。「可惡。」她壓低了聲音說。

威芙暗自輕笑一聲，見沒有客人在排隊，她又泡了杯咖啡，大步走進用餐區看潘德瑞表演了。潘德瑞從戶外拉了張椅子進來坐，這對他而言已經是很大膽的舉動了，威芙很是讚許。

他闔眼全神貫注地演唱，十指飛快地在魯特琴上彈奏，嘴裡唱著威芙似乎從未聽過的歌曲。

一首歌唱完後，他停下休息片刻，這時威芙走上前，把咖啡遞給他。「你彈唱得很好。」她左右張望。「不放頂帽子或錢箱讓人打賞嗎？」

他面露驚訝。「我，呃，沒想到這個。」

「你還是放吧。」

「我……好喔。」他結結巴巴地說。

「對了，你第一天彈的那種音樂，聽起來實在很……不尋常。」

他微微一縮，一副準備開口道歉的模樣。

「不難聽。」威芙連忙又說。「就只是，很不一樣而已。既然他們已經熟悉了你的音樂，說不定可以再試一次。」她歪頭示意後方的顧客們。

「那是我在……實驗的新音樂，但可能有點太難被接受了。」他的臉色仍微微發青。

「你應該不是從小就在練音樂吧？」威芙指著他歷經風霜、指尖粗糙的手指，那與從小彈魯特琴所生的指尖繭大不相同。

「呃，不是。嗯，那個，我們家的事業從以前——還有現在也是——都和這個不太一樣。」

「嗯，那你加油。哪天心情好了，看要不要把另一把魯特琴也帶過來彈。」威芙點頭離開了，留下目瞪口呆的潘德瑞。

「又見面啦，阿災，每次看到你都很開心。」譚綴說。

威芙轉頭就見霍布妖站在櫃檯對面，用批判的眼光打量店鋪內部，彷彿擔心這幢建築隨時會倒塌。

「看樣子這地方還能繼續撐著。」他宣稱。

威芙差點以為他會踢踢牆壁，測試牆面的穩定度。「和平常一樣的嗎？」

「唔。」他點頭。

譚綴露出真誠而親切的笑容，啟動了咖啡機，機器發出低沉的轉聲，然後是短促的劈啪聲與長長一聲呼嘯。她切了開關。「唉，八級地獄的，豆子磨完了。」

「我去拿一袋過來。」威芙提議。

「不用了，我來就好。」譚綴輕觸威芙的手臂一下，朝食品貯藏間走去。

威芙又轉向阿災時，只見他從威芙的手臂移開了視線，抬眼對上她的目光。阿災若有所思的眼神令她一頭霧水。

阿災清了清喉嚨。「看來一切都很順利啊。」他說，不知為何語調有些微妙。

威芙瞇眼瞅著他。「是還算順利，只是你太少來啦。你有空就來，我隨時請你喝飲料。」

阿災嗤了一聲，卻藏不住臉上的笑意。「妳這是激將法嗎？想讓我多出一倍的咖啡錢？」

「你這頭固執的老山羊，我還在思考要怎麼讓你吐出三倍的錢呢。」

這句話惹得阿災忍俊不禁，但威芙又見他的視線飄向她後方的貯藏室。

「一切都很順利。」他重複道。「那我當然得來仔細欣賞了，嗯？」

威芙正想問他這句話的意思，譚綴便回來了。「抱歉久等了，飲料很快就泡好。」她邊說邊掀開蓋子，在一陣喀啦聲中將咖啡豆倒了進去。

阿災拿到飲料後，威芙不情願地收了他的銅幣，但還是帶著得意的笑容將一份肉桂卷往他面前一推。他好脾氣地嘀咕了幾句，不過還是兩樣都接過了。

接近傍晚時分，嘉莉娜獨自來到了店裡。

「我們明天就要出城了，我想說可以先找妳敘敘舊。」她說。嬌小的她踮起了腳尖，雙手抱胸靠著櫃檯。「就我們兩個。」

「好啊！老實說，我也很想和妳多聊聊。等我一下，我先提早打烊。」

「沒關係。」譚綴說。「不必打烊，妳去就好。」

「妳確定？」

「沒問題的，店裡交給我吧。反正又沒**那麼**忙。」譚綴揮揮手趕她。

「謝了。」威芙感激地笑著說。

威芙與嘉莉娜大步走出咖啡店時，威芙問道：「妳有特別想去哪嗎？」

嘉莉娜抬頭看她，揚起一邊眉毛。「我餓了。妳現在是在地人了，哪裡有好吃的？」

「我也不算有認真逛過整座城市，不過有個地方**說不定**還可以。」

威芙帶她去到先前與譚綴同去過的那間妖精餐館。

「哇，真的**很**高級耶。」嘉莉娜眼含笑意說。

「喔，我現在可是精緻的都市人了。」威芙回想起譚綴說過的話，不禁嗤笑一聲。

她們點了餐，一面吃一面緬懷從前，威芙漸漸覺得她們又恢復了以往輕鬆的友情。

飽餐一頓後，嘉莉娜臉上浮現了斟酌的神色。「妳應該知道**我**對這一切是什麼想法。」她一隻手轉了轉，語調忽然變得犀利。

「妳覺得我應該趁他們晚上熟睡，摸到房裡把他們全都給捅了。」威芙微微笑著說。

「沒錯。」嘉莉娜嚴肅地回答。「趁他們想到要對妳漫天喊價之前，先下手為強。我才不管泰伍士是怎麼說的，妳要是去跟那個瑪追歌見面，等同是直接把一頭羊放在怪獸的洞穴外，只不過那頭羊就是妳。」

「真的碰上最壞的情況，我還是能保護自己的。」

「我知道妳**能**保護自己，我只是想確保妳**真的**會反擊。」嘉莉娜變魔術般突然亮出四把細瘦的刀子，放在桌面朝威芙推去。「妳去會談的時候，把這些也帶去。妳想用鮮花點綴黑血，那隨便妳，可是千萬別犯傻。」

威芙很是感動，同時也有點無奈。

她伸出一隻大手蓋在四把刀上，又推回去給嘉莉娜。「如果手上有武器，我可能會忍不住出手。

我不想給自己這樣的藉口。」

「唉，八級地獄的，威芙。」嘉莉娜雙手抱胸，不悅地噘嘴。她還是將四把刀收了回去。

「不拿一把捅我嗎？」

「晚點再說吧。」她誇張地嘆了口氣。「隨便啦。可是妳害我這麼難過，我非要妳請我吃甜點不可。」

「我問問店家有沒有甜點菜單。」

嘉莉娜陪威芙走回咖啡店。

「所以呢，妳要我怎麼做，妳才願意給我一袋甜麵包卷？」她問道。

「我不是剛請妳吃了甜點嗎？」

「我們地精就是這樣，代謝速度和蜂鳥差不多快。」嘉莉娜帶著燦爛的笑容說。

「我來想想辦法吧。」

譚綴正在收拾店鋪、準備打烊，她朝威芙兩人揮揮手。

威芙用蠟紙將最後三塊肉桂卷包起來，用細繩綁好，動作浮誇地交給嘉莉娜。

「嗯，應該能撐到我走回住宿的地方。」她點著頭說，還俏皮地一眨眼。然後，她忽然認真了起來。「那個，這件事不知道該不該說，我也不想害妳疑神疑鬼的，可是芬奈斯他……」

「他怎樣？」

「我覺得，妳還是小心一點比較好。」

「他是不是說了什麼？」

「也沒特別說什麼，可是……我不曉得妳是不是跟他談了什麼**協議**，不過……他最近一直怪怪的。可能也沒什麼啦。只是，我還是得聽聽腦子裡的小聲音嘛。」

「我會注意的。」威芙說。芬奈斯上回來訪的情景，以及臨別前的那句話又浮上了心頭。

我彷彿能聽見「機運」到來的足音呢。

威芙幫忙譚綴收拾店面，她清洗與擦乾最後一個馬克杯時，譚綴靠上了櫃檯。「聊得開心嗎？」

「是啊。」威芙說。「我和嘉莉娜已經認識好幾年了。我之前那樣離開，實在是有點慚愧，但我們把話說開，現在應該都沒事了。」

「那就好。」

譚綴的尾巴左右搖擺著。

「可是？」威芙問道。她知道對方還有話想說。

「妳要小心。去會談的時候。」

威芙輕笑一聲。「我從前幹那一行，就是因為預防萬全，才能活得這麼久。」

「我擔心的就是這個。預防萬全。」

威芙定定注視著她。「嘉莉娜想送我幾把小刀讓我帶去，我沒有收。」

「我……那就好。我是說，我也沒立場說……嘖，**可惡**。」譚綴垂下頭，烏亮的短髮跟著垂到面前。她又抬起頭來。「妳也知道，我們這個種族——我這個**人**——對事情總是有種……感覺。」

「感覺？」

「身為魅魔，我們可以多多少少感受到他人的意圖、情緒。此外，還能感受到……祕密。」

威芙的心沉了下去，她大致能猜到譚綴想說的話了。

「聽著，我知道這之中有一些妳不願意透露的內情。妳不用說也沒關係！我之前也說了，我沒資格對妳說三道四，不過……我總覺得，事情似乎不只是某個犯罪首領跟妳收保護費這麼簡單，實際上可能危險得多。」

威芙想到了蛛煞石，不過寥客和他那群手下貌似對此一無所知。他們又怎麼會知道蛛煞石的祕密呢？關於蛛煞石的傳說鮮為人知，她也沒把石頭擺在外頭讓其他人瞧見，她一直都很小心啊。

「我……的確有個沒對任何人透露的祕密。」威芙承認道。「但瑪追歌不太可能知道這件事，而且就算他知道了，我也不認為他會在乎。」

「我剛才也說了。」譚綴說道。「我能夠從妳身上感受到一些東西，昨天和他們相處，我也感受到他們有某些沒說出口的心事。我有種不好的預感。」

威芙想起嘉莉娜關於芬奈斯的警告，不禁好奇他對其他同伴透露了**什麼**。

「我會小心的。到了這步田地，我也只能小心了。」威芙說。

「希望這樣就夠了。」

店鋪已經整理乾淨了，譚綴環顧一圈，自己點了點頭。一段漫長的沉默過後，她說：「那麼……晚安了。」

她轉身準備離去時，威芙忍不住開口：「那個，要不要我送妳回家？最近凱林那傢伙動不動來騷擾妳，外加妳……感受到的那些東西，讓我送妳回去，妳會不會覺得比較安心？」

譚綴思索片刻，回道：「那就謝謝妳了。」

夜晚幽黑而涼爽，河水的氣味也添了幾分清新與土壤的渾厚，聞起來很是舒心。晚間藍調陰影中，路燈灑下了一絲絲黃光。

她們在輕鬆的沉默中從容行走，由譚綴領路，最後來到城北一幢建築，一樓很明顯是生鮮雜貨鋪。

「就在樓上了。」譚綴示意側面的樓梯。「我應該能安全走完最後這幾步。」

「那當然。」威芙說，忽然間感到很是尷尬。「那，明天見？」

「明天見。」

威芙目送她爬上樓、悄悄進到室內，自己則在圖恩城內漫無目的地走了幾個鐘頭，這才回到漆黑無光的咖啡廳。爐灶裡，最後的灰燼早已涼透了。

第十八章

威芙把雷妮的盤子遞還給她，上頭裝了一塊直冒蒸汽的現烤肉桂卷——這已經是近幾日的慣例了。雷妮總是在店鋪打烊前，在威芙的櫃檯上放一個乾淨餐盤，盤子上再放四枚閃亮亮的銅幣，而到隔天早上，威芙則將少了錢幣、多了肉桂卷的盤子還給她。

「真是**多**謝妳啦，親愛的！」雷妮激動地高呼，迫不及待地接過盤子。「妳跟那個小鼠男說呀，他要是哪天想跟我交換幾份食譜，我這邊可是有很多了不起的食譜可以跟他分享喔。」

「我一定會告訴他。」威芙回道。不知頂針見了雷妮烤出來的蛋糕，會作何感想？

「能有妳這麼個鄰居，我真是驕傲呀。」

威芙回頭望了眼店鋪。「那就好，因為妳可能擺脫不了我這個鄰居了。」

雷妮點點頭。「看到妳在這邊扎根，我也很開心。原來妳只是缺個伴而已嘛。」

「缺個伴？」

老嫗的目光變得悠遠，彷彿神遊遠方去了。「我老伴泰特從前常說，我們總是能填滿對方的缺口。啊不過，他在說這句話的時候，聽上去比較**下流**。」

威芙還在苦思她這句話的意思，就見雷妮將肉桂卷的蒸汽朝自己鼻子搧去。「我不瞞妳說呀，這可比馬蘋果的味道好聞多了。」她那雙眼睛消失在了乾燥水果般的笑紋之中。

「謝謝，我一直都是以超越馬糞為目標的。」

雷妮嘎嘎大笑。威芙則搖著頭回到了店裡。

泰伍士在門邊等著她，如晨間煙霧般全身發灰，也如霧氣般悄然無息。他默默將一小片對折的羊皮紙交給她。

威芙謝過他，他點點頭，然後又如幽魂般悄然沿街離去。

她攤開羊皮紙，閱讀紙上文字。

芙雷日，傍晚
樹枝路和安頓路轉角
獨自前來
勿帶武器

她和瑪追歌的會談就這麼定下了。

「妳自己一個人去，我很不放心。」譚綴說。

「這也沒得商量啊。」威芙門上大門，動手熄滅壁燈。

「我可以遠遠看著啊。」

「就算他們不注意到妳——我現在就可以告訴妳，他們一定會注意到的——妳遠遠看著也沒用。瑪追歌的大本營並不在這個地點，他們很可能會蒙住我的眼睛，走到離那裡很遠的位置。妳如果跟來，他們就**更**會注意到妳了。」

「妳就不擔心嗎？」

威芙聳聳肩。「擔心也沒意義。」

「妳這種想法真的很討人厭。」

「我從很久以前就學會保持放鬆、心情穩定了，這樣事情總是會比較順利，通常所有人也能有個好結局。」

店面完全打理完畢後，兩人一同站在屋外，由威芙鎖上店門。夕陽緩慢卻又穩定地逐漸西沉，灑落烈焰般的紅光。

「回家吧。」威芙柔聲說。「我明天會把事情從頭到尾跟妳說一遍的。」

「那如果妳明早不在這裡，我該怎麼辦？」譚綴嚴肅地問道。

「我會在的。但假如我真的錯了……」威芙將前門的備用鑰匙交給她，思索片刻後，解下了掛在胸前的那把鑰匙。「這是保險箱的鑰匙。」

譚綴在手中翻轉兩把鑰匙。「我並沒有比較安心。」

威芙伸手握住她的肩，感受到她肌肉的緊繃。「不會有事的，我以前遇過更不利的混戰，那些疤到現在都還在呢。妳明天見到我時，我應該不會有新的疤。」

「妳可以對我保證嗎？」

「沒法保證，但如果我猜錯了，錢箱裡的錢都隨妳處置吧。」

譚綴露出淺淺的笑容。「我明天早上來上班，妳最好幫我開門。」

威芙朝南走了好一段路，來到樹枝路與安頓路口，沒等多久便等到了對方派來的人。她看得出對方選在此碰面的理由：兩條交叉路的路燈有明有暗，轉角還矗立著一幢破爛的大倉庫。

濃稠陰影中出現了一張熟悉的臉，那人舉帽打了招呼。

「看來我們很快就會是好朋友了，再過不久，妳甚至會直呼我的名字喔。」

「那我是不是能指望你幫我跟上面美言幾句了？」威芙說。她左顧右盼，沒看見其他人。但她確信四周必有埋伏。「接下來呢？」

「隨我來。」寥客說。他示意一道通往倉庫內部的小門。

威芙跟了進去，一進到室內，寥客便取出一件頭套。

「光是蒙眼還不夠啊？」

寥客聳聳肩。「不影響妳呼吸的。」

她嘆了口氣，戴上頭套，布料織縫只透進了倉庫內些許暗光。寥客一隻手握住她的手肘，她不動聲色地接受了對方的引導。

寥客引著她穿過倉庫，然後她聽見一聲尖銳的金屬音，感覺腳下木板微微一彈，想來是寥客掀開了地板上一雙暗門，發出「砰、砰」兩聲，伴隨著漫天灰塵。他領著威芙走下吱呀作響的樓梯，輕碰著她頭頂，提醒她注意門框，以免她撞到了頭。

威芙先是嗅到了土壤的氣味，接著是逐漸濃厚的河水味。他們穿過了一塊塊特別清涼的區域，一道道微風徐徐拂來，多次轉彎。有時腳下踩著岩石與碎石，有時則是泥土或木板。

最終，他們爬上樓梯，進入瀰漫著木油、清潔劑、布料等氣味的空間，這裡還隱隱帶著某種花香，威芙一時間猜不出是什麼。

「好了。」寥客說。

威芙除下頭套，將周遭環境收入眼底。「喔，我還真沒料到會是這種地方。」

房間布置得溫馨舒適，牆邊是一處磚頭堆砌得整齊漂亮的壁爐與華麗的壁爐屏，只露出星星點點的火光，壁爐前擺著兩張大大的扶手椅。椅子兩旁是打磨光亮的小桌，其中一張桌上放著藤蔓植物圖案的茶具組。壁爐上方掛著巨大的鍍金框鏡子，玻璃鑲窗邊掛著紅色天鵝絨窗簾。幾面牆邊都設有高大的書架，塞滿了厚重的書籍。一張矮長桌上鋪滿了鉤織桌巾。地毯則華美厚實。

一名身材高䠷的年長女性，舒舒服服地坐在扶手椅上，銀髮盤成了一絲不苟的髮髻，一張臉莊嚴卻不刻薄。她正在鉤織一張新桌巾，悠哉地鉤完了一輪，這才漫不經心地抬頭看向威芙。

威芙將她的儀態風度，以及寥客對她的尊敬看在眼裡，眼前的女人明顯就是瑪追歌。

「何不坐下聊聊呢，威芙。」女人說，語音乾啞而威嚴。

威芙照做了。

她還來不及開口，瑪追歌又接著說了下去。

「我對妳的了解自然不少，畢竟情報至少占了我這一門事業的大半，人脈當然也十分重要。但我必須承認，收到了泰伍士的聯繫，我**還是**吃了一驚——當然，我過去認識的他，用的是另一個名字。」原本專注鉤織的她，抬頭朝威芙一瞥。「他有沒有提到，他是怎麼認識**我**的呢？」

瑪追歌看似不慍不火，威芙卻感受到了隱藏在問句下的深沉黑暗。「沒有的，夫人。」

瑪追歌點點頭，威芙不禁好奇，倘若她提出了不同的答案，不知會發生什麼事呢？

「僅僅是泰伍士的請求，或許還不足以讓我同意和妳見面。」瑪追歌說道。「我之所以同意會談，是因為我們的另一位共同舊識。」

「另一位？」威芙聽得一頭霧水。

「沒錯。」鉤針重複的動作令人著迷。

片刻後，威芙便想通了，她本該更早想到那人身分的。「芬奈斯？」

「他**確實**為我提供了一些有趣的情報。如我所說，情報是我這門事業的一大重點。」

「所以，他對妳說了個小故事是吧？關於一首殘缺不全的古老歌謠，還有某個剛來到這座城市的生面孔？」

「妳今天之所以來這裡，不是為了什麼月費，而是為了以上這些。」她邊說邊漫不經心的揮了揮手，彷彿月費根本無足輕重。女人抿起了嘴脣。「另外，我就直話直說了。目前的情況下，妳或許不這麼認為，但其實**混蛋**對我而言沒什麼大用。」

威芙忍不住嗤笑出聲。「所以妳同意和我見面，不過是想和他**唱反調**罷了。」

她隱約瞥見了瑪追歌眼角閃爍的笑意。「我就直說吧，我活到這麼一大把歲數，發現快刀割出的傷口流的血較少。」

這並不完全符合威芙的經驗，但她能理解對方的意思。既然女人希望直截了當，那她願意奉陪。「妳想知道什麼？」

「妳手裡有蛛煞石？」

「是的。」

「我猜是藏在店鋪某處吧？」

「對。」

女人讚許地點頭。「我讀過一些相關的詩詞與神話傳說。如妳所料，芬奈斯也提供了相關資料，不過我自己手裡的資料已經十分充分了。」

「妳可以把它從我這裡奪走。」威芙感受到一絲反胃，同時卻也湧起了狂野的血性，彷彿回到了往昔。

「我的確可以。」瑪追歌同意道。她犀利的目光瞟向威芙。「它會有益於我嗎？」

威芙思忖片刻。「不好說。就我對它的理解，地點很關鍵。而且，我還不能確定它是不是真的有效。」

「親愛的，妳那間店的原址是間破爛的馬車行，原本的主人是個成天酗酒、床笫之間表現差勁的白痴。而在短短幾個月內，妳這個雙手沾滿血的女人，竟將馬車行重建成了成功的店鋪，在圖恩城經營得風生水起。我們還是別拐彎抹角了，打開天窗說亮話吧。」

「我大概是見過太多巧合了，所以才懷疑它的力量。但妳很可能說對了。」

「我甚少出錯。雖然偶爾發生過一兩次，但我也不愛聲張。」

「那。妳打算要從我這裡搶過去嗎？」

瑪追歌將織到一半的桌巾放在腿上，凝神注視著威芙。「沒有。」

「能問為什麼嗎？」

「關於它的情報有多種詮釋，我不認為它會為我帶來助益。」

威芙皺眉思索。

瑪追歌接著說道：「那麼，我們接著談月費的事吧。」

威芙深吸一口氣。「不好意思，夫人，我實在不想付錢。」

瑪追歌又開始織桌巾了。「其實啊，妳我之間的差異並不大。」她揚起一邊唇角。「好吧，妳確實比我高得多。」她揶揄道。「但是，我們同樣跨越了人們對我們的固有印象，從一個極端走到了另一個極端，我不過是朝另一端行進罷了。見到妳這份野心，我是感到幾分親近的。」

威芙恭敬地保持沉默，等待瑪追歌說下去。

「然而，我們不能創下不良的先例。我有個提案，妳不妨聽聽。」

「請說。」

瑪追歌道出提議後，威芙微笑，同意了，與她握手成交。

第十九章

「**蛛煞**石？」譚綴一面歸還威芙的鑰匙，一面問道。

隔天清早，在頂針來上班前許久，她們已經面對面坐在了長桌兩側。譚綴早在凌晨便開了門鎖，悄悄溜進屋，不過威芙也沒睡。威芙實現了承諾，鉅細靡遺地講述會談經過。「聽過這東西嗎？」

「沒有。應該說，我大概知道蛛煞是什麼，主要也是從童話故事裡聽來的。」

「牠們又大又醜，還凶得要命。長了很多眼睛，牙齒也多得讓人噁心。很難殺死。每個巢穴的蛛煞女王，體內都生了一顆石頭，就在這裡。」威芙輕敲自己的額頭。

「它很值錢嗎？」

「對大多數人來說都沒什麼價值。不過，我聽到了一些相關的傳說，第一次還是聽人唱的一首**歌**呢，很不可思議吧。」

威芙從口袋撈出那片羊皮紙，推到譚綴面前。譚綴攤開紙片，讀過上頭的文字。

她揚起眉頭。「靈脈啊。難怪海明頓每次提起靈脈，妳都會不自在地一抽。」

「被妳注意到啦？」

「**描繪機運圓環，招致心之所向……**」譚綴抬頭瞅著她。「所以，它算是幸運符了？」

「以前有幾個人這樣想，不過他們也早就死透了。我不太確定這是不是他們**確切**的意思，但類似的想法一而再、再而三地出現。關於蛛煞石的古老傳說有不少，這年頭卻很少人再提了，大概是因為現在已經沒幾隻蛛煞女王，願意冒險去殺牠們的人又更少了。」

「聽妳這麼說，我倒是起了興趣。如果真有這麼一顆可能有幸運魔力的石頭，妳會藏在哪裡呢？」

威芙從椅凳上起身，示意譚綴跟著站起來，然後動手將大長桌往旁邊推了幾尺。她蹲下來，挖開地上石板旁的沙子，用指尖掀起整塊石板。

她小心翼翼地挖開土壤，露出了土裡的蛛煞石，石塊彷彿沾了水，閃爍著瑩潤的光澤。

「它從第一天就在這裡了。」威芙說。

譚綴蹲下來細細檢視蛛煞石。「不得不說，我想像中的蛛煞石稍微壯觀一些。所以，妳認為這一**切**都是拜它所賜？」她揮手示意整幢建築。

威芙其實認為除了這棟**建築**以外，還有許多事物都是拜它所賜，卻沒將這些想法說出口。

「我之前不完全相信它的力量，但看樣子瑪追歌是這麼認為的。」

「可是，她還是放妳走了。她怎麼一直沒出手**搶**過去？」譚綴面露懷疑。「這麼說來，她**現**

在就該派手下過來，把這整間店拆了找石頭吧？」

威芙小心將石板歸位，用沙土填滿石板之間的縫隙。「這我等等會解釋。」她將餐桌推回原位，兩人再次坐下來。「還記得芬奈斯嗎？」

「哪忘得了呢。現在回想起來……」譚綴看向桌上那張抄錄詩句的羊皮紙，一面回顧當時的情景，一面蹙起了眉頭。「他一定是那時就知道妳手裡有一顆蛛煞石了。」

「對，而且聽瑪追歌的說法，他還想辦法把情報透露給了她。」

「問題是，為什麼？他單純恨透了你嗎？妳當初和他分道揚鑣，真的完全撕破臉了嗎？」

威芙嘆了口氣。「我猜是我犯傻了，那時候我幫忙找了那最後一份懸賞任務，還對他說我不需要賞金，只要那顆石頭就好。他應該在事後愈想愈懷疑，自己也去查了些資料——他大概是認定我私吞了最有價值的寶物，不與團隊均分。或者說，是不與**他**均分。」

「既然**他**想得到蛛煞石，我就更想不明白了，他為什麼要把情報洩露給可能對蛛煞石感興趣的第三方勢力呢？」

「他何苦自己來找**我**對質呢？把事情外包給已經和我互看不順眼的人，多方便啊。老實說，這完全符合他的風格，他老愛遠遠地坐山觀虎鬥。我搞不好會慌慌張張，把蛛煞石轉移到別處，他剛好可以省下親自尋找的功夫，直接確認東西的位置。就算我不移動蛛煞石，他還是能讓我與瑪追歌鷸蚌相爭，等到最後塵埃落定了，他再來坐享其成。說不定他運氣不錯，根本不必動手，便能得到他要的東西了。」

「好吧，但這無法解釋瑪追歌不來搶石頭的理由啊。」

威芙苦笑了一聲。「這個啊，雖然這不一定是**唯一**的理由，不過聽她的說法，她可能只是看芬奈斯不順眼而已。」

「就這樣？」

「我沒騙妳，那傢伙真的是個大混蛋。」

「他應該不會輕易放棄，對吧？」

威芙皺起眉頭。「絕對不會。應該說，他現在可能比之前危險得多。」她望向店門，不禁開始想像芬奈斯耳朵緊貼著鑰匙孔偷聽的畫面。「但我會搞定他。」

漫長的沉寂中，譚綴輕輕點了點自己下唇，尾巴懶洋洋地繞著圈。良久過後，她說道：「這件事暫且不提了。那麼，保護費呢？瑪追歌手下那群打手怎麼辦？」

威芙雙手平攤。「我們談好了。是她提議的。」

「談好了？」

「這樣說吧，我們**還是**得用某種方式付費給她，而且還是每週一次。」

譚綴錯愕地擰眉。

「她好像很愛吃頂針的肉桂卷。」

頂針在平時上班的時間來到店裡，他吃力地搬了一口約兩英尺長、一英尺寬的木箱。威芙接過箱子，他便伸爪指引她搬進食品貯藏室。威芙放下箱子，打開箱蓋，填充了乾草的箱子裡，裝著……

「冰塊？」她問道。

小鼠男示意地下的冷藏庫，目前裝著奶油與數籃雞蛋。「**更冷。保存更久。**」

「但你是從哪裡弄來的？」

「想必是從地精煤氣廠那裡買到的吧？」譚綴說。

頂針連連點頭。

「那是什麼地方，我怎麼沒聽過？」

「是河邊一棟大型建築，用了蒸汽機和水力。我也不是很懂工廠運作的機制，只知道他們能產出冰塊。」

「是喔。」威芙瞄了咖啡機一眼。「好像也不意外。頂針，你買這些花了多少錢？」

他默默聳肩。

「總之，從現在開始都由店裡出錢，懂了嗎？」

他隨和地點頭，著手將一塊塊開始融化的冰放進冷藏庫。

威芙環顧四周。「這麼說來……我突然有靈感了。」

威芙坐到海明頓那處雅座的餐桌對面，原本埋頭研究書籍資料的青年，這才心不在焉地抬起頭。威芙把馬克杯朝他一推。

海明頓的臉瞬時白了，然後他連忙擠出微笑。「多謝妳了，可是我之前也說過，我真的不太愛喝——」

「熱飲。嗯，我知道。」她將杯子推得近了些。

海明頓把馬克杯拉到面前，看見杯中的飲品時，他驚訝地揚起眉頭。「冷的？」咖啡表面漂著幾塊碎冰，馬克杯外側也凝結了細小的水珠。他小心翼翼地啜了一口，舔舔嘴脣，然後仔細端詳那杯飲料。「其實，不難喝耶。」

「太好了。」威芙說著，雙手十指交扣、手肘靠著桌面，向前傾身。「我想請你幫個小忙。」

海明頓的眼神立刻添了幾分狐疑。他作勢要推開飲料，但還是又快速啜了一口。「幫什麼忙？」

「其實，這說不定對**你**也有幫助。你已經在這裡設下魔符了，對吧？」

「是沒錯，但是我可以保證，它——」

威芙揮手打斷他。「我相信它沒問題的，我也沒注意到什麼異樣。我想問的是，你能**再**設一道魔符嗎？」

「再設一道？」

「對，針對人的。針對某個**特定**的人。」

海明頓抿起雙唇。「那自然是可以。妳也知道，我需要一些非常**具體**的情報和材料，才能布置那樣的魔符，但結論是可以。妳有特定的人選嗎？」

「有。」威芙說。

兩人談完時，海明頓已經喝乾了杯中的咖啡，開始啃冰塊了。

威芙回到咖啡機旁，加入了譚綴。「嗯，我們應該能把新的飲料加到菜單上了。但這麼一來，就得定期訂購冰塊了。」

譚綴對她笑了笑。「黑板上還有空間。」

然後，笑靨悄悄消融了。

威芙朝門口一瞥，就見凱林站在那裡，臉上帶著極度欠揍的表情。

他挪步來到了櫃檯前，恣意靠上櫃檯的姿態令威芙渾身發癢。「妳好呀，譚綴。」

譚綴沒有回應，威芙也默默等待，不確定譚綴是否希望她插手。

凱林似是沒注意到——或絲毫不在意——譚綴冷若冰霜的目光，他一隻手指在櫃檯桌面畫著圈，接著說道：「能這樣隨時和妳見面，真是太好了。我真的很希望我們能**多多**相處，我也覺得現在——」

「請你，離開。」譚綴緊繃地說。

被打斷的凱林露出了煩躁的神色。「譚綴啊，何必這麼失禮呢？我不過是想表示友好而已啊。假如妳今晚有空，那我能——」

「她剛才已經**請**你離開了。」威芙說。「現在，換我**要求**你離開。」

年輕人惡狠狠地瞪著她，毫不掩飾眼底的憎惡。「妳什麼鬼要求都別想對我提。」他罵道。「妳敢碰我，瑪追歌就——」

「喔，原來你不知道啊？」威芙插嘴道。「我和瑪追歌可是見了一面，和**她老人家**達成了協議。怎麼都沒人通知你一聲啊？」

凱林哈哈大笑，笑聲與神情卻透出了些許疑慮，尤其在聽到威芙特別強調「她老人家」幾個字時，更是稍稍猶豫了。

「對了。」威芙接著說。「和她聊完以後，我印象最深刻的一件事，就是她非常討厭**混蛋**。告訴你，有些人會覺得她**所有**手下都是混蛋，畢竟你們是幹那一行的嘛。可是啊，**我**可不這麼認為。」她示意牆上的黑血。「我很尊重為了達成任務而髒了雙手的人，那不過是**工作**而已。真正的混蛋可沒那麼好當，這種人當真是與眾不同——在這方面，我和她應該意見一致。」

她定定注視著凱林，然後雙手抱胸。

「**你**不會是混蛋吧，凱林？如果是，那可要讓她老人家失望了。」

他張口，又閉口，嘴巴無聲地開闔多次後，試圖重拾自尊，然後轉身僵硬地大步走出了店鋪。

威芙沒對譚綴說什麼，接續方才的工作了，不過她從眼角瞥見了女人脣角微乎其微的笑意。

打烊後，她們再度取下菜單，由譚綴稍加修改。

傳奇&拿鐵

∽菜單∽

咖啡∽奇異芳香、濃郁醇厚的烘焙飲品——½銅幣

拿鐵∽綿滑乳香、雅緻風味的別樣飲品——1銅幣

任何飲品**加冰**∽高雅的變化——加½銅幣

肉桂卷∽無與倫比的糖霜肉桂糕點——4銅幣

頂針糕∽酥脆的堅果與果香小點——2銅幣

∽屬於勞動紳士與淑女∽

的精緻品味

威芙看著譚綴用華麗的筆觸畫上雪花，後背忽然產生了以往那種毛骨悚然的感覺，她不由自主地回眸望去。她幾乎以為窗外會出現芬奈斯那張毫無喜色的笑臉。

腦中不由得回想起一句古老的諺語：

繼毒酒杯而來的，必是毒刀刃。

第二十章

威芙午休回來時，正漫不經心地翻著買來的小故事書，途中在店門外的露天餐桌邊停下了腳步。她瞄了眼進行到一半的單方棋局，又看向仔細端詳棋盤的矮小老地精。「這邊有人坐了嗎？」

「沒有的！」他對威芙露出笑容，示意對面那張椅子。

威芙拉開椅子坐下，將小書放在桌上。她隔著棋盤伸出手，仔細不碰亂盤上棋子。「威芙。」她自我介紹道。

「杜睿亞斯。」老頭回道，同時伸出嬌小而骨節嶙峋的手，握了握威芙的食指。他小心啜了口面前的飲料。「我必須說，我**當真**喜歡妳這間可愛的店。還以為我這輩子再也沒機會喝到道地的地精咖啡了。在我那個年代，咖啡也是稀奇的商品，即使在蕊徑或法噚那些大城市裡，也得費好一番功夫才買得到。現在，我居然在這兒找到咖啡了，還真是難得的幸福。」

「聽你這麼說，我也很開心。」威芙說。「還好我們的咖啡能合你胃口。」

「喔，很美味的。還有這些糕點。」他揮手示意頂針烘焙的點心。「絕妙的搭配。」

「這我就不能邀功了，但我會幫你轉達的。」

杜睿亞斯咬了口酥脆的頂針糕，享受地闔上雙眼。

「對了。」威芙說著，在椅子上挪了挪身體。「你不一定要回答，不過我朋友已經為你這盤西洋棋苦思好幾天，都快抓狂了。」她指向譚綴。櫃檯後的譚綴正一臉狐疑地朝她望來。

「真的啊？」

「她說她一次都沒看過你動對方棋子，她觀察了這麼久，一次也沒看過。」

「喔，它們絕對是我動的。」地精點點頭。

「**真的**？」

「那當然，只不過是我很久以前下的棋罷了。」他說道，在威芙聽來簡直顛三倒四。

「抱歉，我沒聽懂。」

杜睿亞斯又說道，絲毫沒有要進一步解釋的意思。「其實啊，我從前也像妳一樣，是個冒險者。我現在**也**是個退休閒人了。」

「我，呃……」

「妳在這兒找到了非常寧靜的好地方，也是個特別的地方。妳種下了種子，現在開花了。非常好。是個休息的好所在。謝謝妳，讓我這個老傢伙在妳這棵樹的樹蔭下乘涼。」

威芙張大了嘴，絲毫不知該如何回應。

回應的時機轉瞬即逝，只見杜睿亞斯歡欣地高呼：「啊，妳**終於**來了！」

阿睦靜悄悄地繞過轉角，神態高傲地准許地精搔搔她那對巨大的貓耳後面。她眼神凶惡盯著威芙，這才繞著桌下蜷起身子躺下。地精雙腳搭在她背上，埋進了沾滿煤灰的糾結毛髮之中。「真是不可思議的動物。」他由衷讚嘆道。

「那還真是。」威芙喃喃說。「呃，那，不好意思，你繼續下棋吧，我就不打擾了。」

「哪裡算打擾了呢！妳繼續澆花種樹去吧。」杜睿亞斯說。

威芙拿著小書回到櫃檯。譚綴讚許地瞧了書本一眼，壓低聲音問：「所以呢……那盤西洋棋是怎麼回事？他有說嗎？」

「他說是說了，但好像沒回答到我們的問題。」威芙回道。

中午左右，頂針忽然做了一連串威芙和譚綴都看不懂的手勢，便匆匆出去了。他顯然是想出門辦事，於是威芙揮了揮手讓他去。

一段時間後，他帶著用細繩綑綁的小包裹回來，趁櫃檯前沒有客人排隊時，放到了櫃檯桌面，小心翼翼地解開細繩。他攤開紙張，露出裡頭的物事：幾塊表面粗糙、顏色深棕的厚片，光線一照，透出了軟蠟般的光澤。

「頂針，那是什麼啊？」譚綴問道。

麵包師掰下一小片拋進嘴裡，也揮手示意她們照做。

威芙與譚綴各掰下一小塊物體，威芙嗅了嗅氣味——一種微甜而渾厚的香氣，甚至和咖啡有幾分相似。她將碎塊放在舌頭上，閉上嘴的同時，感覺到那東西融化了，在口中擴散開來。她嘗到一種暗沉的苦澀，但也隱隱嘗到了香草與柑橘，以及令她聯想到葡萄酒的微弱後味。那味道鮮明，綿密卻又刺激，同時也令人著迷。

老實說，威芙猜這東西一次也吃不了多少，否則會被苦得受不了。不過那個老香料販子說得沒錯，頂針這孩子**果真**是天才，她已經等不及想看看他的下一步計畫了。

譚綴若有所思地細品口中的滋味。「好，我現在非得知道答案不可了。這**到底**是什麼啊？」

頂針湊上前，觸鬚微微顫動。「**巧克力**。」

「你想到要做什麼了嗎？」威芙問。

他點點頭，又拿出了一張清單。這次的清單比前兩回短，卻也列出了幾種平底鍋與深鍋。

威芙蹲下來，平視他的雙眼。「頂針，你只要有任何新想法，相信我會全力支持就好。知道了嗎？」

他毛茸茸的臉皺成了欣喜的表情，一雙眼睛開心得瞇成了細縫。

威芙沒費太多時間便集齊了頂針清單上的物件，她手臂上掛著布袋回到店鋪，卻在門口停下了腳步。

凱林又來了，此時正全身緊繃地站在櫃檯前。

威芙臉一沉，準備拋下布袋，直接上前揪住他後頸，把他整個人拖到街上。

她還未行動，譚綴便對上她的視線，微微一搖頭。

魅魔將摺好的蠟紙包裹推到青年面前，對方作勢要一把抓起紙包，但還是克制住了衝動，輕輕將小包裹拿了起來。

「給瑪追歌的。」譚綴說。

凱林如提線木偶般生硬地點頭，語音滯澀地說：「謝謝，譚——**小姐**。」

他拿著包裹轉身，看見威芙時嚇了一跳，又快速恢復過來，匆匆出了門。

「喔？」威芙一面看著他離去，一面說。「還真是見鬼了。」

她們準備打烊時，譚綴走進貯藏室，提著一個蓋麻布的籃子走了出來，威芙先前都沒注意到這個提籃。

「那是什麼？」

譚綴想開口，又換另一條手臂勾著提籃，這才說道：「妳……今晚有什麼打算嗎？」

「打算？沒有啊。我通常都累死了，會早早睡覺。可能會先吃點東西吧。」

「喔，好。呃。我是說……既然最近這麼順利，我們應該……慶祝一下？如果妳想的話。」

這可能是威芙頭一次見譚綴如此緊張，不得不說，其實還挺可愛的。

「慶祝？我都沒想到這個。現在的確不用太擔心瑪追歌的人來找碴了，但芬奈斯大概很快又會想到別的辦法來——」她看見譚綴露出彆扭的神情，及時住了口，忽然間覺得自己蠢到了家。「呃。我是說，好啊。慶祝一下也不錯。妳有什麼想法嗎？」

「也不是什麼鋪張的慶功宴。」譚綴說。「雅刻思學院西邊的河堤上，有一座小公園，我偶爾會在傍晚去那裡走走。至少以前會去。那邊風景不錯，我也，呃，我準備了一些小東西。總之，應該算是野餐吧。嘖，這樣說出來，聽起來好幼稚。」她不禁皺起了臉。「好像完全沒有慶祝的感覺了。」

「聽起來很棒。」威芙說。

譚綴尋回了笑容的碎片。

風景**確實**不錯。這地方也稱不上公園，而是一片草木經過修剪的區域，中央擺設是一尊雕像，看樣子是某個穿著長袍的雅刻思校友——想來雕刻成了石像的他，必然比生前威嚴百倍。此處位於河畔地勢較高處，雕像旁圍繞著櫻桃樹與樹籬，還能清楚眺望學院的一幢幢建築，一座座銅頂尖塔在斜陽下閃閃發亮。細小的縷縷輕煙飄在屋頂上方，遠看宛若剛熄滅的蠟燭。

她們在草地上坐下，譚綴從籃子裡取出麵包、起司、一小罐果醬、硬臘腸，以及一瓶白蘭地。

「我忘記帶酒杯了。」她說。

「妳不介意的話，我也不介意直接喝。」威芙回道。

「這些其實……有點寒酸。」

威芙開了那瓶白蘭地，直接就口喝下一口，然後將酒瓶遞給譚綴。「感覺已經十足像慶功宴了。」

譚綴也喝了一大口。威芙則動手切臘腸，並往麵包上塗了些果醬。

她們吃著、喝著，輕鬆地閒聊。幾隻鳥兒飛來，棲在櫻桃樹上，夕陽逐漸西沉，河川的涼意也悄然靠近，令人微微顫抖。

漸暗的餘暉中，她們一同享受輕鬆的寧靜，然後威芙開口問道：「妳為什麼離開學院？」

譚綴看向她。「妳怎麼不問：『當初為什麼去學院讀書？』」

威芙聳聳肩：「妳說妳讀過書，我覺得一點也不意外啊。」

魅魔回頭望向學院的一座座尖塔，沉思了半晌。

威芙猜她不會回答了，不禁為自己的提問懊惱不已。

「我不是土生土長的圖恩城居民，而是**逃**過來的。」

威芙險些開口回應，但還是默默等了下去。

「妳可能以為我是被誰追趕，但其實不是。我是在逃避……我身分的牢籠。我是在逃避這個。」

譚綴輕觸頭上一隻角的尖端，尾巴在身後甩動。「那時我心裡想著：學院，那不正是挑戰舊觀念的所在嗎？只要去了學院，別人只會在乎妳的所作所為，不會顧慮妳的出身、妳的種族。那是個充滿邏輯、數學和科學的地方，只要去到那裡，我就能證明自己不受限於出身。結果呢，看來我無論去到哪裡，還是逃不過自己與生俱來的命運。」

「不過妳還是去讀書了。」

譚綴陰鬱地點頭。「我去讀書了。我東拼西湊終於湊出了學費，校方也准許我就讀。沒有人阻止我，他們毫不猶豫地收了我的錢，畢竟沒有任何人規定，我這種人不得入學。」

「可是？」

「可是……到最後，這些終究無濟於事。那句俗話是怎麼說的？他們遵守了法律條文，卻罔顧了法律的精神。」她嘆息一聲。「他們的精神可是相當陳腐守舊的。」

威芙想到凱林，認同地點點頭。

「所以，我又一次逃走了。」

她們讓沉默延長了下去，威芙又將白蘭地酒瓶放到譚綴手裡。

她深深喝了一口，抹了抹嘴，看向威芙。「不說幾句金玉良言嗎？」

「不說。」

譚綴揚起眉毛。

「但我**可以**跟妳說……」威芙轉過臉，正經八百地注視著譚綴。「去他們的，一群**混蛋**。」

譚綴詫異地忍俊不禁，驚飛了櫻桃樹上的鳥群。

威芙提著野餐籃，再度送譚綴回家，這回一路送到了她房門口。她們腳步依然平穩——白蘭地並沒有喝完——兩人卻感到渾身暖洋洋的，彷彿化作了液體。

譚綴在樓梯頂打開了房門，躊躇片刻過後，揮手邀威芙進屋。

威芙彎腰避免撞上低矮的天花板，只見小小的一房公寓裡擺著一張整潔的小床、幾個塞滿了書本的書架、一張流蘇地毯，以及一張小小的梳妝檯。

「我以前讀雅刻思時，就是住在這裡。」譚綴說，揮手示意小小的房間。她從威芙手裡接過籃子，放在梳妝檯上。「我只是……一直懶得搬走而已。」

她抬頭注視著威芙，威芙這時感受到了一股暖意，這是譚綴放下戒備時才會透出的一點本性。然而，威芙內在那股心癢難搔的灼熱，似乎又和那個無關了——想必是白蘭地作祟吧。

「威芙。」譚綴張了口，卻又垂下眼簾，原本要說出口的字句已不知所蹤。威芙沒給她重拾言語能力的機會。

「譚綴，晚安。」她伸手一捏譚綴肩膀，同時深切意識到了自己這隻手掌是多麼粗糙、多麼龐大。「還有，謝謝妳。希望我永遠不會讓妳想逃。」

然後，威芙搶在朋友說出任何話語前，先一步出了房間，順手悄悄帶上房門。

第二十一章

晨間，威芙與譚綴照常工作，必要時低聲呢喃著繞過對方，小心不觸碰彼此，兩人都敏銳地意識到了對方所占據的空間。威芙沒花太多心思去想自己的動作，而是以最有效率的方式煮咖啡、端飲料、打招呼，沒有留神周遭動靜。

她們都沒注意到，頂針忙著使用新烘焙工具與食材，直到巧克力融化的濃香瀰漫整間店鋪，她們才回過神來。

威芙感覺有誰輕拉了她的衣角，低頭就見麵包師焦慮地交握著兩隻沾滿麵粉的小手爪。「喔。嗨，頂針。」

櫃檯後方的桌子上，幾個金黃色新月形糕點正在架子上冷卻，擺得整整齊齊。頂針挑了一個朝她遞來，威芙點頭接過。糕點層層酥脆，呈漂亮的黃色，飄著奶油香的酥皮摺成了柔美的弧形，香味更是令人心花怒放。

她咬了一口，糕點幾乎入口即化，充滿濃郁奶油味的同時，卻也清甜不膩口。若將紮實的麵包比喻成粗麻布，那這東西無疑是最輕薄細緻的絲綢。

「這……太了不起了。」她努力擠出一句。新的糕點實在美味至極，她只猶豫片刻，又接著說：「但它裡頭不可能加了……那個什麼吧？」

「嗯──巧克力。」譚綴幫她說完，同時又伸手剝下糕點一角，拋進嘴裡。她喉嚨發出小小的聲音，享受地闔眼咀嚼。

頂針做了個「繼續吃啊」的手勢，明顯不耐煩了。威芙聳聳肩，咬了更大一口，找到了包藏內部的熔融態巧克力。滋味和威芙昨日品嘗到的味道**截然不同**──甜美、醇厚而濃郁，口感綿密而滑順，還帶有隱隱的辛香。

「**八級地獄**的，頂針！」她努力擠出這一句，口中仍瀰漫著那股絕妙的滋味，如繞梁餘音。「你是**怎麼**做到的？怎麼每次都能做出這些點心？」她震驚地盯著糕點，又立刻咬了下一口。

威芙轉過頭，就見譚綴呆立在當場，嘴脣沾了巧克力，圓睜的雙眼熠熠生輝。

「頂針。你可能不知道，但是我，應該說，**我們**──」譚綴尾巴一掃，示意自己的從頭到腳。「──我們容易對各種感覺產生**強烈**的反應，味覺也一樣。然後，嗯。」

威芙再次感受到那股溫暖的脈動。頂針想必也感覺到了，只見他一眨眼、全身一顫。

「這個不管是什麼……已經能讓我全身無力了。」魅魔欣賞地嘆息一聲。

「頂針，你之前說得沒錯。」威芙說。「我們**非得**幫你擴建廚房不可。」

譚綴仔細審視店內空間。「再裝一臺爐灶嗎？還是把牆壁往外推？」

「我找時間問問阿災。」威芙回頭看向她們的大廚。「在那之前，你要不要幫這些點心取個名字？」她將自己那一份糕點吃光，還意猶未盡地舔掉手指上最後的酥皮與巧克力。

小鼠男聳了聳肩，自己也取了一塊，捏了捏觸感，從新月的其中一端小口啃了起來。

「交給我吧。」譚綴一面大口咀嚼，一面說。

傳奇&拿鐵

～菜單～

咖啡～奇異芳香、濃郁醇厚的烘焙飲品——½銅幣

拿鐵～綿滑乳香、雅緻風味的別樣飲品——1銅幣

任何飲品**加冰**～高雅的變化——加½銅幣

肉桂卷～無與倫比的糖霜肉桂糕點——4銅幣

頂針糕～酥脆的堅果與果香小點——2銅幣

午夜新月卷～奶油香酥皮卷與滿滿罪惡的熔岩內餡——4銅幣

～屬於勞動紳士與淑女～

的精緻品味

威芙與譚綴之間無聲的緊張氛圍已消失無蹤，威芙幾乎以為今早的若即若離是她自己幻想出來的了。不出所料，頂針的新月卷在短短一個鐘頭內銷售一空，他已經動手烤新一批點心了。

威芙將心思放在廚房過小的問題上——等她找到機會對阿災提出這個困擾後，不知阿災會如何回應？她一再仰頭望向天花板上的自動循環機，總感覺阿災能給出某種出乎意料的答案。

「一樣的嗎，小海？」青年來到櫃檯前時，威芙問道。

海明頓靠近了些。「真希望妳**別**這樣叫我了。」他壓低聲音說。

威芙笑了笑，視線仍停留在手邊的工作上。「嗯。所以呢，一樣的嗎？」

「我**想**說的是，魔符就快設置好了。還有，對，麻煩來一杯冰咖啡。」

「喔，是嗎？那這杯就當我招待的吧。」

「它的作用範圍應該涵蓋了整間店，外加方圓幾英尺，大概是個大大的圓形。」

「那我要怎麼知道它有沒有被……觸動？」

「這就是最後一個細節了。」海明頓在櫃檯上攤開左手。「也借妳的手一用。」

威芙毫不猶豫，將一隻大手平攤在櫃檯上，與海明頓對稱。青年先是用右手兩根手指輕敲自己左手，手勢翻來覆去，繁複扭轉著自己的手。藍光一閃。藍光淡去前，他和威芙掌心相對；威芙手掌傳來一陣短暫的麻癢，類似啤酒泡沫在嘴脣上的觸感。

「這樣就好了？」海明頓移開手時，她問。

「這樣就好了。假如魔符被觸發了，妳這隻手會感覺到一點輕微的拉扯，就算是熟睡中也足以讓妳醒過來了。」

「輕微的拉扯啊？」

「還有，別忘了，魔符只能作用一次，一旦觸發，我就得重新設置了，不過……嗯，就這樣了。」

「一次應該就夠了。」威芙將冰咖啡推到青年面前。「謝了，小海。」

他張口想抗議，但還是搖了搖頭。「不客氣了，威芙。」他點點頭，帶著飲料回他的桌位。

「剛才那是什麼啊？」譚綴問道。

「只是一道小小的保險而已。」

隔日午後，潘德瑞出現在了店裡，這回帶著第一次來時那把奇形怪狀的魯特琴。威芙點頭表示鼓勵，見他來了，她心情也好了起來。

「呃。那個。」潘德瑞說。「妳不喜歡的話，或是，如果……如果有人投訴的話，我可以**停**。」

他咬牙吸了口氣，彷彿等著被狠揍一拳。

「沒事的，小子。來，先吃塊這個吧。」她遞了一塊午夜新月卷。潘德瑞一臉困惑地接過去。

威芙指了指他的樂器：「對了，我真的很想問你，那東西**到底**是什麼啊？」

「喔，這個嗎？它，呃，它是……是奇術魯特琴？它……這個，它們比較……新。」他指向琴弦下方那塊嵌著銀色小釘的灰色板皮。「妳看，這個集聲器會……呃……在弦震動的時候，把聲音聚集起來，然後還有一個……呃……我其實也不懂它的原理。」他弱弱地總結道。

「沒事。」威芙揮手讓他入內。「用你的音樂震撼死他們吧。喔，這只是比喻而已。」

潘德瑞愣愣地眨眼晃進用餐區，同時怯生生地咬了口糕點。威芙微微一笑。

接下來數分鐘，用餐區沒有傳出聲音，他想來還沒吃完點心。又有數名客人在櫃檯前排隊點餐，威芙很快便忘了潘德瑞的存在。

他終於開始演奏時，威芙詫異地抬起頭。

魯特琴音依舊淒厲、破碎而令人隨之震顫，但他這回彈奏的曲子輕柔許多——並用指尖彈出了民歌和緩的旋律。樂聲多了某種**存在感**，彷彿迴響在遠大於這間咖啡店的空間，還帶上了更飽滿、更溫暖的氛圍。除此之外，威芙也聽得出，和潘德瑞第一次戛然而止的演奏相比，這次的聲音靜謐得多。

威芙不怎麼懂音樂，不過近來她也習慣了這孩子偶爾來訪時的彈唱，此時音樂風格轉變，變得自信而現代，似乎也沒那麼荒謬詭異了。潘德瑞這段時日一直在悄悄銜接傳統音樂與現代音樂的差距，這下終於有了突破，整體而言，這出人意料的風格也顯得……很**剛好**。尤其是在這間店裡。

她和譚綴困惑地相視一笑。威芙也注意到譚綴的尾巴隨著節拍悄悄在身後搖擺。

這想必已是十足的讚賞了。

這週日子一天天過去了，威芙無時無刻不在注意自己的右手，等著感受到掌心的拉扯。海明頓雖說那種感受很輕微，但在威芙的想像中，她彷彿被魚鉤勾住了手心血肉，隨時可能被拉得整隻手一跳。

然而，什麼事也沒發生。

她在幻想魔符被觸發的那一刻時，總感覺皮膚麻癢、忐忑不安，可是那股警戒終究逐漸淡去了。

雷妮愈來愈常來訪了，還**多次**提議和店裡的麵包師互相指教。威芙每次都將她交給頂針應付，看見小鼠男比手畫腳與焦慮的眨眼，看見老嫗的滿臉無奈，威芙不禁覺得好笑，同時也對頂針有那麼點抱歉。而且在她看來，頂針**唯有**在面對雷妮時，手勢才會變得如此諱莫如深。

話雖如此，老婦每次來訪總是會買點東西。

恐貓也是愈來愈常來店裡露面了。威芙有時會感受到被阿睦盯視的汗毛直豎，轉頭就見她如灰頭土臉的妖怪石雕般蹲在頂樓隔間，眼神不屑地審視著下方顧客。

譚綴試圖用小零食誘惑恐貓，躺上她們鋪好的小床，然而阿睦只吃下食物、非常刻意地對上她們的視線，然後高高昂著尾巴漫步離開。

威芙發現，她並不介意一隻時時警戒的怪獸出現在身邊。一點也不介意。

威芙與譚綴恢復了舒適的平衡，不再一同野餐或散步回家。威芙心中存有一絲帶嚮往韻味的疼痛，她沒太仔細觀察這份情感，見譚綴沒再提公園野餐那一晚，威芙也近乎怯懦地鬆了一口氣。她們忙碌不斷，每一日都洋溢著咖啡與甜點的香氣、意想不到的音樂，以及同事之間的和睦合作。咖啡廳裡的一切，都已經完全超越了威芙當初的期望。

這樣就夠了……不是嗎？

威芙被譚綴嚇了一跳，只見她將一瓶墨水、一枝細瘦的筆刷、一個馬克杯等美術用品放到了長桌上。

「我有個想法。」她說。

正在擦拭咖啡機的威芙抬起了頭。「妳說。」

「其實，我經常在想這個問題。我每天的第一杯飲料，都是邊工作邊喝的——我想喝時就啜一口，一杯可以喝一整個上午。我最喜歡這樣喝咖啡了。」

威芙點點頭。「嗯，是啊，我也都這樣喝。」

「妳的客人……他們就沒辦法邊工作邊喝了。」

「**我們**的客人。」威芙糾正道，但還是點了點頭。「我明白。然後呢？」

「那麼，假如他們能把咖啡帶走喝呢？」

「我之前也想過這件事，很希望客人可以把飲料帶出去慢慢享用，不過……」她聳聳肩。「一直沒想到好方法。如果**妳**想到辦法了……」

「我們賣一個馬克杯給客人。然後……」譚綴將手裡的杯子轉向威芙，只見她用流暢的筆觸在上頭寫了「**威芙**」。「把客人的名字寫在杯子上。他們可以把杯子留在店裡，我們幫他們收在櫃檯後面，不過這就是客人自己的馬克杯了，他們隨時可以帶著杯子和飲料出去辦事，之後再把杯子帶回來就好。」

「聽起來很完美。」威芙揉了揉頸子。「老實說，我現在覺得自己沒想到這個主意，還真是傻得可以。」

「就算我不說，妳大概總有一天會想到的。」空氣中再次傳來暖洋洋的脈動，威芙愈來愈能辨認出這種感覺了。

威芙心中忽然湧起一股熟悉的感受，她感受到了某種可能性——這是關鍵的一瞬間，一切取決於刀刃的動態、腳步的方位、釋出或保留的信賴。面對抉擇的時刻，不作為也是一種作為。

「譚綴，其實，這地方……現在不但是我的，也是妳的了。妳已經讓它**成為**妳的店了。」

譚綴面露驚慌。「對不起，我——」

威芙皺起了臉，連忙解釋：「我不是那個意思！我是說，要是**沒有**妳，就不會是今天這個樣子了。它能成為同屬於妳的東西，我**真的**很開心。我也想清楚地告訴妳……告訴妳……」她愈說愈不知所措，只能閉上嘴。

在令人納悶的停頓中，譚綴喃喃說道：「妳不必擔心，我哪都不會去的。」

威芙赫然發現自己站在伸手不見五指的道路上，引領她來到此處的光拋下了她，留她獨自面對黑暗中的迷茫。「我……那……就好。但我想說的是……」

她究竟想說什麼？

她莫非變得過於安逸，就連和譚綴對話，也想仰賴那顆傳說中的**石頭**？譚綴難道不比那東西重要嗎？她難道不值得威芙毫不含糊、直截了當地道出真心話嗎？

黑暗中危機重重，其中一些或許值得她去冒險挑戰。

譚綴直起身，勉強擠出小小的微笑。「那麼，我把新方案寫到黑板上囉？」

「那……好。非寫不可。」威芙無力地回道。

譚綴為她們雙方做了選擇，選擇退避。威芙不知自己究竟是鬆了一口氣，還是暗自感到失望。

第二十二章

頂針「吱」了一聲表示強調，同時指著威芙鋪在櫃檯上的地精商品冊上一張木刻畫。小鼠男還特地站到了凳子上，想看得更清楚。

廣告冊上畫的爐灶，是店內這臺的兩倍寬，設有兩個特大號烤箱與火箱，後面的儀錶板還有許多量測與調控溫度的顯示錶及旋鈕。威芙在木刻畫上看不出太多細節，但那臺爐灶的樣式顯然十分現代，一旁列出的多種功能，也讓頂針激動得雙眼放光。

「你確定？」看到標價，她不禁揚起眉頭。

當初來到圖恩城時，她的確存了一桶金，然而這幾個月的修繕、器材與特別訂購的食材也已經耗費不少成本，另外，她定期從阿角穆城訂購的咖啡豆也要價不斐。這時若買一臺新爐灶，她的餘款會幾乎消耗一空——不過頂針的點心如此受歡迎，她相信還是能在幾個月內回本。

小鼠男果斷地點頭，但見到威芙的神情，他還是猶豫了，然後不情願地指向同一頁上某個較低價的款式。

「不，頂針。」威芙指著他說。「最優秀的人才就該用最優秀的器材，你就是我們最優秀的麵包師。我會請阿災確認店裡裝得下這個新爐灶，然後就下單。」

這時，她聽見一道熟悉的聲音向譚綴說話，立時抬頭看了過去。

「來拿本週的貨物了。還有……我瞧瞧，麻煩給我一杯拿鐵，親愛的。」寥客站在櫃檯對面，哼著歌研究菜單。

譚綴為他煮咖啡時，威芙從櫃檯下方取出特別預留的那包肉桂卷，思索片刻後，又放了兩份新月卷進去。她對男人微微點頭，交過紙袋。「瑪追歌要是對這週的貢物有什麼想法，你再告訴我。」

「我會的。」寥客點頭回應，接過飲料，默默地上路了。

「他……今天有音樂表演嗎？」

女孩子很年輕，看上去有些喘不過氣來，一張臉紅撲撲的。

「這我們也沒法肯定。」威芙聳肩說。「潘德瑞也是神龍見首不見尾。」

「喔。」女孩子顯得很失望，但匆匆掩飾了情緒。

「還需要買什麼嗎？」

「呃，不用了，謝謝。所以……妳也不知道他什麼時候會再回來？」

在威芙看來，少女似乎想擺出若無其事的姿態，卻完全沒能隱藏滿心關切。「抱歉，我不知道。」

少女離去後，譚綴揚起一邊眉毛。「她已經是這週第三個來問潘德瑞消息的人了。」

威芙若有所思，凝視著潘德瑞這位仰慕者的背影。「妳是不是和我想到同一件事了？」

「妳去制伏他，我來做告示牌。」

潘德瑞再次走進店內時，姿態似乎比之前從容了。他開心地點點頭打招呼，自在地直接走向臨時舞臺，沒再問過威芙了。

「喂，潘德瑞。」威芙喚道，搶在他繞過用餐區轉角前喊住他。「可以稍微聊聊嗎？」

「呃……好喔。」

青年臉上悄悄浮現了從前的擔憂，威芙連忙說了下去。「你現在還是沒放頂帽子讓人打賞，對不對？」

「這……沒有。我只是……只是喜歡彈琴而已。跟別人要錢的話，感覺有點像……乞討？這件事要是被我老爹聽到了——」他沒有說完，表情苦不堪言。

「那如果我付錢給你呢？這樣比較像工資吧。」

他一臉訝異。「可是……妳為什麼要給我錢？我……我……已經……」

「我付你工資，當然也會希望你定時來表演。」

「定時？」

「一週四天，如何？隔一天來一次，每次都是同樣的時間，例如傍晚五點鐘？一場表演算六枚銅幣。你怎麼看？」

潘德瑞彷彿不敢相信自己的耳朵。「這，我很……妳真的願意**付錢**給我？讓我表演？」

「沒錯，就是這樣。」威芙伸出一隻手。

「好的，老闆。」青年顯得激動，大力與威芙握手。

「對了，潘德瑞……？你還是把帽子擺出來吧。」

這天工作結束時，店外又掛了一面新的告示牌，寫著譚綴優美的花體字。

~現場音樂演出~

摩恩日、濤日、芬徒日、芙雷日

傍晚五點鐘

威芙倏然驚醒，右手心傳來劇烈的撕裂痛感，彷彿皮膚被生生剝了下來。她瞬間掀開鋪蓋一躍而起，尋找手上的傷處。

手掌肌膚平滑無恙。

然而那撕裂的痛楚沒有消失，反而沿著前臂向上蔓延。儘管數月未冒險，威芙仍保有從前戰鬥的直覺，翻身撲向了一旁，準備拔出黑血迎敵。當然，黑血並不在她身邊，而是毫無用處地掛在樓下的廚房牆上，纏滿了吊花。

海明頓的魔符。

芬奈斯。

精靈**必然**聽見她掀開鋪蓋的聲響，以及地板的吱嘎聲了，對吧？

話雖如此，威芙仍躡手躡腳地走到梯子邊，弓著身子，小心翼翼變換重心，赤足輕輕踩在地上。手心拉扯、撕裂的感覺減弱了，樓下沒有任何聲響。威芙從頂樓隔間向下望，瞥見灑落用餐區的一道淡藍月光。

她的臉幾乎貼在了吊燈旁，能看見樓下長桌柔和的輪廓、周圍深色的一區區雅座，甚至地上石板的線條也隱約浮現。她的夜視並不突出，但還是屏息凝神，仔細盯著用餐區，找尋任何一絲動靜。

一分鐘過去了。

又一分鐘。

然後，一股若有似無的氣味飄來，某種外來的氣息，潛藏在咖啡香之下。儘管味道很淡，她還是認出了那款香水——帶有古老韻味的花香。

他身披斗篷、戴著兜帽，但無疑就是他。

他甚至沒發出任何一絲布料的窸窣聲，畢竟芬奈斯向來擅於潛行，以往在這方面也對團隊助益良多。此時，威芙成了他潛行偷襲的對象，得以從另一個角度欣賞他悄無聲息的行動，不由得萌生了夾雜著厭惡的敬意。

她瞇眼追蹤芬奈斯的動向，隱隱瞥見他在長桌一端停下腳步，一隻白皙像在發光的手從斗篷下探出來，輕輕搭在桌面。蛛煞石正躺在長桌下方。戴著兜帽的頭歪了歪，彷彿側耳傾聽，或者在使用某種威芙不具備的精靈感官。

再等下去也沒意義了。

她縱身一躍，沉沉落地。

試圖潛行也沒有意義。

「你好啊，芬奈斯。」她說。

對方甚至懶得裝出驚嚇的模樣，而是優雅地轉向她，放下兜帽，他的左手掬捧著，手中猛地冒出了淡黃光輝。黃光從下而上照亮了他的臉，他的神情一如既往地淡然、一如既往地惹人厭煩。

精靈朝威芙點頭，彷彿在自家門前對她打招呼。「威芙。妳居然聽見我了，真不可思議。」

他的語調卻絲毫不帶好奇……也絲毫不帶慚愧。

「找人幫了點小忙。」威芙聳肩。「我大概不必問你為什麼來這裡吧？」

「當然不必了。妳想必被罪惡感折磨得寢食難安吧。」

「罪惡感？」威芙很是錯愕。「八級地獄的，**罪惡感**？你在說什麼鬼話啊？」

精靈嘆息一聲，似是對她的愚鈍深感失望。「威芙，妳沒和我們均分報酬。告訴妳，我打從一開始就在懷疑妳了，誰叫妳說話那麼**曖昧**呢。」

「當時分配報酬的方式很公平。」威芙鎮定地說。「我不過是憑著傳聞賭了一把，這樣還不公平嗎？與那東西相比，蛛煞的寶藏可是價值相當。」

「我不同意。」芬奈斯回道，語音絲滑。

他耐心而理性的語調，著實令威芙煩躁。

然後，他嘴脣一癟，少見地表露出厭煩，臉上那冰冷淡漠的面具也首次滑脫。「妳藏著祕密的方式實在拙劣，滿身都是肌肉，卻一點智計也無。妳費了那麼多心思籌謀和計畫，是不是很辛苦啊？**威芙好聰明**，居然解開了神奇的祕密！呵，妳該不會以為自己是第一個發現祕密的人吧？真是可笑。然後呢，妳拿了蛛煞石就立刻溜了，擔心自己逗留太久，可能會不慎洩露什麼機密——還是說，妳這麼倉皇逃走，是出於羞恥？」

「羞恥？」威芙笑了。「芬奈斯，你這人當真是滿嘴屎話。」

「是這樣嗎？那妳告訴我，其他人知情嗎？」

「你是說，他們知道我為了幾句歌謠，傻傻地賭了一把嗎？他們不知情，但芬奈斯，那不是因為我覺得**羞恥**。硬要說的話，我也只是**不好意思**說出來而已。」

芬奈斯揮手示意整幢建築。「傻傻地賭了一把？不像啊。」

威芙火大地咬牙。「當初就是這麼約定的，我也實現我的承諾了。芬奈斯，你真的**需要**它嗎？你覺得它能帶給你什麼好處？還是說，你夜裡鬼鬼祟祟地來偷我的東西，是為了捍衛你的**原則**？」

「喔，原則嗎？算是吧。」他喃喃道，目光短暫地落在牆上的巨劍上。「妳放下那把破劍以後，沒想到竟變得這樣婆婆媽媽了。」

「我覺得我說夠了。你要幹什麼趕快動手，我們等著看。」

「唉，威芙，只可惜——」

芬奈斯忽然向後跳，顯得慌亂，同時一道龐大灰黑的陰影撲過長桌，恐怖的利爪險些劃過他的身軀。阿睦以掠食動物的優雅姿態著地，迅速旋身面對精靈，喉頭發出斷斷續續的嘶吼。

「該死的諸神，什麼**鬼東西**！」芬奈斯罵道。

恐貓踩著刻意放緩的腳步，步步逼近他，還咧嘴露出駭人的獠牙。威芙方才根本沒發現這頭巨獸在屋裡——怎會絲毫沒察覺到呢？

阿睦的低吼愈來愈響。電光石火間，芬奈斯以就連恐貓也無法比擬的靈巧動作溜了過去，瞬間奪門而出，消失在夜色之中。

恐貓盯著他的背影看了片刻，這才懶洋洋地眨了眨碩大綠眸。她悄悄走回店鋪角落那堆枕頭與被毯，踩上去轉了一圈，腳爪按了按小床，便躺下來睡了。

威芙謹慎地跪下來，摸摸大貓的毛髮，恐貓呼嚕呼嚕的震顫一路竄上了威芙肩膀。

「八級地獄的，妳是從什麼時候開始睡在這裡的？」她自言自語。**而且，我之前怎麼都沒看到她**？

無論如何，威芙打算多備一些鮮奶油在店內，也許可以再添購一大塊牛肉呢。

儘管確信芬奈斯**不可能**動過蛛煞石——他明顯來不及——威芙仍惴惴不安，總得確認一眼才有辦法入眠。

她到街上左右查看過，然後回到屋內，關門、上鎖。她推開長桌，蹲下來掀起了石板，輕輕撫摸躺在土裡的蛛煞石。

這間店鋪、譚綴、頂針、阿災……以及現在的阿睦。每一週似乎都過得愈來愈順遂，種下的種子長出了花苞，逐漸滿足她此前未知的需求……在此之前，即使談論蛛煞石是否造就了她的好運，那也不過是近乎學術的辯論。既然是這樣的好東西，何必太仔細研究它呢？

然而此時，她覺得自己真正該關心的問題是……倘若**失去**了蛛煞石，會發生什麼事？假如威芙能種下這許多成果，都歸功於蛛煞石奠定的根基，那切除根部後，她辛苦栽培的植物會枯萎死去呢，還是繼續存活下去？即使不馬上凋零，它又能存活多久？

威芙回想起過去數月，她想著譚綴，以及樓上那間空空如也的房間。

也許朋友說對了，也許這間店並不是她人生中的所有。也許她**應該**做好失去店鋪的準備。

問題是，少了這間店，她還剩什麼呢？

威芙只想到一個答案。

孤獨。

第二十三章

「他來**這裡**了？」譚綴問道。「他**半夜**來了？」

今早在譚綴的堅持下，她們比平時晚了些開店。威芙起初沒說什麼，但魅魔很快便注意到了異常——想必是拜她與生俱來的天賦所賜——硬是對威芙追問到底。

「那麼，他是來偷蛛煞石的了。他得手了嗎？」

「沒有。」

魅魔等著她詳述昨晚的情形，見她沒再說下去，譚綴重重一掌拍在了櫃檯上。「到底發生什麼事了？這回拜託妳**全部**說清楚。」

於是，威芙儘可能回憶昨晚的細節，詳述了來龍去脈。

「我們也該想辦法僱那隻貓來看店。」聽完後，譚綴嘀咕道。

「冷藏庫裡放了一條羊腿，等她來了就給她。」威芙帶著淡笑說。「我今早起來，她就不見了，也不曉得是怎麼出去的。」

「所以，海明頓設置的魔符，已經用盡了吧？妳得請他重設一道符了。」

「那沒意義。」威芙說。「芬奈斯不會故技重施，一定會耍不同的花招。我也不曉得他下次會怎麼陰我，只能保持警覺了，反正這我很擅長……至少，**以前**很擅長。」

「他會為了那顆石頭做得多絕？」譚綴瞇眼問道。

「老實說，我也不曉得。但他絕不會就此罷休。」

譚綴在店內來回踱步，尾巴左右甩動，手指不住輕敲著下巴。「那顆蛛煞石。假如**真的**被偷了，會發生什麼事？」

「我也在想這個問題。目前看來，我們應該都認定它當真有效，畢竟事情進行得**太**順利了，而且瑪追歌似乎也相信它的作用。我雖然沒辦法想像沒有石頭的情況，不過這些都不太可能是自然發生的吧。」

「妳願意失去多少？」

威芙注視著譚綴，沒將心中第一個想法說出口。

她改而迂迴地說：「我也不知道，也許是全部？也許我什麼都捨不得失去。說不定我該把石頭先藏去別的地方，看看會如何。說不定我該直接把它扔進河裡，再也別去想這件事了。」她無奈地嘆了口氣。「或者，我說不定該重操舊業，睡覺時把劍放在身邊了。」

「別自憐了。」譚綴厲聲說。「這副可憐兮兮的模樣很不適合妳。」

威芙皺了皺眉。「抱歉。」

譚綴停止踱步，一時間顯得十分不自在。「而且，我覺得丟棄蛛煞石這個主意**非常**糟糕。」

「怎麼說？」

魅魔沉吟著，似是不願回答，但最後還是說道：「就是說……奇術學裡有一種觀念，它……它叫『奇幻相互性』。奇術之所以受到多重限制，也不被應用在戰爭中——至少不被用來殺生——就是因為這個觀念。」她嘆息一聲。「不知道妳有沒有聽過這種說法：當我們用藥物治療疼痛，實際上只是在延遲痛感而已。治療結束後，妳會突然感受到所有被推遲的痛苦，就彷彿那些感覺被蓄積了起來，留到後來才發作。」

「聽是聽過，但我不怎麼相信這種說法。我可是體驗過**很多**痛苦的。」威芙苦笑著說。

「奇術也是相同的道理。」譚綴接著說道。「只不過在奇術學這個領域，我們可以確實量測到這種相互關係。奇幻力量造就的現象，會產生一種相互作用，但要等到法力消失時才會……**表現**出來。萬事都須互相平衡，所以一旦力量停止了，就會有一股**反推**的力量。高等奇術學研究的就是如何改變這股反推的力量。」

「所以，妳覺得蛛煞石被偷的話，可能會產生某種……反噬。是類似厄運嗎？」

「我也無法肯定。」譚綴說。「就連蛛煞石是否屬於奇術範疇，我也不清楚。奇術學的原則也適用於它嗎？」她皺起了臉。「這只是一個**可能性**而已，但假設失去蛛煞石之後，真的出現了反噬，那妳……**我們**該關心的，並不是我們可能失去多少，而是在失去那一切之後，我們還可能被奪去多少。」

威芙盯著譚綴，咬緊了牙關。

「我可不願意失去這麼多。」

威芙絞盡腦汁思索屋內還有哪裡適合藏蛛煞石——有沒有更穩妥的藏匿處？然而最終，她無奈地認清了現實：即使藏到別處，那也沒有用。既然芬奈斯能找到石頭目前的埋藏處，換了位置也不可能瞞過他，他想必很快又能找到了。這回他潛入屋內被威芙嚇了一跳，下回他便會認定威芙能感知到他的入侵，所以在威芙看來，他不可能再度趁夜摸進屋。她必須設想芬奈斯下一次可能出什麼招。

或者，可能透過什麼人打擊威芙。

威芙並不習慣**等待**敵人進攻，數十年來，她一向搶在敵方出手前先行了結對方，不會戰戰兢兢地等著被一刀捅在背上。時時刻刻保持警覺，著實令她疲憊，她也愈來愈暴躁易怒。

芬奈斯來襲後那一週，威芙跌到了谷底，她多次對譚綴與頂針發脾氣，又多次道歉。她甚至有幾次被譚綴輕輕拉到一邊歇著，由譚綴接管櫃檯工作——威芙這才意識到自己方才對著客人怒目而視。她羞愧不已，同時也十分感激。

但時間終究磨鈍了她的焦慮，她只偶爾在夜間驚醒，以為自己聽見異響，日間則頻頻偷瞟埋藏蛛煞石的位置。

這段期間，潘德瑞固定來演出，雖然熱鬧，卻也有麻煩之處。愈來愈多人成為他的忠實聽眾。不少聽眾來到店裡，什麼都沒買，不過威芙相當確信，有一部分聽眾也成了店裡的常客。

為了容納湧進的人潮，她們決定增設座位。威芙多買了幾張桌子，平時放在店旁小巷裡，到了表演的日子，她們便將多餘的桌子擺在街上，敞開咖啡廳雙門。

至於潘德瑞那小子呢，他不再經常垂頭駝背，臉上也多了笑容，高大的身型終於與本人的存在感相符了。

有一兩次，雷妮特地從馬路對面走過來，酸酸地抱怨咖啡廳太吵——一邊咕噥，同時她嘴裡塞滿了頂針的點心，缺了那麼點犀利辛辣。

就連阿睦也會在表演的日子露面，在驚愕的客人之間鑽來鑽去，最後在大桌下趴下來。常客學會了護食，因為只要眼前出現無人看顧的糕點，阿睦都會泰然自若地吞下肚，來回甩動的尾巴還不時將馬克杯撞翻。

威芙一次也沒想過要將她趕走。

從芬奈斯夜間潛入至今已過三週，威芙雖不能自欺欺人，認定他不再構成威脅，終究還是逐漸放鬆緊繃的神經，恢復了平淡的日常。她的心情好轉，也連續兩週沒出言暴躁而道歉了。

阿災近來經常到店裡來，威芙一兩次撞見他和譚綴窩在一起議事。聽他意有所指地大聲評論門鎖的品質，威芙向他保證會再找人換鎖。

當瑪追歌從容走進店內時，威芙驚得目瞪口呆，一時間沒回過神來。

「妳好呀。」女人說道。

「妳好，呃……這位夫人。」威芙勉強打了聲招呼。「能幫妳服務嗎？」至少她沒說出對方的名諱，但那聲**夫人**也太詭異了吧？她暗自懊惱了一陣。

瑪追歌身穿低調而高雅的連身裙，一隻手臂掛著小提包。威芙瞥見她手下至少一人，那人低調站在店外街道上，小心跟隨著她。既然有一名手下，那在威芙看不見的地方，想必還躲了至少兩人。

老太太眼裡閃爍著冰冷與好奇，定定凝視著威芙。

諸神啊，要是我和她結了仇，那還得了。威芙暗想。她幾乎不敢相信，自己曾直言不諱地與這人談判。

「我聽了好多妳這間店的傳聞。到了這個年歲，我已經沒有從前那麼常出門了，但今日正好有機會走一趟，我自然得來開開眼界了。」瑪追歌說。

「這樣啊，我們也都儘量當好鄰居。」威芙說。她這是在儘可能隱晦地問對方，她是否做錯了什麼。

「是啊，我相信妳是好鄰居。然而，恐怕不是所有人都如妳這般好相處。有時，這樣的人相中了目標便鍥而不捨，相當難纏呢。」

她意味深長地注視著威芙，然後明快地打開手提包取物。「啊，對了，我還想買一份新月卷，親愛的。」

威芙愣愣地接過錢幣，用蠟紙包著麵包卷遞了過去。她壓低音量問：「鍥而不捨？」

瑪追歌嘆息一聲，彷彿對事態深感失望。「要是妳這位好鄰居遭遇了不測，那實在可惜。接下來幾天，妳可能得稍加警惕了。我只熱切希望自己這是白操心了，因為——」她秀氣地咬了一小口新月卷。「——這些點心當真美味。晚安了，親愛的。」

她莊嚴地點頭，轉身，在灰絲綢的窸窣聲中離去了。她的手下也同樣消失無蹤。

譚綴一臉狐疑地目送女人離去，方才想必是注意到了威芙與瑪追歌之間言語外的互動。她朝威芙投了個會意的眼神。威芙則微微搖頭，只覺腹中翻江倒海。

打烊後，譚綴終於問道：「那是她嗎？就是那位瑪追歌？」

「嗯。」

「她對妳傳達了什麼吧。」

「嗯，比較像是在警告我。我也不曉得她為什麼特地來通知我，但總之，芬奈斯準備行動了。」

「然後呢，我們怎麼對付他？」

「這個嘛，我現在殺他也不遲。」威芙說。

譚綴無言地盯著她。

「開玩笑的。」威芙嘀咕。

真的嗎？

「問題在於，我還認真考慮過這個選項。」譚綴承認道。「他真的很混蛋。」

「妳一個月前不是還在大力反對用武嗎？」

「嗯，畢竟人無完人嘛。」

威芙嘆了口氣。「這下，我們又得從頭來過了，只能想辦法去猜他接下來會怎麼做了。」

「我們並沒有白費力氣。我們現在知道，他非常想得到蛛煞石，甚至願意親自來偷。」

「他下次不見得會故技重施——我甚至可以打包票，他不會再用那一招了。」

「總之。」譚綴說。「我們能確定的事情只有一件。」

「什麼事？」

「妳不能獨自睡在店裡。」

「妳怎麼到現在還意見一堆啊。」譚綴一面說，一面再次確認門都上鎖了。

威芙兩條前臂都泡在肥皂水裡，過分用力地刷洗馬克杯。「這沒道理啊，妳跟著睡在店裡，又能有什麼用呢？」她埋怨道。

譚綴熄滅了壁燈，店內光線驟暗。「是啊，妳說得沒錯，現在沒了海明頓的魔符，我在這裡能有**什麼**用呢？我不過是擁有魅魔的能力，能感知到廣大範圍之內細微的隱藏情緒而已，怎麼可能派上**任何**用場呢？」

威芙放下馬克杯的動作比預想的重了些，杯身浮現了蛛網般的裂紋。她咬牙切齒。「我還是不贊成。」

「既然妳無法反駁我，那妳贊不贊成也不重要了。」

威芙轉身面對她，繃著臉抱胸。

「別這麼幼稚了。那我們約定好，假如我可能要死了，我一定會躲到妳身後。這樣總行了吧？」

威芙盯著她，愈看愈覺得自己無比愚蠢，最終嘆息著妥協了。「好吧。」

她們疲倦地一同站在頂樓入口。

「我不是叫妳買張床嗎？」譚綴沉著臉，掃視依舊空空如也的頂樓隔間。

威芙腋下夾著阿睦鮮少使用的被毯與枕頭。「之前半夜動不動有人闖進門，我哪有心思想這個。」

譚綴翻了個白眼。「那個給我。」

她拉過被單，抖落了枕頭與毯子上的恐貓毛，接著攤開威芙的鋪蓋，鋪成面積較大的睡墊。

威芙在一旁看她鋪床，內心的羞赧與不安愈發旺盛了。

「好吧。」譚綴叉腰說。「至少爐灶裡生了火，我們不會太冷。真是的，妳平常竟然都這樣胡亂生活。」

「我自己睡也沒問題的，我說真的。妳還是回去睡自己的床比較舒服。」

「別說了，這場架不是早就吵完了嗎？」猶豫片刻後，譚綴脫下外衣，快速鑽入被窩，然後轉身背對威芙。

威芙熄了提燈，跟著脫衣躺上鋪蓋，甚至放輕了動作，彷彿譚綴已然入眠，接著才為自己荒唐的行為嗤笑一聲。她拉起毯子蓋過一邊肩膀——被毯仍沾有濃濃的恐貓氣味——即使背對著譚綴，她依然感覺到了對方的體溫。

「晚安，譚綴。」她用稍嫌太大的聲音說。

「晚安。」

威芙盯著前方的黑暗。

「那不會是妳的尾巴吧？」

「我只是想躺得舒服點而已。」譚綴酸酸地回道。

有計畫地調整姿勢後，她又靜了下來。

一段漫長的沉默過後。

威芙清了清喉嚨。「妳願意留下來，我很開心。」

譚綴的呼吸平穩和緩，威芙以為她已經睡了。然而，黑暗中傳來喃喃話聲：「我知道。」

那之後，威芙長久以來首次立即入眠，一覺到天明。

第二十四章

威芙睜眼時，感到背後涼颼颼的，譚綴想必已經起床了。魅魔離開時，她竟然沒有醒過來——怎麼可能呢？

她嗅到現泡的咖啡，起身慢慢更衣，不必要地拖延時間。然後，她對自己的拖拖拉拉也感到不耐煩了。遇見譚綴以前，她這輩子從沒猶豫過，難道要現在沾染這種壞習慣嗎？她用十分刻意的動作爬下梯子。

譚綴坐在長桌邊，隔著馬克杯飄上來的一縷蒸汽凝望她。威芙跟著在椅凳上坐下來，女人朝她推來第二個馬克杯，杯身仍然燙手。

「謝了。」威芙低聲說。

譚綴點點頭，慢慢啜了一口。

譚綴背部的弧度顯得相當輕鬆自在，尾巴也懶洋洋地在身後擺動著。威芙放鬆了緊繃的身心，嚥下幾口熱騰騰的咖啡，讓熱度與美味浸入四肢百骸。圖恩城逐漸甦醒，逐漸吵雜的聲響穿透牆壁時變得模糊不清，形成包裹兩人的一片祥和氛圍。

她們悠哉地靜靜享用咖啡，威芙不願意打破冥思般的沉默，但她剛才已經像膽小鬼一般在頂樓磨磨蹭蹭了許久，此時正是果斷行動的時候。

「昨晚睡得好嗎？」以大膽的開場白而言，這句實在是有所欠缺。

「還好。雖然是睡地板。」

威芙微微一笑。「我總有一天會去買床的。」

喝完咖啡後，威芙從冷藏庫裡找出起司，另外從貯藏室拿了幾塊麻布包裹的糕點。譚綴跟著進廚房忙碌，她們就此開始了一如往常的晨間工作——點燃爐灶、點亮壁燈與吊燈、幫咖啡機補火油、檢查鮮奶油的狀況，整理馬克杯。她們不時吃兩口食物，緩慢而協調地協力工作。

然後威芙開了店門，柔和的魔咒如肥皂泡般破滅了。

晝間的喧囂撲面而至，芬奈斯那朦朧不清的威脅悄然淡去，她們清晨所處的溫暖空間也顯得愈來愈遙遠、愈來愈夢幻了。頂針烤糕點的氣味，以及他開開心心工作的聲響充斥著整間廚房，她們一一對走進店裡的常客打招呼。用餐區人聲熱鬧，夾雜著馬克杯與餐盤的輕碰聲。

阿災來了一趟，威芙將她打算為頂針訂購的爐灶指給他看。他仔細讀了商品冊上標註的尺寸，瞇眼觀察牆壁與爐灶。這時頂針正在貯藏間裡翻找東西。

「唔。」阿災用拇指摸了摸下巴。「這，硬要裝是裝得下，但你們會擠得要命。可能還是用現有的設備湊合一下吧，自動循環機現在是能散熱，可是裝了兩個火箱以後呢？你們可能又得滿頭大汗了。真想買這東西的話，可能得放棄這個位置，再找間更大的店面了。」

現實就是令人無奈，威芙自然也不可能搬家。她瞟向後方的貯藏室，頂針還在裡頭。她真不想對他宣布這壞消息，也不想看見他失望。「那就可惜了。不過，我還有一件事想請你幫忙。」

威芙領著阿災走進用餐區。「我們僱了個吟遊詩人，定期在後面表演。」她示意兩個雅座之間的後牆。「我在想，也許能搭一個小小的……舞臺？搭得比地板高一點，再加個小階梯。」

「好，好。」阿災說，顯然為不必拒絕她而開心。

他們聊了一下細節，然後他歪了歪帽子上路了，臨走前，還不忘帶上裝滿熱飲的外用馬克杯與一塊頂針糕。

白晝一晃眼過去，又到打烊的時間了。

「我們今晚不必再為睡覺的問題爭論不休了吧？」譚綴狡猾地問道。

「我也是能從錯誤中汲取教訓的。」

譚綴哼了一聲。

「不過這次，妳可以試著把尾巴收好。」威芙微微笑著，轉身收拾最後幾個馬克杯。

譚綴輕輕笑了。「吃晚餐嗎？」她問道，彷彿共進晚餐已是兩人的慣例。

威芙瞄了蜷縮在擱板桌下的阿睦一眼，大貓今天竟然在店裡待了一整天沒走，讓她很是放心。「我也該吃點別的了，總不能整天只吃頂針的點心。」威芙說完一拍肚皮。「我總感覺衣服愈來愈緊了。」

譚綴嗤笑著開了門。

她們鎖上店門，漫步到大街上找了間兩人都沒光顧過的餐廳，一起吃了頓晚餐。她們聊起雷妮最近窮追不捨想問出頂針的點心食譜，一起思索該如何告訴麵包師不能買新烤箱的消息，還聊到了潘德瑞與他幾名狂熱的愛慕者。

「昨天他的頭號樂迷又來了，還提早到場，占了個好位子。」威芙說出自己的觀察。

「頭髮很醒目的那一位？」譚綴抬手，模仿女孩子滿頭鬈髮被風吹亂的模樣。

「就是她。潘德瑞好像還沒注意到她。」

「唔，畢竟很多人都不會注意到近在眼前的事物，直到差點被那東西撞倒為止。」

威芙正想隨意開玩笑回應她，但看見譚綴的神情，她又選擇了三思。

最終，她只擠出一句：「我想也是。」

話題便這麼帶了過去。

晚餐後，兩人回到店內，熄滅了燈燭。長桌下傳出阿睦低沉的呼嚕聲。

「她竟然還在，真不可思議。」譚綴說。

「大概天亮前就會走了吧。」

話雖如此，威芙還是希望她留下來。

「說不定明天連阿災也會想來過夜呢？可惜我們的毯子不夠用了。」她讓譚綴先爬上梯子。

她們重返今早祥和而溫柔的寧靜。譚綴脫衣時，威芙不由自主地別過了視線。

她們背對著背入眠，舒適、自在且溫暖。

威芙被一陣號叫聲驚醒，頓時感覺有什麼重物落在腹部。她猛然睜眼，再次被阿睦碩大的頭部頂了一下。

「什、什麼？」譚綴呢喃道。

「起來！」威芙一躍而起，深深吸入一口氣。空氣中有股隱隱約約的異味，有些刺鼻，她一時間想不到是什麼氣味。

恐貓來回甩著尾巴，焦慮地走到梯子旁。威芙百忙中還想像了她從樓下跳上來的壯舉——然後她赫然意識到，現在身處黑夜中，恐貓的身影不該如此清晰才對。起初，她以為是淡淡的月光，但這絕非正常的月色。

此時的光線呈慘淡的鬼火綠，而且愈來愈亮了。

「那是**什麼**味道？」譚綴邊說邊抓起衣物，抱在胸前。

威芙根本沒拿衣服。「絕不是什麼好東西。」她衝到梯子前，恐貓率先跳了下去。威芙扶著椽架向下張望，皺眉看見幽冥綠焰舔舐著兩扇大門，迅速蔓延。說來奇怪，這綠色火焰幾乎不產生煙霧。這時，樓下傳來厚重的斷裂聲，綠焰如上下顛倒的瀑布般吞沒了雙門。

「可惡！快！起**火**了！那混蛋放火燒屋了！」

「得快滅火！」譚綴喊著。

威芙一把抱起她，譚綴驚呼一聲，懷裡的衣服差點脫手——威芙迅速用另一條手臂抱起她雙腿，縱身跳到樓下。

譚綴被震得悶哼一聲。

威芙放下她，繞過轉角看向廚房。廚房的門同樣燃燒著，火苗還悄悄竄上了爐灶後方的牆上，朝貯藏間延伸。

隨著房內氣壓變化，上方傳來刺耳的劈啪聲，綠焰如流過刀刃的鮮血般，從天花板灑下。威芙聽見乾脆、尖銳的破裂聲，屋頂上的瓦片如受熱的玉米粒般一片片爆裂。

「這不是尋常的火。」譚綴提高音量，壓過大火的隆隆聲，圓睜的雙眼流露驚慌之色。尋常火焰會產生煙霧，然而這種綠焰彷彿熏香，只產生了濃烈的異味。

「還真不是。我得立刻把妳弄出去。」

「**我**？怎麼不是**我們**？」

阿睦哀怨呼號一聲，發出茶壺般的嘶嘶聲。她蹲伏在長桌旁，害怕地不敢靠近迸裂的火花。

威芙已經遲疑太久了，再這樣等下去，她將什麼也不剩。她看不出這種詭譎的火焰多高溫，也不知該如何滅火——或許壓根無法撲滅。

她衝向廚房裡的大水桶，此時牆上的火舌已經燒得空氣熾熱難耐，爐灶的金屬透出隱隱紅光，水桶也燙得直冒蒸汽。溫度絕對**遠高於**尋常火焰。

威芙抓起頂針攪拌用的大碗，撈起木桶裡的水，潑向前門舞動的火舌。水絲毫沒有作用，甚至還沒碰到木門便在一陣滋滋聲中蒸發殆盡。木門已經燒得發黑，出現蛛網般的裂紋，裂縫中還閃現一條條不停閃動的橘光。

「幹！」

威芙轉身見譚綴拋下了衣物，懷裡抱著好幾個馬克杯。她一一將杯子扔向前方窗戶，試圖砸破玻璃——然而馬克杯碰到玻璃就碎裂了，玻璃窗絲毫無損。

她轉向威芙。「我們要怎麼出去？」

「這邊。」

威芙奔回用餐區與兩扇大門，門上仍卡著沉重的木門，爬滿了鮮綠火舌，上方滾落的火焰與從地板向上焚燒的烈火相互交融。

威芙雙手抱住一張大長凳，舉起搬到門前，在灼燙的熱浪中瞇起了雙眼。她將椅凳一端勾在熊熊燃燒的門閂下方，用力朝上一拔。木閂動了一下，卻又落回托架上，還濺了滿地綠色火星，火星在地上滋滋作響、不住彈跳，宛如鐵鍋上的水珠。幾顆火星落在了威芙裸露的雙腳與手臂上，她像被大黃蜂螫到似的，感受到熾熱的劇痛，甚至嗅到了自己肌膚的焦味。

她再次猛力抬起椅凳，一次、兩次，第三次終於將門閂撞飛，沉重的木條砸在石地，又迸出了一波綠色火花。

「退開！」威芙大喝。她調整姿勢抓住椅凳中間，將整張長凳抬起來，接著奮力前衝，撞開了右側那扇門，跳過地上的門閂，順著衝勢出了店鋪。夜間沁涼的空氣撲面而來，她一把拋開椅凳。長凳在街上滾了一陣，她已經看見附近幾道人影，想來是出門查看狀況的鄰居。

威芙轉身，看見譚綴站在門框內，周遭熊熊閃爍著地獄般的恐怖綠光，落地的木條燒得比方才更旺，火舌也竄得更高了。

譚綴右側出現一道黑影，只見陰影從火場中猛力躍出。毛髮冒煙的阿睦狼狽地落在鵝卵石街上，驚恐地瞟了她們一眼，隨後扭頭鑽進巷子裡逃走了。

威芙的目光迅速回到譚綴身上。女人摀著一條手臂，滿臉痛苦之色，雙頰落下了兩行淚水。

威芙深吸一口氣，大步衝回屋裡、跳過了地上的火焰，在她經過時火舌彷彿化成了液體，宛如沸騰的滾水。然後，她又回到了店內。威芙再次抱起譚綴，低頭撲入熾熱的鮮綠火牆，回到戶外。

「待這裡別動。」她一面說，一面將譚綴放到街上。

轉身面對店鋪時，整幢建築都被綠焰吞沒了，火焰以超自然的高速擴散至每一個平面。更多屋瓦被烤得爆裂開來，刺耳的聲響令威芙皺起眉頭，碎陶瓦從天而降，旁觀的人們也淋了滿身塵埃與碎屑。

「妳不能回去啊！」譚綴在大火的呼嘯聲中高呼。

威芙往肺裡吸飽了空氣，又一次衝回屋內。

落地時，她嗅到自己毛髮燒焦的氣味。她短暫朝長桌下的石板瞥了一眼，似乎不太對勁——是不是偏離了原位？

現在不行。沒時間去查看了。

威芙匆忙趕往廚房，縱身躍過櫃檯。後方的食品貯藏間已化作火海，厚實的熱浪壓向她的身軀。她一把扯出保險箱，用力往櫃檯上一放，然後以一氣呵成的動作跳過櫃檯、夾起箱子，朝大門飛奔而去。她大吼一聲將保險箱往街上一拋，儘量避開了譚綴可能的所在處，箱子撞上某棟建築的一角，發出令人惴惴的喀擦聲、滾了幾圈，但幸好沒碎裂。

她又衝回廚房。

威芙瞄了牆上的黑血一眼，巨劍上的掛花已燒成一條條閃爍著火光的灰燼。她接著雙手奮力一抬，將咖啡機從櫃檯上搬起，踩著小心的步伐朝大門走去。上方灑落的火星濺在了肩膀與頭髮上，激起一道道雷電般的痛楚，她的辮子也著火了，但她無法騰出手滅火。她咬牙不斷前行，肌肉彆扭而勉強地支撐著咖啡機的重量，然後在熊熊燃燒的木條前停下了腳步，開始懊悔方才沒用長凳將木條推到一邊，清出一條路來。可是現在想這些都太遲了，現在做什麼都太遲了。

她抱著機器跨出一大步，越過了木條與火焰。火舌舔過她的大腿，烹煮著肌膚，雙腿的疼痛鮮明而劇烈，然後她終於過了那道坎。

威芙踉踉蹌蹌地跨到街上，輕輕放下機器，痛苦地呻吟一聲。過去數週未再發疼的背部，此時又劇痛難耐。

她回頭看向那幢建築，就見大門上方的門楣轟然崩塌，兩扇大門也向內凹折，噴吐出一團巨大的綠焰，倒塌時發出了爆裂物般的巨響。豎框窗向外爆開，玻璃碎塊與尖刺噴得到處都是，眾人趕忙抬手護住頭面。

她們怔愣地站在街上，感受從屋子襲來的一波波熱浪。屋頂開始吱嘎作響、劈啪斷裂，然後終於震顫著傾倒，屋瓦傾瀉進了下方的房間，被一叢叢綠焰烤得紅燙。

譚綴與威芙穿著貼身短衣，站在滾倒在地的保險箱與咖啡機旁。譚綴的手找到了威芙的手掌，緊緊握住。她咳嗽幾聲，雙眼泛淚。

威芙盯著店鋪，表情無比剛硬。長桌向一側傾斜，半埋在發出櫻桃紅光的陶瓦之中，最後崩解成了碎塊，覆蓋了蛛煞石的埋藏之處。

她也握緊了譚綴的手。「至少我們沒失去一切。」

譚綴眼神蒼涼，看著咖啡機與保險箱。「妳不該那樣冒險的。」

威芙順著她的視線看去，然後完全轉向譚綴，低頭與她額頭相碰，雙肩被哀痛、恐懼與疲倦的重量壓得垂了下來。

她用極低的聲音——低到無法穿透大火呼嘯聲、周遭人聲與警鐘等傳入譚綴耳中的聲音——喃喃說：「我不是指那些東西。」

第二十五章

火災發生後不久，多名城衛便提著燈趕到場，對著街上群聚的人們呼喝了幾句。威芙只隱隱意識到他們的存在，直到其中一名城衛在某個鄰居的指引下走來。她麻木地回答問題，然後幾乎是立刻忘了自己的回答。城衛消失後，她又將注意力轉回建築的殘骸。

雅刻思學院的幾位炎術師也到場了——他們一個個身穿長袍、別了胸針，還散發出學術人士高高在上的厭煩。他們設法控制住鬼魅般的烈焰，避免大火蔓延至鄰近的建物，但無論如何也無法扭轉咖啡店的命運了，於是放任它繼續焚燒。

大火熊熊燃到了將近清晨時分，威芙與譚綴仍舊站在街上，眼睜睜看著店鋪燒成灰燼。牆壁陸陸續續崩塌，一塊塊緩慢地瓦解，然後支撐房屋的木材突然內塌，猛地迸發螺旋狀的大片火花。

譚綴瑟縮在威芙身邊。她們都被熱浪烘得口乾舌燥，彷彿受盡了沙漠熱風的洗禮，威芙只覺臉上皮膚刺痛難耐，大腿上的燒傷也陣陣劇痛發熱。一段時間過後，雷妮一瘸一拐地走來，給了她們兩條毛毯裹身。空氣實在太熱了，威芙幾乎立刻就脫下了毛毯，譚綴卻一直披著，一隻手在胸前緊抓著布料不放。

譚綴愈發疲倦地靠上威芙的手臂，放在威芙身上的重量愈來愈沉。魅魔並沒有提議離開，只在一段時間後輕聲說：「等妳準備好了，我們去住我家吧。」

威芙甚至無力張口回應她。

儘管肌膚熱燙，威芙卻感受到一股寒意從頭顱擴散到了足底，彷彿自己在圖恩城度過的每一天都逐漸被洗濾殆盡，只留下不斷增長的空虛。她還是頭一次感受到如此切身的絕望。

這莫非是譚綴先前說的，那什麼……**奇幻相互性**？這就是那種作用的**感覺**嗎？抑或只是再平凡不過的萬念俱灰？

她不曉得。這之中的差異也不重要了。

譚綴又試圖勸她，言詞依然委婉。「妳不累嗎？」她語音沙啞。綠焰雖然沒產生大量煙霧，還是令她們喉嚨灼痛。

「我不能走。」威芙說。「現在還不行。」

她注目著斷垣殘壁與逐漸衰退的火焰中心，也是蛛煞石曾經的埋藏處。

她非得去一探究竟，看看石頭是否仍在原處。

天邊泛起魚肚白時，綠焰終於在微弱的劈啪聲中熄滅了，彷彿它們吞食的不僅是物質燃料，還有夜晚的漆黑。儘管火熄了，周遭的高溫仍難以忍受，她依然還不能接近殘骸中焦黑的圖材或仍散發微光的石板。

譚綴終於說服威芙去坐在雷妮門前的臺階，兩人一同看著黎明綻放。現在，焦黑的木材開始冒出較自然的煙霧了，奇幻綠火似已停止吞噬自然的柴煙。一朵帶濃烈惡臭的黑色煙雲逐漸膨脹，旋轉著升空，被從河川吹來的一陣微風撕碎、四散。

雷妮倚著掃帚站在她們身後。半晌後，威芙嘶啞地問：「雷妮，可以跟妳借一兩個水桶嗎？」

老嫗取來水桶，威芙一手提著一個，身上只穿著襯衣與亞麻短褲便赤足走到水井，裝滿了水桶，然後沉著臉將水潑在兩扇大門曾經的位置。如今綠焰已然熄滅，水不再瞬間蒸發，而是灑在了木材上滋滋作響。

威芙提著水桶回到井邊，重新裝水，又回去潑水。再一次。再一次。她緩緩朝斷垣殘壁內部探入，接近原先擺放長桌的位置。

她沒數自己走了幾趟，雙腳在鵝卵石路面留下了無數血腳印。灰燼黏滿了她雙腿，就連她陣陣刺痛的大腿也不放過。

譚綴在雷妮家的門廊等待，沒有試圖勸退她。即使勸了也毫無意義。

屋子殘骸仍舊高溫熾熱，有時，威芙會先將一桶水淋在自己身上，這才從井邊走回來。每當她重新走過同一條濺得到處是水的路徑，身上的水總是迅速蒸乾。每一次潑水，灰燼會短暫化為泥濘，直到黑色水印快速乾涸，灰土又一次龜裂。

街道上的人群稍微散去了，留下來的圍觀者站在一旁竊竊私語，離頑固地來回取水、潑水的威芙遠遠的。

在這麻木而無盡的循環中，譚綴消失了一段時間，然後帶著阿災與一匹拖著小貨車的健壯小馬回到現場。他們請附近一些居民幫忙，將咖啡機與保險箱裝上貨車，由阿災駕著貨車把東西運走。

威芙幾乎毫不關心。

最終，她來到了蛛煞石原本的位置。長桌的木材幾乎焚燒殆盡，只留下近似粉末的焦木架，一桶水澆下去，焦黑的木材立刻如遇水的鹽一般崩解了。

威芙跪下來挖開殘骸，手指被埋藏在下方的餘火燙了一下。她起身用血淋淋的雙腳踢開灰燼，直到露出下方的石板。

她粗重地喘息，被煙霧嗆得連連咳嗽，卻仍目不轉睛地盯著石板。又打了趟水回來後，她洗去積累在石板上的餘灰，石板表面也冷卻了。她取來一根發黑、扭曲的金屬條，撬起邊緣，把整塊石板掀翻到餐桌破碎的殘骸之中，激起了一束灰煙。

威芙雙膝跪地，燙傷的手指在意外熱燙的泥土中翻找。

那裡當然什麼都沒有。

回到街上時，威芙感覺自己像是在水下行走，每一個動作都輕飄飄的，每一道聲響也顯得遙遠而扭曲。她戚然注視著譚綴，然後搖搖晃晃地走了過去。

還沒來到雷妮家門前，威芙便詫異地看見寥客撞開街邊的旁觀者走來，他懷裡抱著兩套摺疊整齊的衣物，以及兩雙布鞋。他一語不發，將衣物遞給威芙與譚綴，威芙則瞥見了他身後幾人之間，那一閃而過的精緻灰裙。瑪追歌對上了她的視線，肅穆地一點頭，然後端莊從容地沿街離去。

「謝謝你。」譚綴勉強用乾啞的嗓音道謝。威芙卻只能強撐著接過寥客遞來的衣物，努力不讓東西掉落地面。

寥客低聲說了句話，但威芙沒聽清，那之後她就默默站在原地，盯著那疊衣物，只隱隱意識到自己手裡捧著什麼東西。

之後，威芙不記得自己是何時坐下的，不過她想必是坐了下來。她木然盯著前方，被煙霧熏得直冒淚花的雙眼只看見朦朧一片。

一道熟悉的語音悄聲說：「**喔不……**」

威芙默默眨眼，認出了那個聲音。她轉過頭，瞇眼看著頂針模糊不清的形影。譚綴在他面前跪了下來，與他低聲說話，雷妮的毯子垂到了她身邊的地面。

威芙闔上雙眼，再一次睜眼時，頂針已經不見了，她不知道過了多長時間。

譚綴忽然又出現在她身邊。「他來了。」她輕輕搭著威芙的肩膀，拉著她轉過身，只見阿災又領著小馬與貨車回來了。譚綴帶她走到貨車旁，溫柔地勸她上車，威芙躺在了貨車上，雙腳懸在木板之外，默默盯著天空，以及將天空一分為二的那縷黑煙。

她遙遙聽見車夫座上阿災與譚綴在交談，小貨車在鵝卵石路上前行，發出喀噠、喀噠的響聲。店鋪的焦味稍微淡去了——卻一直隱約殘留。威芙滿身都是柴煙焦味，前行時的微風帶起了她身上的灰燼，猶如向天上吹捲的雪片。

最終，貨車停了下來，有人引導她爬上一道階梯，她來到了譚綴的房間。魅魔讓她在木椅上坐下，椅子被她的體重壓得吱嘎作響。譚綴消失了，然後帶著一條溼毛巾回來，儘量輕柔地刷洗威芙的身體。雖然她放輕了動作，絨毛擦過燒傷處的觸感卻近似砂紙，且威芙全身上下幾乎沒有未燒傷的肌膚了。

事後，譚綴設法幫威芙換上寥客提供的乾淨衣物，然後扶她躺上房裡唯一的那張床。

威芙不肯闔眼，不肯失去意識，然而再一次眨眼時，她已迷失在無夢的黑暗之中。

緩緩醒轉時，威芙感覺像是出竅的靈魂回歸了身體，但心中的陰鬱卻倍增了。她眨了眨眼、撐開眼皮，譚綴床上的被毯磨過了肌膚，燒傷處疼痛不已。她先是又闔上雙眼，滿腦子渴望睡眠的虛無，卻沒能再次入睡。

「妳醒了。」譚綴說。

威芙轉過頭，頸部肌肉痠痛難耐。她**全身上下**都痠痛難耐，雙腳也似泡在熱油之中，又刺又疼。

譚綴坐在椅子上，用毯子蓋著下巴以下的身體。她頂著濃濃的烏紫眼圈，頭髮也微焦，沾滿灰燼的臉頰上仍有兩行清晰的淚痕。

房內充斥著煙火味，氣味如影隨形地附著在兩人身上。

「嗯。」威芙悄聲說。她應該沒法說出更多了。到了此時她才意識到自己是多麼乾渴，這是一種明確的感覺——她需要水。

譚綴似乎感應到了，她裹著毯子起身，拖著腳步走到梳妝檯前，拿了一整壺水回到床邊。

威芙努力撐起上半身，大口大口貪婪地將水喝得一滴不剩。

「謝謝妳。」她說，就連下巴沾上的水滴也懶得拭去了。冰涼的水沾附在脆弱的皮膚上，稍微舒緩了疼痛。然後，她總覺得非說不可：「對不起。」

「為什麼？」譚綴疲憊地蹙起眉頭。「是因為妳把我從火場中救出來嗎？因為我立下大功，成功避免了火災？」

「我們兩個能得救，大概是那隻貓的功勞吧。」

譚綴無聲地笑了笑，笑容卻似乎夾雜著疼痛。

「我得回去。」威芙說。

「現在嗎？為什麼？不論是什麼東西，放幾天也無所謂的。那裡已經沒有什麼能挽救的東西了。」

「只是有一樣東西，我非得去看不可。」

譚綴盯著她，然後嘆了口氣，聳聳肩。「那我們走吧。」

「妳該好好睡一覺。我占用妳的床太久了。」

「妳在外頭不知什麼地方，我怎麼可能睡得著。」譚綴回道。「就算晚一點睡，大概也無所謂了吧。」

威芙呻吟著，一邊坐起身，撐著身子站立起來，她套上了瑪追歌提供的布鞋。足底肌膚尖聲抗議，她也咬牙嘶了口氣，但終究站穩了腳步。

出了譚綴的房間，她發現時間已接近傍晚，天邊也染上了暮色。她大概睡了七、八個鐘頭。

她們非常緩慢地徒步回店鋪，威芙每一步都如履薄冰。數小時前被她無視的痛楚，此時變得銳利而頑固。她想起短短一天前，譚綴那段關於相互性的解釋：先前遭到漠視的疼痛，會在返還時加倍奉還。

一切都毀滅殆盡了。

隨著時間流逝，大火的高溫已經大幅下降了，卻仍然熱得令人難受。屋子連一面牆也不剩，灰燼堆成了一座座小山，此外還有斷裂、燒焦的圓杆，以及滾落一地的石塊。曾經是房屋內部的空間，如今成了一堆堆灰色與黑色物體，模模糊糊地勾勒出店內昔日的光景。

威芙留譚綴一人站在街上，自己則小心翼翼地踏了進去，每一步都得注意腳下。她來到了原本是櫃檯後方的位置，目光掃過此處的各種殘骸。

最後，她找到了。威芙謹慎地伸出手，擔心又被燙傷，不過那東西比她料想的冰涼許多。

她從一堆殘骸中抽出了黑血，黑色沙粒從歪曲變形的劍身上滑落。原先裹著劍柄的皮革當然燒得什麼都不剩了，護手融化後彎曲，劍刃也扭曲了，金屬表面多了一層珍珠母般的油亮光澤。一道裂縫從劍的一側，一路延伸到了血槽，鋼鐵被異常火焰的極高溫毀了。

威芙低著頭，雙手捧著她的劍。

她捨棄了從前的生活，跨越橋梁來到了新的土地，如今卻只能跪在新家園的廢墟之中。

這就是她身後那道焚燒殆盡的橋，舉目望去，周遭只剩一片荒蕪。

她將巨劍丟回灰燼中，走上了眼前最後一條道路。

第二十六章

她睡在譚綴的房間裡，斷斷續續地醒來，解決身體上的需求，不過這回威芙堅持要蓋著毯子躺在地板上睡。反正她已經習慣睡地上了。她偶爾會感覺到譚綴進進出出，但那也只是恍惚中的一點覺察。

到了威芙猜是第三天的日子，有人叩響了房門。威芙聽見譚綴上前應門，與外頭的人低聲交談，然後是那人走過木地板的腳步聲。

「唔。」

威芙睜眼，半翻過了身。阿災抱胸低頭盯著她，她忽然感到無比愚蠢……也無比**憤怒**……此時的她，竟只能躺在地上，將自己的脆弱暴露在他眼前。若在當年，她必然會罵自己太蠢，蠢到讓敵人占據優勢，畢竟過去的她要是如此大意，早就死一百次了。

但是，阿災並不是敵人。

霍布妖把椅子拉過來，坐了下來，兩條小短腿懸在空中。他雙手在膝蓋之間交握著，別過了視線，給威芙一點時間撐著身體坐起來。

「阿災。」她啞聲說著，點頭打了招呼。她感覺自己根本沒睡。

「首先，要收拾整理。」他沒頭沒尾地說。「然後是建材，還有勞力。這次需要多點人手，不是妳我兩個人忙得來的了。」

「你在說什麼啊？」威芙問，語音帶了一絲煩躁。

「當然是重建了。灰都冷卻了，可以清出去了，可能得往垃圾場跑個八趟、十趟吧。僱一兩個人來幫忙，動作就快得多了。」

「重建？」威芙抬頭盯著他。「阿災，我沒錢重建了。而且就算有錢，這也沒意義了。」

「唔。譚綴告訴我了，石頭的事。」他一聳肩。「可能這回運氣差了點，但我可沒想到妳連這輕輕的打擊也不敢挨。」

威芙朝譚綴瞟了一眼，對方神情平靜地注視著她。

「還是改變不了什麼。」她說。破爛的保險箱就放在一旁，想必是她熟睡時，被譚綴他們擺在那裡的。她伸出一隻大手拖來箱子，取下掛在胸前的鑰匙開了鎖。箱子裡大約有七枚金幣、一小把銀幣，還有零零碎碎的銅幣。初來時的白金早已用罄。

「那是我存了**好幾年**的錢。」她沉沉說道。「懸賞任務，刀口上舔血的工作。現在，大部分都沒了。」她的眼神充滿恨意。「和店鋪、和其他所有的一切一樣，都沒了。我幾乎什麼都不剩了，和當初的存款比起來簡直差了**十萬八千里**。」

她看向譚綴，魅魔因她的語音而微微一縮。「妳說的那個……是叫『奇幻相互性』吧？是啊，**就在這裡了**，這就是我受到的反噬。」她感覺自己齜牙咧嘴，露出了巨大的獠牙，燒傷後幾乎還未癒合的皮膚緊緊繃在頭顱上，大腦也陣陣發疼。

她心裡有一部分很清楚，她這是在傷害他們，傷害這兩個朋友。從前那個殘酷的自己回來了，從她幻想中的新生——以及這新生的殘骸——之中爬了上來。不久前遭摧毀的那一部分正呼喊著要她住口，然而，她殘忍的那一面愈發強大，受傷、脆弱的另一面根本不是對手。

「全他媽**沒了**。」她嘶吼道。「好運已經被我用光了，再也賺不回來了。」她凝視著譚綴，刻意地說：「現在，是時候做窮途末路的人該做的事了。現在，輪到**我**逃跑了。」

譚綴猛然一抽，彷彿遭受重擊。

凶殘的滿足感灼燒著威芙全身，緊接著是一波反胃。

「別著急。」阿災的聲音粗啞而耐心。

「**那又他媽有什麼用**？」她怒吼。

下一刻，威芙頹然洩氣，低頭盯著無力擱在大腿上的雙手。「你還是走吧。」她用嘶啞的氣聲說。

她聽見阿災靜靜起身，離開了房間。

有一段時間，她以為譚綴也跟著離開了，但後來威芙感覺到譚綴走近，在她面前蹲下，伸手輕撫她燒傷的面頰。

譚綴和她額頭相碰，與她前些天的動作一模一樣。「還記得火災過後，妳在街上說的話嗎？」她悄聲說道，氣息輕拂過威芙的鼻尖與嘴脣。

「不記得了。」威芙撒謊道。

「妳那時候說：『**至少我們沒失去一切**。』」

譚綴愣了愣。

「而我對妳說，妳不該冒那麼大的險，去救下那些東西。」她接著說。

一段更加漫長的停頓，她的氣息和緩而甜美。

「但是，我明白妳真正的意思。」

直到譚綴的脣輕輕擦過她溼潤的臉頰，威芙才發現自己淚流滿面。

威芙睜眼注視著譚綴雙眼，她好近好近。

譚綴平穩地凝視著她，面色鎮定，雙眼卻泛起了淚光。

威芙感受到身體中心一團暖洋洋的重量，那一瞬間，她們又回到了曾經寧靜而舒坦的小泡泡。

然後，過往殘暴的威芙張牙舞爪地爬到了表面，耳語道：**這是她的本性，妳之前也感受過的**。

她把本性像油燈的火光一樣罩著，等需要時解放出來，妳就被她迷得神魂顛倒。

但即使黑暗的念頭如幽冥綠火般在心中擴散，卻也如晨光下的綠焰那樣，迅速蒸騰消失。

譚綴溫暖、脈動的氛圍——威芙之前淺淺接觸過幾次的那股能量——此時不知所蹤。此時不存在術法，不存在神祕力量，不存在玄虛伎倆。

這和魔法沒有絲毫關係。

它過去也不曾沾染過魔力。一次也沒有。

譚綴的神色雖然鎮定，威芙卻在她臉上瞧見了——她是在靜靜等待判決。她準備好了，準備受到抨擊、遭受忽視，或被接納。

同時也深深畏懼這三個選項。

威芙抬手，小心翼翼地將譚綴微焦的短髮撥到耳後。

她猛吸一口氣，低頭輕輕擦過譚綴的脣瓣，動作輕如蜻蜓點水。

然後她擁著譚綴，努力不抱得太緊。

譚綴也緊緊抱著她。

阿災說錯了，他們跑了十三趟垃圾場，才終於將所有灰燼與廢料清乾淨。威芙不知道他那輛貨車和小馬是從哪租來的，也沒臉問他。他們費了一週的功夫，把餘燼、破裂的陶瓦與石板、碎石鏟起來，裝上小貨車，全數運到垃圾場。

烤箱在大火中燒成了一塊奇形怪狀的熔渣，威芙試圖從廢墟中拖出來，它卻碎成了滿地薄片。

阿災留了幾塊可能派得上用場的石塊與磚頭，堆在了那塊地皮清空的一端。

威芙舉起前臂擦了擦額前汗水，低頭瞧著他。「我還是買不起重建用的石材和木材，更別說是請人來施作了。把這些垃圾清空，真的有什麼意義嗎？」她的語調不再酸澀，取而代之的是一種堅忍的平板音調。

阿災把帽子微微向後推，拉了拉自己一隻長耳朵。「唔。妳當初來碼頭找我，是怎麼說的？『**有些人可能覺得你接這些活不明智，你卻還是接了**。』對吧？那，我只能說……再繼續不明智一會兒吧。」

威芙想不到該如何回應，於是又繼續搬運垃圾，利用粗重的工作清空大腦。

第二天，她訝然看見潘德瑞來到了工地，隨身的魯特琴竟不見蹤影。他緊張地微微點頭，自告奮勇來幫忙。威芙不得不承認，他那雙粗糙的大手在搬運石塊時，看上去再自然不過。她正想提工資的話題，卻被青年阻止了。

「不用。」他說著，搖了搖頭。僅此而已。

譚綴不時會消失一陣子，帶著水或麵包與起司回來。威芙儘量克制自己，儘可能不要目不轉睛地盯著她，也不讓自己太常回憶那偷來的一吻。

阿災帶著滿車磚頭與河岩出現了。

「這些是哪來的？」威芙問道，瞇眼看著他從車夫座上爬下來。

「這個啊，這些是採石場來的，那些是河裡來的。我不夠高，交給你們兩個卸貨了。」

威芙與潘德瑞將石塊搬下車，在空地上排成幾堆。

阿災把幾塊磚頭與木板疊起，當作臨時的桌子，握著鐵筆與尺埋頭研究一捲紙。譚綴也湊了上去。

威芙氣喘吁吁地走近時，阿災抬起頭。「既然都要重建了，那乾脆建得比之前更好，嗯？有了大廚房以後，我看裝兩個烤箱也不成問題了。所以。妳瞧瞧。」

威芙低頭，盯著他畫得工工整整的藍圖。

「那孩子該喝水了。」譚綴邊說邊舉手擋住眼前陽光，望向空地另一頭的潘德瑞。「我馬上回來。」

她走遠後，威芙轉回去面對阿災，指著那張圖紙。「這是頂樓嗎？」

「是。」

「我想麻煩你修改一些地方。」她說。然後，她微微遲疑。「如果……如果你願意的話？」

「說來聽聽。」

於是，她告訴了他。

阿災帶著木材與幾大包釘子回來時，威芙硬是把剩餘的存款塞了大半給他。他沒有推拒，但威芙至今仍不知他買這些建材的錢究竟是**哪裡**來的，反正她最終還是儘量不去為此操心——這樣想之後，她有些忐忑緊張，同時卻也如釋重負。

建築工作持續進行，頂針開始習慣在午間來加入他們，每次都帶了大袋大袋的食物——裹著酥皮的熱肉餅、令人飽足的紮實麵包，有一次還帶了他拿手的肉桂卷來訪。見他到來，所有人都會放下手邊工作，坐在逐漸成形的矮磚牆上，在彼此的陪伴下享用食物。

雷妮有時會搖搖晃晃地從馬路對面走來，提出幾句建言。她總是為那天的大火唏噓不已，離去時，通常還會順走一塊肉桂卷。

威芙萬萬沒想到，潘德瑞竟是名優秀的石匠，不過除了她之外，其他人似乎都不怎麼訝異。

「喔，對啊。」青年紅著臉，搓了搓後腦勺說。「這就是我們的家業。」

他們正忙著將河岩砌在矮磚牆表面，就見海明頓踩著小心翼翼的腳步走上空地，平時不離身的那疊書本，竟換成了一袋工具。

「午安。」他說，神色透出了害羞。

「小海。」威芙驚訝地說。

「我想說……這個，我想說可以在房子的地基裡設幾道魔符，妳應該也會喜歡。」他尷尬地笑笑。「刻上防火的符咒，應該能派上用場吧？」

「我都不知道能用魔符防火。這時候我如果說『不要』，在場所有人都會罵我是傻子吧。」威芙回道。

「沒錯，我們一定會罵妳。」方才在攪拌灰泥的譚綴直起身，對海明頓露出笑容，也對威芙揚起一邊眉毛。她臉頰沾了幾道灰泥，身上穿的並不是平時那件大毛衣，而是布料粗糙的工作服。在威芙眼裡，她顯得無比耀眼奪目。

「那好。」海明頓說。「我這就開始囉？」他從背包取出一套器具，走到地基的四個角，接著是每一面外牆的中間，忙著銘刻些威芙看不懂的東西。晚點再請譚綴說明那些符咒的詳情吧。

威芙不禁心想：假如蛛煞石**當真**將什麼東西吸引到了此處，那東西或許仍存在於此。

第二十七章

又一週過去，他們已經建好了房屋的骨架。

工程進行到一半，一輛載滿瓦片的貨車駛到了建設中的店鋪前。威芙看向阿災，他卻聳了聳肩。

她走上前，對車夫點頭打招呼。「這是什麼？」

車夫人高馬大，留了參差不齊的鬍鬚，身材相當壯碩，他身旁的男子則身材精實。威芙總感覺在哪見過他們，一時間卻回想不起來。

「送貨。」車夫說。很有幫助的回答。

「這我知道，但是誰送來的？」

「不能說。」對方答道，語調也不帶敵意。

「那人不要我付款？」

男人搖搖頭，與同伴一起爬下車，著手將瓦片在空地前整齊排列成堆。

然後，威芙想起來了。數週前，她曾在寥客那一眾打手之中見過這兩人。她允許自己驚訝地露齒一笑，腦海中浮現了一件精緻的灰裙，然後她搖了搖頭，回頭幹活去了。

鋪設屋瓦的工作十分累人，但阿災架了一套滑輪系統，由威芙奮力將一桶桶瓦片拉上了屋頂。他們花費一週時間才將屋頂完全蓋好，然後終於能稍稍鬆一口氣，開始蓋牆壁。潘德瑞依然每隔一天左右來一次，而譚綴釘釘子的手法相當不俗。

其他幫手也來來去去，威芙從來無法確定他們是從何而來，也許是阿災僱用的人手，也可能是瑪追歌派來的幫手，也或許是自願來幫忙的熱心路人——她不再費心思揣測了。

威芙逐漸看見只有骨架的店鋪生出木材與石材的血肉，這回，他們為頂樓隔間蓋了樓梯，更動了食品貯藏間的位置，也在面朝街道的那面牆加蓋了更多窗框。

潘德瑞在東牆邊砌了漂亮的雙管煙囪，等著以後供大爐灶排煙。他另外幫新建的地下冷藏庫鋪了磚頭。

頂針天天帶著不同花樣的熱食來探望他們，威芙不只一次瞥見他觀察擴大的廚房空間。

就連阿睦也時不時會露個面，所有人見她沒有受傷都鬆了口氣，不過她的毛髮常年沾滿黑灰，眾人其實也看不出她的身體狀況。她如同巨大的灰色幽靈，在裸露的壁骨之間來回鑽，用睥睨天下的目光環視一圈，然後又悄悄消失無蹤。

又過了三週，牆壁終於完工、上了灰泥與白漆，樓梯與欄杆建好了，櫃檯、雅座與長桌也都重建完畢。此時來到了夏季的尾聲，秋季的寒涼開始在晨間與傍晚襲來。

木材與其他建材仍源源不絕出現。威芙告訴自己，等整間店完工，她一定會從阿災嘴裡問出捐助人的身分，之後一有錢就還給他們。

威芙仍睡在譚綴房間的地上，不過現在多了鋪蓋與枕頭。她住得有些心虛，同時卻不願意離開。她幾次猶豫地考慮搬到旅社，或用僅剩的存款租一間房間，但每一次都被譚綴說她太傻，威芙也沒什麼興趣爭辯。

又一天辛苦勞作過後，威芙、譚綴與阿災站在逐漸黯淡的暮光中，仰望店面的外牆，以及還未裝上玻璃的幽黑窗框。威芙正在思索要不要暫時釘上幾塊布遮住窗口，忽然感覺到有人走近。她低頭一看，只見愛下西洋棋的老地精杜睿亞斯來到了身邊，對他們點頭致意。她毫不訝異地看見阿睦從杜睿亞斯後方走來，比他高出半截身子的恐貓在他身後，宛若護衛。

「看到妳決定留下來，我很高興。」杜睿亞斯抬頭對威芙微笑。「若是失去妳這邊美味的咖啡，那就太遺憾了。」

「這可不是我的功勞。」威芙說。她輕輕用手臂撞了撞譚綴，感覺對方似乎稍微朝她靠了一點點。「是他們兩個努力確保我留下來的。」她示意兩位好友。

譚綴仍若有所思，盯著店鋪。「也許，那顆石頭從一開始就沒有任何作用。」她喃喃說道。

「唔。」阿災附和道。

「石頭？」杜睿亞斯問道，毛茸茸的白眉高高揚起。

此時似乎也沒理由含糊其辭了。「蛛煞石。現在想來，我感覺自己當真是個大傻瓜，不過我從前聽過——」

「啊，是了。」老地精點頭打斷她。「這我很了解。這年頭，牠們——蛛煞——變得如此稀少，就是因為這個。真是可惜，牠們幾乎被獵殺殆盡，就快要絕跡了。」

「真的？」威芙聚精會神了起來。

「雖是多年前的事了，但也太多老傳奇和詩歌都在稱頌那東西的事蹟，都是些『機運圓環』之類的傻話。」他哀傷地搖搖頭。「很多人把蛛煞石當成了招來財富或好運的磁石，深信不疑呢。」

「所以，它們不是嗎？」譚綴問道。

「這個嘛。」老地精輕扯著小鬍子說。「它並不具有人們渴望的那種力量。」

「所以……這一切還**真的**是白費了。」威芙哀怨地搖頭。「八級地獄的，它不但沒帶來好運，還害整間店燒毀了。我要是一開始就沒把它放在這裡，芬奈斯也不會一再來生事，這一切也都可以避免了。」

杜睿亞斯歪過頭，思忖著捏了捏臉。「這就不好說了。」

「但你不是說——」

「我說它『不具有人們渴望的那種力量』，可沒說它**完全**沒用。」

「那不然它有什麼用？」阿災問道。

「那首老歌的歌詞容易讓人誤解，蛛煞石並沒有招來好運的力量，**實際上**是……可以說是聚集的能力吧。現在少有人知道這件事了，不過『機運圓環』其實是海妖精的一句俗話，意思是……應該能翻譯成『命中注定的團體』吧。也就是說，人們會物以類聚——這當然也**可以**是一件幸事，有時還真沒有比這更幸運的好事了！不過，大多數人想得到的並不是這個。但話說回來，他們或許該尋求這樣的好事才對，是不是呀？」

威芙喃喃念道：「描繪機運圓環，招致心之所向。」

杜睿亞斯思忖的眼神變得犀利了些。「是啊……在這方面……它似乎有了很好的成果呢。」

威芙先是看向譚綴、阿災，接著回頭看著店鋪。

「時間不早了！」杜睿亞斯說著，舉起小軟帽道別。「天冷了，我得先走了，要是日落時不在火堆旁取暖，這把老骨頭又要跟我抱怨了。不過，現在說聲恭喜應該不算太早吧？不對，也可能太早了，我對時間的感覺有時會模模糊糊的。」

「恭喜？你是說重建的事嗎？」

「也是！也是。不，我指的是……嗯，還是算了。有些時候，我還真不確定這是走到哪一輪了，搞不好我還沒把石塊切好，就開始打磨了呢！祝你們晚安囉！」

他轉身消失在了街道另一頭，片刻過後，恐貓也如龐然的影子般，悄悄隨他離去。

數日後，門窗都已裝設完畢，這時一輛大貨車載著兩口巨木箱來到店門口，同時還來了兩位意料之外的訪客。

盧恩與嘉莉娜並肩坐在車上。

「我沒猜錯吧？那是我想像中的東西嗎？」威芙問。箱子邊緣都印了地精文字，巨大的木箱也絕對裝得下兩臺新烤箱。

「那要看妳猜的是什麼了。」盧恩邊說邊往下爬，剩最後一英尺時跳到了鵝卵石路上。威芙上前扶嘉莉娜，但地精目光銳利地瞅了她一眼，自行優雅地躍到了街上。

「是妳的女孩安排的。」嘉莉娜說，朝譚綴瞥了一眼。譚綴從店內走出來，還沒有近到能聽見他們的對話。

「我的**女孩**？」威芙低聲重複道。

嘉莉娜一臉得意地聳聳肩。

「你們把東西帶來了！」譚綴說。看見威芙的臉時，她微微動搖了一下，腳步忽然添了幾分躊躇。

「這些是妳訂的嗎？八級地獄的，譚綴，妳是怎麼籌到——！」

「我們兩個都捐了一點錢。」盧恩打斷她，同時朝嘉莉娜一點頭。他拍了拍兩匹馬當中一匹的脅腹。

「譚綴寄了封信給我們，把事情經過都告訴我們了。」嘉莉娜說。

威芙看向譚綴，想到了蛛煞石。「全部？」

譚綴吸了口氣，堅定地說：「全部。」

「所以你們**兩個**都知道蛛煞石的事了？」威芙問兩位老同伴。

「誰管那鬼東西啊？」嘉莉娜揮了揮手，彷彿它絲毫不重要。

或許，它當真絲毫不重要。

「芬奈斯。」盧恩惡聲說，語音突然凶猛異常。

「那，你們見到他了嗎？」威芙問。

「已經好幾週沒見了。」嘉莉娜回道。「當初和他分開的場面，稱不上**非常**友好。那人從以前就有點討厭，可是這次真的太過分了吧？」地精憤憤地搖頭。

「誰能容忍騙子呢。」盧恩附和道。「總之，幫我把它們搬下車，行不行？」

威芙與盧恩合力將兩口大木箱搬下車，等著讓阿災明早來開箱。

盧恩暫時離開，去將貨車停進馬車房。威芙想到眼前這間店過去就是一間馬車行，不禁覺得好笑。

「所以呢。」嘉莉娜說。她們三人倚著其中一口木箱，威芙還未緩過一口氣來。身上藏滿了刀刃的小地精抽出一把匕首，漫不經心地在手裡把玩著。「芬奈斯。我知道妳之前說不想弄髒雙手，我也**承認**，這樣做的結果不算壞……大概。除了這些破事以外。可是。」她向前傾身，隔著威芙對譚綴晃了晃小刀。「我知道妳是……**非暴力主義者**，可是現在我去砍他一根手指——或是三根——妳應該也不會有意見了吧？」

譚綴嗤笑一聲，動作浮誇地伸了個懶腰。「這怎麼能問**我**呢，我現在全身痠痛，已經沒法客觀思考了。」

威芙摸了摸下巴。「其實，如果那個老頭子說得沒錯，那我們可能不必自己動手了。」

「老頭子？」嘉莉娜蹙眉瞅著她們。

「一位地精老公公，妳應該也見過不少這樣的老地精，總是一副神祕兮兮的樣子。他說，蛛煞石的功效和我想的不一樣。他那時候是怎麼說的……？」

「物以類聚。」譚綴回憶道。

「對啊，那假如芬奈斯把石頭留在身邊，搞不好也會和同類人聚集在一塊。」

「一群芬奈斯聚在一塊？」嘉莉娜扮了個鬼臉。

威芙聳聳肩。「說不定這像是把一群餓狼關在一起，遲早會變成弱肉強食的局面。說不定到最後，他們會互相殘殺，自己把自己一網打盡。」

「只可惜我們沒機會砍手指了。」嘉莉娜說。

「等咖啡店重新開張了，我再想辦法補償妳。」

「不然給我那個麵包卷好了。」地精若有所思地說。

威芙用指關節敲了敲木箱的蓋子。「嘉莉娜，妳要一整袋麵包卷也不成問題。」

第二十八章

秋意漸濃，重新開張的日期也愈來愈近了。最後兩週，有如一日三秋，每天都充滿了各種小任務，花費了遠超想像的時間——重新裝設壁燈、掛上新吊燈、將餐桌與櫃檯桌面染色與塗上亮漆、裝設兩臺烤箱，以及安裝兩臺新的自動循環機。

威芙向嘉莉娜借了筆錢，訂購了幾件特別商品。在威芙的要求下，小地精半開玩笑地答應，如果威芙沒在兩個月內還錢來，就要拿刀上門討債。威芙自覺至今已經在方方面面逾越了友情的界線，對所有認識的人都一樣，不過她可能想到了回報這些朋友的辦法。

當頂針將新的兩臺烤箱、擴大的食品貯藏室與冷藏庫，以及櫃檯後方較寬敞的空間收入眼底，他簡直樂昏了頭。他從廚房一頭飛奔到另一頭，細細檢視譚綴採買的新一套烘焙器材，打開烤箱門張望，雙手還戀戀不捨地撫摸著爐檯。

他交扣著雙手站在威芙身前，低頭小小地鞠了一躬。

「**好完美**。」他悄聲說，油滴般閃亮的雙眼盈滿了淚光。

威芙在他面前蹲了下來。「我不是說過嗎？最優秀的人才就該用最優秀的器材。」頂針用力抱住她上臂，給她一個意料之外的擁抱，然後又匆匆消失在了食品貯藏室裡。

不知為何，威芙忽然有些哽咽。

重新開張前一早，威芙醒轉時，房裡已不見譚綴的身影。這不太尋常，她感覺心臟揪了一下，看見譚綴留在梳妝檯上的字條後，威芙才放下心來。

出去辦事。晚點店裡見。

其實這也十分湊巧，威芙也想趁著其他人不在場，收取幾件特別訂購的貨物。

她開鎖走進傳奇與拿鐵咖啡廳時，店內靜悄悄的，空無一人，木材染料與亮漆的氣味仍濃濃飄在空氣中。秋季寒意逐漸加深了，於是她在其中一臺爐灶中生火，悠哉地觀察兩臺自動循環機開始緩慢轉動。櫃檯上的舊咖啡機依然光滑，數月前被威芙從火場救出來後，僅添了幾處刮痕與凹痕。

她爬上樓梯，一隻手撫過了欄杆。威芙在新建的幾個房間中走動，屋內仍然寒涼，不過她已經能感覺到從樓下廚房傳至樓上地板的溫熱了。二樓加蓋了一組窗戶，晨間光線斜斜灑落在靠西的牆角。阿災還真是使出渾身解數。

店門被人叩響了，她下樓，看見兩名鬍鬚還未留長的年輕矮人，他們在冷冽的空氣中跺腳搓手。

「送貨？」較高的矮人從斗篷口袋取出一張摺起的紙。「還有……組裝？」

「正等著呢。」威芙說。「我去開大門。」

她打開用餐區前的兩扇大凸門，幫忙將貨物搬下車，接著搬上狹窄的樓梯，過程中三人只稍微低哼咒罵了幾句。

兩個矮人取出一包工具，動作明快而有效率地組裝商品。威芙簽了簽收單，順便叮嚀他們注意保暖。

她又在樓上待了一個鐘頭，不停調整與擺弄東西，最後是擔心把東西弄壞了才停下來。

威芙回到一樓，在樓梯底部掛了條分界繩，然後從食品貯藏間拿了袋新的咖啡豆，另外拿了個新買的陶瓷杯。她出神地啟動機器、磨豆與煮咖啡，蒸汽的嘶嘶聲與現泡咖啡的香味瀰漫在整間店內；前窗邊緣結了霜，爐灶的暖意卻縈繞在身周——從火災至今，威芙心中某個緊揪而警戒的東西，終於得以釋放。

她倚在櫃檯上讀一本新的小書，一口一口啜著咖啡，凝望街上來來往往的模糊人影，享受這懸浮在時間洪流中的片刻滿足。

被人用力推開的前門打破了短暫的安寧，一絲冷風捲了進來，威芙抬頭見阿災站在門口。他身上裹著一件長外套，雙手戴上了手套。威芙往他身後望去，看見初雪的零星雪花。

「唔，妳來了。很好。」

威芙還來不及回應，他又出了門。

「我這邊拿穩了。」他對街上另一人說。他再次出現時，是與譚綴合力搬運某件用紙與細繩包裹的大型物件，兩人動作彆扭地進了店。

他們將東西靠在櫃檯邊，齊齊後退一步。

譚綴凍得臉頰發紅，她匆匆帶上了店門。

「你們兩個，快去爐邊烘一烘。看樣子今年要提早入冬了。」威芙繞過櫃檯，叉腰盯著那個大包裹。「所以呢，這是什麼？」

「這個嗎。」譚綴一面快速搓手，一面說道。「這是開店必需的東西。」她對威芙露出笑容，卻有些焦慮。「妳……妳還是現在拆開吧。」

阿災跟著點點頭，脫下手套後塞進口袋。

威芙跪了下來，花了幾秒時間笨拙地拉扯打結的細繩，最後直接用折疊小刀割斷繩子。粗糙的棕色紙張剝了開來，露出裡頭的東西。

是咖啡店的招牌。

「我還以為它被火燒光了。」她輕聲說。

「救回來了。」阿災說。「至少，大部分救回來了。」

「等等……這該不會是……？」

曾經刻著巨劍輪廓的位置，如今斜斜掛了一把金屬巨劍——鋼鐵鑄的巨劍。威芙認出了它表面獨特的珍珠母光澤。

「沒錯。」譚綴說，走過來站在她身後，雙手緊張地抱胸。「我……在妳……之後把它拿走了……我想說……妳可能不必完全捨棄它。現在還不必。」然後，她一股腦說道：「我只是想說，妳不必忘掉從前的**自己**……因為妳今天能來到**這裡**，就是拜從前的妳所賜。」

威芙用指尖撫過重獲新生的黑血，它現今已成往昔那個威芙的化身。她怔怔注視著巨劍。

「妳……喜歡嗎？」譚綴問道。「不喜歡的話，我們可以拆下來——」

「這樣很完美。」威芙說。「妳竟然救了她。」

她起身擁抱兩人，眨眼強忍住淚意。

到了重新開張的日子，落雪持續不斷，圖恩城從尖塔到鵝卵石路面都沾上了雪白。陰灰色天空中，東方的雲朵描上了粉紅邊，預示了冬季來臨前更多的降雪。

整修更新過的招牌傲然高掛在門上方的掛架上，凹處也積了些許雪片。

威芙與譚綴最先到店裡，先是點燃爐灶，接著將新的大木桶裝滿水。點亮壁燈與蠟燭後，店內充滿了溫馨的暖光。待到頂針悄然進門時，乳品商已經送來了鮮奶油、奶油與雞蛋，小鼠男於是動手攪拌與揉麵，讓一球球麵團在一旁發酵，並準備了糖霜的各種材料，過程中一直開心地哼著歌。

阿災也來了，他踢掉靴子上的雪，冷得不住呵氣。譚綴幫他沖了杯熱咖啡，他拿到新搭的長桌邊，愜心地捧著溫暖的馬克杯，與威芙她們一同猜測重新開張後的人潮會如何洶湧，並開玩笑地賭肉桂卷會多快售罄。

威芙環顧廚房，找尋任何不妥之處，瞥見了他們在後方牆上裝的支架。「啊，地獄的！我差點忘了！」

她進食品貯藏室之後，帶著一大塊方形石板回來，將石板滑到櫃檯上，然後把一套全新的彩色粉筆擺到譚綴面前。

思索片刻後，譚綴動手畫了起來。

威芙與阿災湊近觀看，結果被譚綴斜睨了一眼，他們只得找些其他的工作自己忙碌去。

譚綴直起身、後退一步，仔細檢視成品。「幫我把它擺到牆上。」她說。

威芙將黑板立在架上。

傳奇&拿鐵

重建於一三八六年諾文月

重新開張

∫菜單∫

咖啡∫奇異芳香、濃郁醇厚的烘焙飲品——½銅幣

拿鐵∫綿滑乳香、雅緻風味的別樣飲品——1銅幣

任何飲品加冰∫高雅的變化——加½銅幣

肉桂卷∫無與倫比的糖霜肉桂糕點——4銅幣

頂針糕∫酥脆的堅果與果香小點——2銅幣

午夜新月卷∫奶油香酥皮卷與滿滿罪惡的熔岩內餡——4銅幣

欲購買外用馬克杯，請洽店員

烈焰無法吞噬之物

永無熄滅之日

咖啡廳開門時，儘管外頭天寒地凍，卻已經有一排人在街上等著了。她們催促眾人入內，引導隊伍轉彎排入用餐區，店內很快便暖了起來。歡快的交談聲蓋過了咖啡機的嘶嘶聲，臉頰通紅、解開了外套衣釦的客人們紛紛祝賀她們重新開張，並感激地接過熱飲，到用餐區找座位去了。

「你今天來得是不是有點早啊？」海明頓走到櫃檯前時，威芙對他打招呼。

「是沒錯。」他回道，然後讚賞地環顧店鋪。「這一切都很讓人期待呢，是不是？不瞞妳說，我是真的很想念這地方。」

「那你想念的不只是你的研究了？」

他嘆了口氣。「我也不知道之前這裡發生的是什麼現象，但那種現象已經消失了，這裡的靈脈恢復正常的脈衝了。這樣的變化，不知道是不是之前那場火造成的？後來有找到縱火犯嗎？」

「恐怕沒有。」威芙說。

「真可惜。話雖如此，這裡還是舒服多了。」

威芙點點頭。「那，冰咖啡？」

他猶豫片刻，才有些羞赧地說：「那個，考慮到外頭的天氣……也許我可以喝杯……熱的。」

威芙對他揚起一邊眉毛。「小海，**你**要喝熱咖啡？」

海明頓咳嗽一聲。「喔，還要一份肉桂卷。」

威芙微微一笑，沒再戲弄他了。

「呼！外頭好冷。」潘德瑞拉上店門。他今日戴著露指手套，用布包裹的魯特琴夾在手臂下，手指還拎著某個繫著提帶的黑色小盒子。

「我幫你泡杯熱飲吧。」譚綴說著，已經動手泡拿鐵了。

「好啊，謝謝！」他往右跨一步，首次瞥見了用餐區末端的舞臺。一張高凳在那裡等著他，後方牆上還掛著黑布幔。「喔，哇。」他輕聲說。「是給我的嗎？」

「上臺別絆倒了。」威芙開玩笑道。「但在你開始前，我非得問一句不可。那是什麼啊？」她示意潘德瑞拎著的盒子。

「啊，這個！呃，它是……他們叫它……奇幻擴音器？它，呃……它可以……」

「……讓聲音變得更大？」威芙接著說完。

「有時候……？」他一臉彆扭。

「我只求你別讓玻璃窗碎裂，就這樣。這間店才剛重建完呢。」

潘德瑞尷尬地點點頭，接過飲料，繞過轉角消失了。

威芙一有機會就悄悄過去看他，見青年坐在他自己堆砌的石牆邊，她不禁微微一笑。

潘德瑞指彈了一段悅耳的旋律暖場，小盒子擺在離他幾英尺的位置，音樂充斥著整個用餐區，**存在感**十足卻不會過於強烈——它不是抨擊耳膜，而是包覆了眾人。潘德瑞張口唱出真摯而甜美的歌聲，威芙微笑著退回櫃檯。

她一轉頭就和瑪追歌打了個照面。這回老太太披著一件華美的紅色冬季斗篷，領口有些獸毛點綴。

威芙有些意外，一時間難以言語。

「恭喜。」瑪追歌微微點頭說道。「見到妳這裡的進展，我很高興。妳的店鋪當真是紅石區之光，若是在創下那般有潛力的初步成果後就此消失，那實在太遺憾了。」

威芙勉強回過神來，結結巴巴地說：「呃，夫人，謝謝妳。」她想起先前那些接連送來的建材，以及意料之外的幫手，又湊近一些。「這是我的真心話。**謝謝妳**。」

瑪追歌意有所指地瞟了咖啡機與多層托盤上的一疊疊糕點，於是威芙繞到櫃檯後方，開始為她煮咖啡。

譚綴回來了，她看見老太太時吃了一驚，然後立刻著手挑選肉桂卷、新月卷與頂針糕。

「只可惜縱火犯未被捕獲。」瑪追歌說道。「希望那人不會再回來。」

「大概是不會了。」威芙對上瑪追歌的視線，抿起了嘴脣。「那傢伙應該已經得到他要的東西，沒必要再回來了。」

瑪追歌點點頭，接過飲料與滿滿一袋糕點，悄然離去了。

她這回沒向威芙付帳。威芙也著實鬆了口氣。

當天下午，臉頰凍得粉紅、整齊的白鬍鬚沾了雪花的杜睿亞斯來到店裡，手裡卻沒了平時那面棋盤。

「真好。」他雙手插在外套裡說。「就和我記憶中一樣。」

「很相近了。」威芙說。「我們改進了一些地方。」

他愣了一下。「喔，也是，從妳的行進方向看來，的確是如此。」

「要喝點什麼嗎？」

「喔，那太好了，謝謝妳。那個也請來一份。」他踮起腳尖，指著巧克力新月卷說。

「你最近有看到那隻恐貓嗎？」威芙一面泡咖啡，一面問他。

「她總是來去自如。」地精回道。「但我猜妳很快又會見到她了。」

威芙將飲料與糕點推向他時，杜睿亞斯說：「別擔心，事情會順利的。」

「目前為止很順利。」威芙淺淺笑著，環顧熱鬧的小店。「嗯，似乎是呢。」

「喔，妳說店鋪嗎，那自然。」地精說。「但其他部分也是。」

「其他部分？」

「是呢。」他接過餐點，蹣跚地走入用餐區。

譚綴探出頭，隔著威芙望向他。「妳覺得他是故意這麼神神祕祕的嗎？」

威芙聳聳肩，想到老地精單方面的棋局，以及她自己在樓上的安排。「不好說。但我可能不會想和他打法羅牌。」

第二十九章

這天結束時，威芙輕聲將最後幾位顧客請出了門，待他們回到寒冷的戶外後，她鎖上了店門。威芙回頭看向分別在店內各處的朋友們。

頂針忙著擺弄在架上冷卻的糕點。譚綴在擦拭咖啡機。阿災則忙著檢視其中一扇大門的門柱鉸鏈。

威芙靜靜注視著他們，此時店內輕柔的聲響，與日間的喧囂繁忙形成了鮮明對比。煙囪管嗡嗡低鳴，寒風吹到了屋簷下。

她靜靜解下擋在樓梯前的繩索，上樓取來一個存放卷軸用的皮革筒，放到了櫃檯上。

原本在刷洗馬克杯的譚綴停下動作，看了她一眼。

「能把墨水瓶拿來嗎？」威芙問。

「好啊。」譚綴擦乾雙手，從櫃檯下取出一瓶墨水。她用揣測的目光打量著皮革筒。

威芙清了清喉嚨，忽然間緊張了起來。「能請大家過來一下嗎？」她用過於響亮的聲音喊道。

他們聚在了一塊，所有人都好奇地盯著她。

她深深吸一口氣。

「我……不太擅長演說，所以也不指望現在能來一場漂亮的演講。可是，我想謝謝你們所有人。」她突然雙眼發痠。「這……這一切……這是你們送給我的一份禮物，而我……」她先是對阿災，接著對譚綴皺起了臉。「我不值得你們對我這麼好。我這輩子做過的事……我沒資格有這樣的福氣。

「我不值得擁有這間店，更不值得擁有你們這些朋友。這世上要是有任何一點正義存在，我就不可能認識你們，也更不可能得到你們一丁點的關心了。過去有一段時間……我以為身邊能有你們幾個，是因為我騙過了命運、扭曲了規則——強行得到了不可能的幸運——我時時刻刻都害怕你們發現我的真面目，從此離我而去。」

她很慢、很慢地呼出一口氣。

「但這樣的想法真的太蠢了，也對你們不公平。在我眼裡，你們當真這麼愚昧嗎？我難道以為你們**看不清**我的真面目嗎？我難道真這麼傻，以為自己能矇騙你們嗎？」

她低頭看著自己雙手，片刻後才再度抬頭。

「總之。我可能不配有你們這些朋友，你們也可能對我太寬容，但能有你們在身邊，我是真的開心到爆了。」

店內十分安靜，她一一對上他們的視線，定定注視著他們的眼眸。

沉默逐漸延長，威芙也愈發不安。

「唔。」阿災說。「以演講來說……還不賴。」

譚綴嗤笑一聲，威芙的緊張瞬間煙消雲散，彷彿不曾存在過。

「呃。那，既然我該說的都說完了……」威芙打開皮革筒，取出一卷大頁紙。「這些是合夥文書，你們一人一份。這不僅是我的店，還是你們的店──是你們幫忙建造它，讓它能夠順利營運，要是沒有你們，它就根本不可能存在。你們只要簽名就好。」

譚綴拿起其中一張紙，靜靜地閱讀。「這是均等合夥的同意書。這是什麼時候備好的？」

「一週前。」威芙揉著後頸說。「畢竟……我當初貼的那張徵才告示上，不是寫了『升遷機會』嗎……」

「我不能簽，這樣不對。」阿災說。

「哪裡不對了！」威芙詫異地說。「八級地獄的，你是什麼意思啊？」

「我又不在這兒工作。」他接著說。「這樣不合理。對其他人不公平。」

「阿災。」威芙把其中一份文件推到他面前。「我說這地方是你們建造的，這可不是漂亮話。你是**真真切切**動手建了這間店，要是連你都不配當合夥人，那還有誰配？」

「簽吧。」譚綴說。「如果你非要計較這些，那下次有東西壞了，我就第一個來麻煩你。」

「或是等頂針覺得**這間**廚房也太小了，那也得找你。」威芙跟著說。

頂針贊同地「吱」了一聲。

然後，在阿災的嘀咕聲與其餘人的催促聲中……他終於簽下了名字。

「還有最後一件事。」威芙說著從食品貯藏間取出一小瓶白蘭地，以及四個精緻的酒杯。她將酒杯排成一排，小心往每一杯倒了等量的酒水。

「敬你們所有人。」

「**敬烈焰無法吞噬之物**。」譚綴喃喃念道。眾人肅穆地點頭。

他們仰頭飲酒……頂針咳了起來，被其他人在背上拍了好幾下。

然後他們默默收拾了東西，準備離去。

「譚綴。」威芙靜靜地說。「再待一下，可以嗎？」

阿災看了她們一眼，默默點頭，跟在頂針身後走出了店鋪。

她們一同站在暖洋洋的店中間，周圍是悄然逼近的冬寒，她們內在則洋溢著白蘭地那股熱炭般的暖意。

「我……有東西想給妳看。」威芙說，聲音幾乎低得聽不見了。說完，她快速轉身走到樓梯前，招手示意譚綴跟上。

到了樓梯頂，二樓空間被一條走廊隔成兩半，左邊與右邊各有一扇門。威芙走到左側那扇門，打開後踏進房間。

譚綴跟著朝內張望，驚呼了一聲。「妳買床了！」

「買了。」威芙說。

房內另外還有一個小抽屜櫃、桌子與衣櫥。

「甚至還有地毯！」譚綴讚許地點著頭說。「這樣總比睡我的地板舒服多了。」

威芙闔上雙眼，緩緩吸了口氣。「我有另一件東西想讓妳看。」說話的同時，她感受到一股徹骨的恐懼。

譚綴對她露出挖苦的笑容。「妳該不會還幫貓咪弄了專屬的房間吧？」她的問句完全沒舒緩威芙的緊張，倒是有了相反的作用。

威芙擔心自己沒法好好回答，於是她默默走到走廊對面的那道門，同樣打開房門。踏進房間時，譚綴蹙起了眉頭。這間房間同樣擺了一張床、一張梳妝檯，以及衣櫥，梳妝檯上是一套美術用具——墨水、粉筆、模板與羊皮紙。

譚綴飄然走到房間中央，很靜、很靜地站在原處。

在接下來的沉默中，威芙簡直無法呼吸。

「威芙，這個房間是給誰的？」譚綴靜靜問道。她的尾巴在身後小心翼翼地畫了個不住閃動的「S」形。

「給妳的。如果妳願意的話。」

然後，空氣中傳來一波溫暖，那是她只有在完全放下心防時，才會顯露出的自我。

她回眸看向威芙。

譚綴沒有回答，而是縮短了兩人之間的距離。她環抱著威芙，臉頰貼著威芙胸口，一次釋放了平時壓抑的所有。

威芙首次感受到了譚綴完整的本質，面對揭露在自己眼前的事物，她不禁為這份本質的酣暢與優美感到驚豔。

別人將譚綴的天性誤認為純粹的肉慾，只從那緊密交織的情感潮湧中找到自己最渴望的慾望，也是極有可能。

那是一種強烈的情緒語言，充滿了豐富的意涵，只有密切意識到它多種微妙之處的人，方有可能讀懂其中意義。

譚綴不必說「我願意」。

威芙已然理解了她的語言。

而當她找到威芙的脣時，任何一絲疑慮也瞬間灰飛煙滅了。

尾聲

披著斗篷的芬奈斯大步走在圖恩城南部複雜的巷弄中，上方的斜屋頂不時落下細小的一卷卷飛雪。

他冷得要命，也煩躁得要命。

自從那場大火，他便一直避開了圖恩城——那綠色火炎是他用奇術創造出來的玩意，是他的驕傲之作。威芙沒有生命危險地逃出來後，他甚至有那麼點放心了；他並沒有傷害威芙的明確意圖，或至少，他並不打算造成**太**極端的傷害。

盧恩、泰伍士與嘉莉娜對那場火災的態度就沒這般豁達了，但芬奈斯相信他們錯誤的憤慨終會隨時間消逝。即使他們對他懷恨在心，考慮到事情的總體利害，那也稱不上什麼大悲劇。

芬奈斯被咖啡廳重新開張的傳聞吸引回到圖恩城，除此之外，他自從獲得蛛煞石之後，心中的懷疑愈發旺盛了，他**非得**回來調查清楚不可。

咖啡廳果真重建完畢了，看上去至少和火災前同樣生意興隆，甚至有過之。那麼，他不得不提出疑問：蛛煞石當真有任何價值嗎？假如威芙那接二連三的幸運不是拜蛛煞石所賜，那**芬奈斯**得到石頭後，又能獲得什麼？

難道他這所有的努力，都是白費了？

如果威芙當初將滿腔信念押在蛛煞石上，是傻子的選擇，那麼如今偷了石頭的他又算什麼？雙倍的傻子嗎？

還真是惱人。

芬奈斯先前將蛛煞石嵌在了一小片銀盤上，藏在了束腰外衣內，冰冷的銀金屬緊貼著肌膚。

他拐了個彎，朝河岸碼頭的方向走去，卻見巷子另一頭的光線暗了些。有人從另一端進了狹窄、蜿蜒的小巷。

芬奈斯感知到了後方另一人的存在，後頸汗毛直豎。

「我聽說你可能回城裡來了。」他隱約記得對方的聲音。

芬奈斯轉身，找到了聲音的源頭。那是瑪追歌的其中一條走狗……**寥客**，對了，就是那個可笑的名稱。整天戴著那頂誇張的大帽子，品味真差。

芬奈斯淺淺一笑。「也只是稍微逗留而已。我自然很想禮貌地詢問你需不需要我幫什麼忙，但我恐怕實在是沒空了。況且，我此刻也不怎麼想禮貌待人。」

「喔，我們不需要占用你太多時間的。」寥客說道。「不過呢，瑪追歌對你上次熱心提到的那顆石頭相當感興趣，我也聽說它現在有新主人了。這位先生，石頭的新主子不會是你吧？」

芬奈斯瞇起雙眼。「如果瑪追歌只派了你一個人來，那想來是我高估她的精明了。」他以迅雷不及掩耳的動作從腰側抽出一把纖細的白劍，劍身散發出奇術的光輝，表面的藍樹葉圖案栩栩如生。

寥客泰然自若地聳肩。「我們這兒、那兒可是還有幾個人呢。也許你**真能**擊敗我們所有人——當然，這絕不是我偏好的結果，我可是很愛惜自己的喉嚨的！——但請容我分享一點淺見。你或許認為瑪追歌不夠**精明**，不過先生，我可以對你保證，她絕對足夠**固執**。」

芬奈斯舉起劍，手臂平舉著將劍尖指向寥客喉頭。他停頓片刻，暗自琢磨著。

然後他嘆息一聲，動作迅捷地躍向左側牆壁，一隻靴子踩著牆面一蹬，全身彈往窄巷的另一側，每一次斜跨出一步都飛躍得更高，直到他伸出一隻漂亮的手抓住旁邊屋簷，翻身跳上了屋頂。

他厭煩地甩了甩斗篷，脫下兜帽、還劍入鞘，腳步敏捷踩著屋瓦走到屋頂最高處。他聽見下方街道的喧鬧聲，瑪追歌的手下包圍了這幢建築，等著他跳到隔壁屋頂或回到地面。

他們無法輕易追捕他，於是芬奈斯不慌不忙地凝望冰霜城市的另一頭，看向了碼頭，以及某艘船的桅杆——他將在一個鐘頭內搭上那艘船。

這一切都不過是一點小小的不便罷了，當真可笑至極。話雖如此，他的心情卻只有更差了。

這時，他聽見一聲沉重的碰撞，後方屋瓦喀啦作響，接著是一聲逐漸響亮的隆隆喉音，宛若迅速逼近的雪崩。

他猛然旋身，與一頭滿身灰燼的巨獸面面相覷。那頭猛獸全身毛髮直豎，露出了滿口巨大的利牙，碧眸中躍然流動著惡意。

最後那不到一秒鐘時間，他只能震驚地想：這不會是那隻該死的**貓**吧？

阿睦縱身飛撲。

致謝

若不是許多人協力，組成了我自己的「機運圓環」，這本書永遠都不可能問世——更不用說你此刻拿在手裡的這個版本了。本書能夠歷經漫長的旅程，以現今的形式來到了你面前，我更是該大大增加致謝名單的篇幅。

《歡迎光臨，傳奇拿鐵咖啡廳》最初是一部自出版書，我幾乎不懷抱任何期待就發出去了。它今天之所以能在一系列轉變後獲得新生，是因為有數量驚人的一群人付出了熱情與心血。

所有幫助這本書走到今天這一步的人——就如威芙所說：「你們可能對我太寬容，但能有你們在身邊，我是真的開心到爆了。」

即使不宣之於口，他們想必也知道——我十分感激太太和孩子們給了我充實的生活，並包容我種種莫名其妙的行為——不過，我還是要說出來。我愛你們！凱特（Kate），真的很謝謝妳當我的妻子、伴侶與支持者。

另外，我也非常感謝亞文・薛爾－坎德（Aven Shore-Kind）——我二〇二一年全國小說寫作月（NaNoWriMo）的夥伴——當初說服我寫下這篇故事，整個月陪著我一同寫作。我們都完成了寫作月任務，而我也百分之百確信，少了她的扶助、熱情與鼓勵，這本書根本不可能存在。

我還想感謝芙絲萊（Forthright）——我從多年前就開始朗讀她的書，這回則是她接下了幫我編輯本書的重任。她在各方面的細心都無與倫比，我真心感激她同意接下這份任務，防止我在讀者面前出糗。本書的原始版本完成度如此高，就是多虧了她堅持不懈的努力。

從二〇二二年二月，我在亞馬遜 KDP 自出版網站上點選「出版」至今，發生了非常多事情。現在，我必須在致謝名單上加上更多人的名字。

首先，我要大大感謝希南．麥桂爾（Seanan McGuire）；這個版本的《歡迎光臨，傳奇拿鐵咖啡廳》能夠誕生，主要是她的功勞。她最初看見書封時，透過推特讓眾多讀者注意到了本書，後來也非常慷慨地推薦。我對她的感激難以言盡，我也永遠忘不了這份恩情。

再來，感謝所有訂購並致力將這本自出版小說販售給讀者的書商，我對你們感激不盡。在這裡，我不得不提凱爾（Kel）與吉蒂恩．亞利爾（Gideon Ariel），他們早期就大力支持我這部小小的故事，我欠他們太多太多了。很可惜，我無法列出所有將這本書擺在架上、對潛在讀者推介本書的書商——我至今仍為他們的幫助驚喜不已。

在社群媒體、TikTok、推特、IG 上擁護威芙與朋友們的所有人……我永遠感激你們，也真心感謝你們投入精力、時間與感情。謝謝你們的大力支持，你現在能夠閱讀這個版本的《歡迎光臨，傳奇拿鐵咖啡廳》，很大一部分歸功於人們在網路上的應援。

我收到了大量的粉絲藝術作品，每一件都令我驚奇。我將之收藏在資料夾裡，其實我經常把這些作品拿出來欣賞——每一件都在我心裡占據了一席之地，盈滿了我的心。

特別感謝 fantasycookery.com 的魯蒂．羅西諾（Rudee Rossignol）發明頂針糕的食譜，這東西當真美味得不可思議，我們每一次烤頂針糕，幾乎瞬間被搶食一空。

感謝我現在的出版經紀人史蒂薇．菲尼根（Stevie Finegan），當初是妳主動聯繫我、討論實現願景的可能性，也是妳努力讓夢想成真——另外，我也大大感謝整個澤諾（Zeno）團隊！能得到你們的助力，是我三生有幸！

非常感謝這次和我合作的每一間出版社，你們投入了大量心血，在極短的時間內完成了艱鉅的任務。我想告訴你們所有人，我打從心底感謝你們的付出，希望不久後的某一天，我能夠親自對你們所有人致謝。

永遠感謝英國托爾出版社（Tor UK）的喬治亞．索瑪斯（Georgia Summers）、貝拉．帕根（Bella Pagan）、瑞貝卡．尼德斯（Rebecca Needes）、愛蓮諾．貝利（Eleanor Bailey）、潔米－李．納東（Jamie-Lee Nardone）、荷莉．薛德瑞克（Holly Sheldrake）、莎恩．席維斯（Siân Chilvers）與羅伊德．瓊斯（Lloyd Jones）。謝謝你們在這本書上賭了一把，也謝謝你們對我如此親切。

非常感謝美國托爾出版社（Tor US）的琳西．霍爾（Lindsey Hall）、瑞秋．巴斯（Rachel Bass）、彼得．魯金（Peter Lutjen）、吉姆．卡普（Jim Kapp）、蜜雪兒．佛伊泰（Michelle

Foytek）、拉法爾・吉貝克（Rafal Gibek）、傑夫・拉薩拉（Jeff LaSala）、海瑟・桑德斯（Heather Saunders）、安德魯・金恩（Andrew King）、瑞秋・泰勒（Rachel Taylor）、艾琳・羅倫斯（Eileen Lawrence）、莎拉・萊迪（Sarah Reidy）、艾許琳・福瑞薩（Aislyn Fredsall）與安吉・勞爾（Angie Rao）。你們每個人都無比優秀，也大方地分享了你們的時間與心力。

最後，我還想大力感謝當初所有的試閱者與顧問，你們給了我莫大的幫助，以及極有價值的評語，這本書能有今天，都是拜你們所賜（無特別排序）：威爾・懷特（Will Wight）、比利・懷特（Billy Wight）、金・伍德・懷特（Kim Wood Wight）、瑞貝卡・懷特（Rebecca Wight）、山姆・懷特（Sam Wight）、派崔克・福斯特（Patrick Foster）、克利斯・達格內（Chris Dagny）、伊卜拉・博德森（Ibra Bordsen）、約翰・比爾斯（John Bierce）、羅伯・比利奧（Rob Billiau）、珍妮芙・庫克（Jennifer Cook）、史蒂芬妮・內梅斯・帕克（Stephanie Nemeth Parker）、勞拉・霍布斯（Laura Hobbs）、瑞・佩吉（Ri Paige）、霍華德・戴伊（Howard Day）、史蒂夫・伯利（Steve Beaulieu）、伊恩・維克（Ian Welke）、羅伯托・斯卡拉托（Roberto Scarlato）、冠落（Crownfall）、亞蕾西亞・西蒙森（Aletheia Simonson）、蘇珊・巴貝塔（Suzanne Barbetta）、尤金・李布斯特（Eugene Libster）、艾茲本・傑拉多（Ezben Gerardo）、艾瑞克・亞雪（Eric Asher）與凱爾・基林（Kyle Kirrin）。

番外篇：待填滿的空白頁

崔維斯・鮑德里

「小心暗器！」盧恩高呼。

威芙全身往旁閃躲，只見兩把短刀朝她飛刺而來。這條街道太過窄小，幾乎容不下身形高大的獸人，威芙感覺肩膀重重撞上一旁的磚牆，實在無法同時閃過兩把短刀。其中一把伴隨著嘶嘶聲從旁飛過，另一把則在她上臂劃了道紅痕。威芙痛得嘶了口氣，咬牙摀著傷口。

盧恩迅速回頭確認威芙還有呼吸，然後矮人又邁開腳步追趕目標去了。諸神愛憐的傢伙，他才剛跑出幾步就已經落後好一段距離，不可能追上對方了。

威芙推牆起身，跌跌撞撞地跟著跑了起來，抬眼便看見他們追趕的纖瘦精靈正全速奔馳，在逐漸拐彎的主幹道上愈跑愈遠。精靈剛才扔出那兩把短刀，奔跑的動作卻絲毫沒緩下來，再過幾秒，她將順著彎曲的街道逃出威芙的視線，到時要再追上就難如登天了。威芙逼迫身體全力衝刺，才跨出幾步就超越了盧恩。

她以雷霆萬鈞之勢奔在道路上，前方的地精紛紛四散開來。威芙感覺自己像個到小村子到處撒野的巨人，忍不住狂野地哈哈大笑，一口氣在胸中微微一滯。

「芬奈斯！」她大吼。「盯著她！」

她望見芬奈斯優雅地飛躍在一面面傾斜的金屬屋頂之間。他沒有回應威芙——想來是不願意拉下臉，特別提高音量說話——但至少他應該能順利地追蹤女逃犯的行蹤。

威芙進了阿角穆城，便沒再隨身佩帶巨劍，以免驚嚇到城民，不過從進城到現在她還是第一次為此感到慶幸。少了黑血的重量，她逐漸縮短了自己與獵物之間的距離。

精靈不屈不撓地奔逃，風風火火地穿梭在人群之中，長髮辮在身後飛揚。

威芙望見前頭的交叉路口，又一次強逼雙腿使勁狂奔。要是讓那女人竄進小巷……

這時，泰伍士如霧氣般繞過轉角，來到大街上，只見他高舉雙手，雙手散發熠熠金光，左右手心的第五指符咒都猛然爆發亮光。精靈腳步踉蹌，雙腿似是被什麼看不見的繩索束縛，交叉在一起。她向前撲倒，眼見要磨破一大片皮膚，她卻又稍許恢復平衡，即使兩腳腳踝被困在一起，她仍姿態優雅地跪倒在地。

嘉莉娜從泰伍士身後走了出來，兩手各握著一把刀，小心翼翼地接近跪地的女人。

那一瞬間，威芙似乎瞥見那女精靈衣服下的肌肉湧動起來，她全身緊繃，膚色也忽地暗了下來，彷彿一朵陰雲遮擋了光線。

威芙最先跑到她近處，抽出了短劍。但這時精靈又恢復了原先的模樣，和他們在幾條街之前那座市場上找到她時毫無二致。她緊抓著側腹，彷彿受了傷。

這個精靈可不是等閒人物，威芙相信她衣袖裡必然還藏了幾把短刀，甚至是遠比短刀難纏的武器。

「刺針？」威芙語調平穩，低聲問道。

女子全身一僵，回頭瞟了威芙一眼。那一剎那，威芙幾乎敢肯定她看見了山羊般的橫瞳。

芬奈斯從屋頂躍下，輕輕巧巧地落地，將一頭長髮甩到肩後，順勢抽出了纖細的白劍。路邊的地精焦慮地交頭接耳，再過不久城衛就會到場，威芙等人的處境相當麻煩。

「妳知道我們是來幹什麼的。」威芙耐心又理性地說。若想順利完成任務，最好別讓芬奈斯開口。她垂下手裡的短劍，卻還是準備好了隨時反應。「我朋友泰伍士會把妳的手綁起來，我們會拉妳站起來。我們每個人的路都總有一天會走到盡頭，妳也不過是來到了妳這條路的盡頭而已，但這也不表示一切都結束了，畢竟阿角穆城的律法是很公正的。」

精靈哈哈大笑，語音較威芙想像中低沉、圓潤。「你們擺出這副對我瞭若指掌的模樣，但你們明顯什麼都不懂。」

她方才抓著側腹的手猛然一揚，往空中拋了什麼東西，然後低頭用雙手護住了頭臉。物體拋到最高點、準備下墜的瞬間，威芙隱約瞥見三顆纏著綠線條的銀色小石子。

「幹。」嘉莉娜語調平板地罵著。

泰伍士迅速動了起來，再次舉起雙手，手上閃爍著光輝。芬奈斯拉著斗篷摀住臉，整個人蹲了下來。威芙則伸出沒有握劍的那隻手，整個人向前撲去。只要能在石子落地前抓住刺針……

然後石子砸在了街面石磚上，在一閃而過的熾熱亮光中，炸出了惡臭刺鼻的黑煙。

威芙在煙霧中緊閉著眼，身體下墜的同時手指仍竭力前伸。

最後拍在了石板地上。

她保持屏息閉眼，拋下短劍便開始伏身四處摸索，希望能在煙雲中抓住精靈。

她猛地抓到一條手臂。

有人尖聲抗議，然後：「是我啦！」嘉莉娜抓住威芙雙肩。

威芙感受到撲面而來的一陣冷風，睜眼就見黑煙被風拂去。泰伍士閉著雙目，十指如蜘蛛腿般彈動。芬奈斯大步走出了殘存的黑霧，臉上神情冰冷而惱火。威芙迅速旋身，在人群中找尋那名精靈的蹤影，然而她心中最擔心的事終究發生了。

刺針已然消失無蹤。

不過，她方才所在的石板路面上，躺著一個半開的小皮革背包。威芙抄起那東西。

「好吧。」盧恩氣喘吁吁地跑來，雙手撐著膝蓋，隔著綁成了辮子的鬍鬚喘著粗氣。「至少我們知道她是刺針了。」

即使到了現在，威芙仍無法相信——阿角穆這座規畫得如此精巧的城市，居然能令她頭暈目眩。阿角穆城是由許多大大小小的同心圓組成，以數字命名的街道從市中心向外擴張，宛如一個個尺寸漸增的齒輪。城市美麗而整齊，大多時候，威芙都無法區分不同街區，如果某一處能稍微破舊一些，或者某一條道路鋪得稍微不平整一些，那她至少還有些可辨認的地標。

威芙大半輩子都在地道或古墳之類的地方度過，身處幽閉場所也不會感到窒息，但在這整體規模較小的地精城市裡，她還是有些呼吸困難。這兒大多數建築物都有多層樓高，不過很多時候她一抬眼便能窺見二樓窗內的景象了。

他們一夥人快步遠離了刺針消失的位置，以免遭城衛懷疑與盤問——不過威芙身為身高七英尺、到處滴血的獸人，城衛要追蹤他們想來也不難。

一行人隨嘉莉娜回到他們在七環路租住的客房，嬌小的女地精在城裡走動顯得再自在不過。他們爬上樓梯時，旅社老闆戒備地打量著他們，威芙暗自慶幸自己受傷的手臂被寬大的軀幹擋住了。她另一隻手緊緊按著傷處，儘量不讓血滴到地上。

屋內低矮的天花板令她不適；尖塔區的建築物較符合她的身高，然而該區的住宿選項不多，也沒有任何一間符合芬奈斯對於奢華住宿的最低標準。先前挑選旅社時，威芙並沒有抱怨，直到現在才感受到了遲來的煩悶。話雖如此，她還是不得不承認，房內的加熱地板、可隨手開關的切燈確實很不錯。

她矮身隨嘉莉娜走進她們共用的客房，其餘三人也魚貫跟了進來。威芙的巨劍黑血閃閃發亮地躺在其中一張床上，一旁則是他們胡亂堆著的包袱。

從芬奈斯的表情看來，他似乎想立刻開始檢討方才的行動，但盧恩搶先開了口。「坐下來，讓我瞧一瞧。」矮人拍拍威芙的腿說。

盧恩從他的背包裡挖出繃帶與透明酒精。威芙則撐牆滑坐在地上，感覺到背部抽痛時忍不住皺眉。老實說，比起手臂上的新傷，背上這與日俱增的疼痛更令她憂心。

芬奈斯已經等不了了。「今天的行動著實令人失望——這應該沒人有異議吧。」他繃著那張五官精緻的臉。「下一次，不論是我或泰伍士都無法再如此輕鬆地追蹤到她的位置了，我們當然也不可能僅憑外貌在城裡尋人。」

盧恩消毒了威芙三頭肌處那深深的創口，開始用紗布替她包紮，威芙疼得悶哼一聲。「別纏那麼緊。」她說。

「緊才好啊。」他回道。

「我只要手臂一使力，繃帶就要斷了。」

「那妳就別使力吧。」他牢騷道。「這妳都沒想過？」

芬奈斯的其中一項特長，就是在沉默時讓人無法忽視他。盧恩低低嘆息一聲——這時還是低聲來得好——兩人都將注意力轉到精靈身上。

芬奈斯毫無笑意的目光掃過整間客房。嘉莉娜盤腿坐在一張小床上，心不在焉地把玩著匕首。

泰伍士則無聲站在房中較遠的一角，靜止的形影透出了些許陰森。最終，芬奈斯說道：「我們要想拿到賞金，就不能再出任何差錯了。」

嘉莉娜嗤之以鼻。「對方可是**刺針**喔，她的事蹟誰沒聽過？這本就不是什麼輕鬆的任務，她的傳奇名聲也不是憑空得來的——而且她還是個幻形師呢！」她從床頭櫃上抓起畫家為此次任務目標畫的形象圖，邊看邊皺起了鼻子。那幅畫像相當細緻，如今卻已分文不值。「他們何必浪費力氣畫這東西？她再也不會用這副面貌示人了，而且她這次也不是長這副模樣嘛。」

「所以我們才該全力以赴，一口氣拿下她的。」芬奈斯意有所指地瞟了威芙的手臂一眼。

威芙體內燃起了憤怒的星火，但很快就被一波倦意澆熄。她嚥下了本想回嘴的話語，拿起剛才撿到的皮革包，抖了抖。背包發出輕柔的叮咚聲。

「我們也不算是空手而歸。」她翻開背包，翻了翻裡頭的物事。

「說不定那兩個工匠要的就是包裡的東西。」嘉莉娜邊說邊探過頭來。

「不是。」威芙說。她取出幾個小玻璃瓶，瓶子都用軟木塞與蠟密封著，瓶裡的液體顏色各異、鮮豔奪目。「包裡沒有圖紙。」

「看上去像顏料。」盧恩提出。

威芙開了其中一瓶的封蠟，拔出軟木塞，嗅了嗅裡頭的液體。「是顏料沒錯。可是這也太少了吧，她不可能拿去給穀倉上漆。」

「很棒。」芬奈斯說。「那我們至少能玩玩美勞。」

「這可能是線索也說不定。」威芙說。她將軟木塞塞了回去，在從窗外透進來的橘紅霞光中舉起小瓶子。

芬奈斯似乎想反駁，卻被泰伍士打斷了。「有個提議。」

所有人都愣了一下，轉頭盯著他。石妖精一身灰，總是靜立在一旁，以致眾人經常遺忘他的存在。

他彷彿沒注意到他們的反應，接著說了下去。「瑞徑和彈線委託我們抓捕刺針，並取回他們被盜的物件，後者可能較可行。也許我們僅僅取回被盜的物品，他們也願意付錢？」

「錢可能少一些。」嘉莉娜說。「但有總比沒有好，我們可是很務實的。」她拇指朝自己一比，顯然是指地精種族。「他們是怕圖紙被賣給競爭對手，這是他們最在意的。」

「那麼，或許值得考慮。」泰伍士說道。

芬奈斯雙唇一抿。「找她本人或找圖紙——只要找到任何一者，勢必就會找到另一者。這沒什麼好考慮的。我呢，我可不認為我們有理由半吊子行事。對我們而言，光是成功獵捕到刺針這般知名的人物，這樣的紀錄就遠遠超出了賞金的價值。」

威芙本想再和他爭辯，想了想還是覺得不必白費唇舌。「好，那我們得明天行動。這是座大城市，我猜她不會馬上出城——有什麼必要呢？她是幻形師，又沒人知道她現在是頂著哪一張臉在外頭走動。你們覺得還有辦法用奇術追蹤到她嗎？」她看向芬奈斯與泰伍士。

「時間充裕的話。」泰伍士回道。

「這太費時了，但還是辦得到。」芬奈斯補充道。「她想必全神戒備著，而且她也見過我們的模樣了，我們不可能大搖大擺地走在城裡，到處發出奇術的光芒。」

「既然這樣，那我們其他人也別乾等著。」嘉莉娜說。

芬奈斯朝她揚眉。

「沒錯。」威芙舉起一小瓶顏料。「我們分頭行事吧，去偵查一下也好。」

分頭行動的另一個好處是，威芙能暫時遠離芬奈斯與他那條毒舌。

威芙躺在攤在了地面的鋪蓋上，手臂陣陣作痛，睡得極不安穩。說來奇怪，此時此刻，她只想側躺在受傷的那一側。街上的燈光灑在嘉莉娜的輪廓，也描出了她握在手裡入睡的那把刀。平時，嘉莉娜尖細的鼾聲總能令威芙心安，今晚卻令她心浮氣躁。

她本想起來打磨黑血靜靜心，但又不想吵醒嘉莉娜，於是她靜靜起身，在包袱中翻找一陣，取出一本筆記。她背靠窗下的牆面，窗外柔和的燈光灑落紙頁，翻到了她當書籤用的那一小片羊皮紙。目光短暫地停留在她抄下的字句。

幾近奇術之線
以蛛煞石靈光

她一隻手指撫過對頁的筆記。卡德斯城北方高原的傳聞，東域一條被人常年使用的農路，某處廢棄鐵礦場洞口，某隻有著多對眼珠的生物。

仍然不夠。一波不耐在胸中昂首，她迫切需要行動——但她必須等到確信後才能行動，若那東西不是蛛煞女王，便毫無意義了，她是不可能說服芬奈斯嘗試第二次的。

那麼，假如他們成功了呢？那之後的未來一片空白。她會找東西填補空虛的，那還用說嗎。

威芙瞄了熟睡的朋友一眼，深藏心底的真話令她心臟一揪。

然後，她爬回鋪蓋躺下，懷抱筆記本盯著天花板，最終在不知不覺間睡去。

「祝好運囉。」盧恩對威芙與嘉莉娜打了招呼，小跑步追著芬奈斯與泰伍士離去。是芬奈斯堅持要矮人陪同他們尋人，以免臨時需要武力支援。

「眼睛睜大了！」威芙舉手道別，對他的背影喊了聲。

芬奈斯像沒聽見似的。泰伍士倒是舉手回應了她。

嘉莉娜咬了一大口早餐。「給我一瓶顏料吧。」她邊吃邊口齒不清地說。

威芙趕緊將自己那份早餐吃完，那是旅社大廳供應的熱食，一片淋了卡士達醬的方形火腿蛋麵包——她對旅社的評價又多出了幾分。空出雙手後，她在褲子上擦了擦手指，掏出皮革包裡其中一瓶顏料。她將小玻璃瓶交給嘉莉娜，手臂上那道傷口灼痛了一下。

嘉莉娜取過瓶子，在手心拋了拋，又在空中接住。「我覺得應該去藏書閣。」

威芙皺起眉頭。「妳想去圖書館？我們去商業區到處打聽不就好了？反正我們已經知道這是顏料了，還有什麼資料好查？」

「妳沒去過地精的藏書閣吧？」嘉莉娜笑嘻嘻地抬頭瞅著她。

「是沒有，但——」

「相信我就是了。」

她們朝北行進，威芙再次慶幸有嘉莉娜領路，否則她必然會在占地遼闊的阿角穆城迷失方向。兩人行經一尊尊碩大的抽象幾何雕塑，那些奇形怪狀的東西光是看著就令人頭昏眼花。街道上方可見一條條長形蒸汽管掛在那兒，它們被束成整齊的一簇簇，固定在了牆邊。威芙從管線下方經過，還能聽見它們的嘶嘶聲。許多管線都纏繞著掛花，大街兩旁也間隔著出現一面面爬滿常春藤卻又打理得整整齊齊的綠牆，放眼望去宛若白綠相間的棋盤。在威芙眼裡，這景色整體使她眼花撩亂。

儘管沒什麼用處，她還是在人群中找尋刺針的身影。阿角穆城雖是地精都會，卻也不乏其他族類，她看見了人類與精靈、石妖精與海妖精、矮人、一兩個霍布妖，甚至還有一小群鼠人身穿著某種宗教的衣袍，快步從旁經過。

刺針是知名盜賊，她們不太可能在路上巧遇她，更何況她還具有幻形潛行的天賦。儘管如此，威芙時時保持警覺也沒有壞處。

嘉莉娜這個嚮導當得相當盡責，她們一面穿梭在人潮中，她一面為威芙介紹城市。威芙小心不踩到行人，嘉莉娜指出各處景點時，她也配合地點頭，出聲回應。

早在走到藏書閣大門口之前，威芙便遠遠望見了它：圍成一圈的七座高塔，塔與塔之間還建了室內廊道。建築物不僅壯觀，還有許多岬角裝飾，牆面也刻了繁複的線條。規模顯然遠超城裡多數建物，威芙遠遠看著就知道，自己不必低頭便能輕鬆進門。

「他們收藏了**那麼多**書啊？」威芙驚奇地讚嘆。

「不少喔。」嘉莉娜回道，雙眼閃閃發光。「而且還不只有書。我剛剛不就說了嗎，妳相信我就是了。」

她們走上通往其中一座高塔的臺階，輕觸一個按鈕，兩扇黃銅大門嘶聲開啟。兩人踏入高聳而寬闊的內部廊道，面對這規模巨大的建築，威芙不禁呼吸一滯。每一面牆都有內建的高大書架，排滿了書籍，上方還有一層層窄走道，以及連接走道的多道樓梯。一些位置擺放了大閱覽桌與書桌，深色的高窗只容黯淡的光線穿透，不過室內隨處可見切燈，整棟塔樓籠罩在穩定的黃光下。

「在這種地方要怎麼**找到**妳要的東西啊？」威芙驚嘆道。

嘉莉娜示意附近架上的金屬牌，牌上標示了「胞器」、「卵細胞」、「貓頭鷹室」等字詞，每一面標示牌下則有一簇簇小黑點。

「他們有一套分類系統。」她說。「不過，我們不是來找書的。」

威芙忽然有些失望。可以的話，她完全能在這裡頭待上十天半月，連續好幾週都不成問題。「妳是不是想逼我問妳？」

「妳如果有什麼問題，想要快快找到答案，那就得去找七方面學者的其中一位來問問。」嘉莉娜回答。她對威芙露出狡黠的笑容。「妳知道七方面是什麼吧？」

威芙朝她瞪著一雙死魚眼。「妳明明就知道我不知道。」

「要我解釋嗎？」

「要是要……但妳還是別現在說。」

嘉莉娜從口袋掏出小玻璃瓶，舉在手裡。「我猜這屬於第三方面，所以就是第三座塔了，我們去那邊瞧瞧，看第三學者能不能幫到我們。看書是為了理解別人**以前**的知識，諮詢學者才能理解別人**現在**的知識。」

威芙再次環顧四周，瞥見塔樓中央一片挑高的平臺，以及繞著平臺的短階梯。一些當地人——還有少數幾個高個子——正在排隊，等著與平臺中央的地精談話。威芙歪著拇指朝那個地精一指，揚起了眉頭。

「第一學者。」嘉莉娜點頭說。「生物。活物。妳要跟我去第三座塔嗎，還是……？」她沒有說完，見到威芙臉上神情，她微微一笑。

「我在這裡到處看看，妳會介意嗎？」威芙問道。她迫切想到處瞧瞧，但總覺得有些愧疚。「我是說，如果我能幫上忙，那我當然樂意——」

嘉莉娜笑著打斷她。「妳當我沒見過妳這個表情嗎？妳留在這裡吧，儘管參觀，只要下次提醒芬奈斯我這人有多聰明就好。」

「我一定會大力頌揚妳的智慧。」威芙正經八百地說，然後粲然一笑。

地精輕笑著離去，留威芙獨自站在原處。

威芙獨自站在似是全由書籍堆砌而成的高塔之中，感覺到從指尖竄到了後頸的興奮戰慄。她瞟了眼緩緩前挪、等著請教第一學者的隊伍，然後決定自行找尋答案。她本就不懂這地方的規矩，況且這座塔樓似乎就是收藏她感興趣的那類書，這不正是一種徵兆嗎？

腦中一個小小的聲音告訴威芙，她這是在浪費本該用以完成當前任務的時間，但她強行壓下了這道聲音。嘉莉娜已經著手調查了，不需要她無謂地操心。

威芙簡單在一樓繞了一圈，注意到每一牌書架的分類牌示是照字母排序，此外還有某種內容主題相關的分類系統。分類排序的規律想必就在一簇簇小黑點之中了，但威芙決定隨意查看書籍。

她爬上一道階梯，踩在地精尺寸的淺階梯上緩緩前行，感覺實在慢得誇張。她指尖撫過五顏六色的書脊，嗅聞著紙張與墨水的辛香。

威芙翻閱的前幾本書範圍太廣了，都是泛論西域動物相的專著。她皺眉看向較高的樓層——不知嘉莉娜會在多久後回來？

最終，她決定**稍微**請人指引方向，於是走向一名老地精。老地精正忙著將一套皮革對開本放回架上，威芙蹲下來，清了清喉嚨。「呃，不好意思？」

他抬頭，隔著一副無框眼鏡眨眼瞅著威芙。「需要協助嗎？」

「是，我，呃，在找關於……」她猶豫片刻，決定儘可能說得具體一些。「……蛛煞的書。」

地精上下打量她，然後抿起嘴脣。「史書還是實用書？」

威芙感覺自己無比幼稚，彷彿在請對方幫忙找故事書。

「都要？」

老地精點點頭，快步走向附近一道樓梯。威芙訝異地跟了上去。

地精指引她到三處不同的書架，以及七本不同的書冊。威芙暗暗鬆了口氣；還好她問了人，否則即使漫無目的地在塔樓裡亂逛幾個鐘頭，她也不可能獨力找到這幾本書。

她謝過了地精，將整疊書帶到附近一張桌子。桌子對她而言太矮了，椅子大概也支撐不住她的重量，於是她單手撐著桌面直接翻起書來。數分鐘過後，她取出筆記本，拿起了鐵筆，愈發專注地書寫著研究筆記。

手臂的刺痛鈍了些，而在威芙心中，走在老路上的她抬起了頭，遙望模糊不清卻又充滿了種種可能性的天際。

「妳在這裡啊！」

顏料瓶碰到桌面的脆響，使專注閱讀的威芙回過神，她下意識蓋上了筆記本，動作快得不可能不令人生疑。

嘉莉娜瞇眼盯著威芙的筆記本，以及那護著封面上的大手，她的微笑一瞬間化為猜疑，但她又露出了比方才更燦爛的笑容。

「我就知道妳自己能找事做。」她若無其事地說，彷彿沒注意到威芙的異常。

威芙強笑一聲，卻覺得自己的笑聲絲毫無說服力。「那，第三學者說了什麼？該不會妳把瓶子交給他，他就直接交代了刺針的住址，順便告訴妳刺針愛吃什麼樣的雞蛋？」

地精對威芙伸了伸舌頭。「哈，妳很好笑喔。他並沒有說那些，但我現在知道這確切是什麼東西，而且——」她又從桌上拿起小玻璃瓶，晃了一晃。「——還知道這東西確切的來源。」

「我們不是都知道它是顏料了嗎？」

「是沒錯，可是它是哪種顏料，這也很重要啊。這好像是一種油性顏料，裡頭還有一些金屬片，用來畫一些很細的圖，還要用超細的筆刷什麼的，據說跟這種顏料的配方有關。適合用在非常特定的幾種木材上。妳之前不是說過嗎，它絕對不是拿來給穀倉上漆用的。」

「喔。所以刺針私底下還是藝術家了？好吧，這說不定會在某一天派上用場。阿角穆有多少間店在賣這種顏料？」

「這就是最值得一問的問題了。」嘉莉娜笑得更燦爛了。「只有一間。」

店鋪內和店外整齊的街道形成了強烈反差，光是撲鼻而來的亞麻籽油與松節油氣味就能熏得人頭暈目眩。店內後牆的架上塞滿了玻璃瓶，瓶中顏料五顏六色，令人眼花。橫梁之間繫了幾條細線，線上掛著一張張畫布，猶如洗淨後晾乾的衣物。屋內一角橫七豎八地堆了許多畫架，好幾張高低參差不齊的桌子上，擺滿了大大小小無數盒畫筆。

威芙用手背撩開了垂在面前的幾張畫布，矮身鑽進店內。

櫃檯後方，一名姿態讓人聯想到鳥類的地精，正在用細絲捆綁一枝貂毛畫筆的刷毛，接著小心翼翼地用極小的剪刀修剪貂毛末梢，過程中一直專心致志地咬著舌尖。

她滑脫了筆刷上的細絲，仔細檢視修剪後的結果，又剪去了一絲翹起的毛髮之後，才抬頭看向威芙與嘉莉娜。

「能為妳們服務嗎，親愛的？」她的語音和手指同樣纖細。

「當然能！」嘉莉娜將一個玻璃瓶放到櫃檯上，藍色顏料在低懸的切燈光線下閃閃發亮。「朋友材料快用完了，派我們來跟妳補貨。」

櫃檯後的女人蹙眉端詳著威芙。威芙不禁暗想，自己是不是該在店外等嘉莉娜才對？

幸好店家又將注意力轉回玻璃瓶上，她拿起小瓶子，近距離查看，舌尖又出現在了上下排牙齒之間。「唔……金屬片，鈷四十七。」

「就是它。」嘉莉娜樂呵呵地附和道。「我們朋友大概是規畫了什麼大作品吧，說是需要更多顏料。」

「雷頓也真是的，明明知道我需要花不少時間才調得出這種顏料。」女人不讚許地皺眉回道。「怎麼可能有現成的呢。」

聽到「雷頓」這個人名，威芙與嘉莉娜迅速交換了個眼神。原來這種特殊的顏料只有一位顧客買過——威芙心中一喜。

嘉莉娜強笑了一聲。「精靈的德性妳又不是不知道，他們時間多得用不完，就認定我們其他人也都和他們一樣有大把大把的時間可以用。尤其是他們專注在某件事上的時候，那更是不把別人的時間當時間了。」

「嗯，是啊，那些時鐘實在是——」店主人愕然眨眼。「妳說**精靈**？」

「喔，呃，我是說**像**精靈那副德性。」嘉莉娜速速說了下去。「嗯，總之，在妳調配出新一批顏料之前，這東西可以先放妳店裡。需要現在結帳嗎？」她伸手往口袋裡掏了掏，沒有比金錢更容易粉飾太平的事物了。

「不用，沒關係。」店主人重新在椅凳上坐了下來，眉頭也舒展了開來。「但我需要用今天下午的時間來調顏料，妳們明早再回來吧。」

嘉莉娜將幾枚銀幣放在櫃檯上，朝店主人一推，堅持道：「我們會再回來取貨的，妳不用擔心。」

女人看見錢幣時瞪大了雙眼，威芙認為嘉莉娜給得有**那麼點**多了，但她們還是趕在對方多問之前匆匆轉身出了門。

「所以說，刺針可能是用雷頓的名義在活動，或者那包顏料是她從一個叫雷頓的人手裡偷來的，這根本無解。必須說，就憑我的第一印象來說喔，刺針真的不像那種文藝的類型。」嘉莉娜領著威芙，走到離店鋪幾百步的一處涼棚躲避正午陽光——幸好涼棚搭得寬大，容得下威芙全身。她扮了個鬼臉。「但我可不希望是芬奈斯猜對了。」

威芙聳聳肩，上臂的刺痛令她皺起了臉。「這還是我們目前最有力的線索。興趣就是興趣，有什麼奇怪的？可能是在製作時鐘吧？或是幫時鐘上色？誰知道那傢伙空閒時間都在幹什麼呢。」

「是啊。」涼棚的陰影中，嘉莉娜靠著牆壁，目光犀利地審視著她。

威芙裝作沒看見。「反正我們打聽到一個名字了。這座城裡能有幾個不是地精的鐘錶匠？」

「那我們去尖塔區找找，很有機會找到人喔。」嘉莉娜賊兮兮地笑著。「**絕對**可以搶在芬奈斯前頭逮到她。」

「說不定還是等等其他人比較保險。」威芙一面撫摸手臂上的繃帶，一面喃喃自語。「刺針已經從我們手裡逃脫一次了，她現在一定是全神戒備防著我們。而且，我們自己行動的話，盧恩會覺得我們在排擠他的。」

「妳要我列出我們不該乾等著的所有理由嗎？」

「妳能有什麼理由？」威芙笑看她。

「我可以編出幾個。」

威芙想到了芬奈斯。

「算了。我們走。」

越過阿角穆市中心與尖塔區之間的界線，感覺很是不真實，只見周圍建築物的規模陡然放大了。威芙忍不住回眸望去，感覺這一切都是鏡子做出來的幻象。街道並沒有變寬，但看見高過自己視線高度的門框，她仍感覺自己某條抽筋緊繃的肌肉忽然放鬆了。

尖塔區只占據三區環形街道，以整座阿角穆城而言，占地不廣，然而由於街道的圓弧角度，一旦向前走一段路，較小的建築物不再出現在視野之中，威芙就能輕易想像自己行走在域內其他城市裡，只不過路上地精較多罷了。

眼見她們順著線索追到了此處，被目標瞧見、導致對方逃之夭夭的風險就高得多。此種情況下，她們其實也沒什麼辦法，只能希望運氣站在自己這一邊了。威芙儘量不去招惹旁人的目光，但從他們進入阿角穆城到現在，她也只看過三、四個獸人而已。尖塔區的街上冷清許多，她就似家禽場裡的一頭豬，很難不引人注目。

她們花了幾枚銅幣，在幾句禮貌的詢問過後，憑著「雷頓」這個名字找到了一間工作坊。嘉莉娜與威芙來到一條意外乾淨的小巷子，面對著前方一道鐵樓梯。

「看樣子還真的是鐘錶匠的標誌。雖然地點有點難找，但應該就是這地方了吧。」威芙喃喃道。上層一條窄窄的門廊用欄杆圍著，欄杆內可見一扇紅色門扉，門上掛著一組小金屬齒輪與兩支指針的標誌物，排列方式帶有幾分藝術感。

她默默等兩個扛著工具箱的矮人從旁經過，那兩人轉彎走上大街後，巷子裡又靜了下來，只剩下威芙與嘉莉娜了。

「確認家裡沒人，然後試試能不能開門？」威芙問。

「她可是盜賊，怎麼可能不鎖門。」嘉莉娜回道。

「妳也知道，我說『試試』的意思是……」威芙雙手做了些可以解讀為撬鎖的動作。

嘉莉娜嗤笑一聲。「好啦，大個子，妳在這裡等著。儘量看起來小隻一點。」

地精爬上樓，透過門邊窄窗朝屋內張望。

「裡頭沒人。」她用較大的氣聲對站在樓下的威芙說。「除非那人喜歡整天在黑暗中活動。另一邊窗戶的遮板都關上了。」說罷，她取出一把很小的扳手與鎖具，對著門把與門鎖機關撬弄了起來。

片刻過後，威芙詫異地看著嘉莉娜把工具收回小包包，下了樓。

「打不開？」

「沒啦，我開了。可是妳想想看，現在人不在家，我們需要派一個人進去屋子裡搜一搜，在裡頭等著，免得刺針回來。這時候另外一個人就該在附近到處走走，再多打聽一些消息。我也不是對妳的身高有什麼偏見啦，但如果我們之中要選一個不起眼的人去街上打探消息的話……」

「好啦，好啦，我知道了。小心點喔。如果妳回來了，那先在窗戶上敲兩下——我可不想在妳進門的時候打得妳鼻青臉腫。」

嘉莉娜輕笑一聲，往空中拋了把匕首，然後用拇指與食指接住了刀刃。「我倒是想假裝沒聽見妳這句話，看看妳是不是真有妳想像中那麼快。」

她們相視點頭，然後威芙爬上樓梯，悄悄進屋後鎖上了門。

工作坊內部光線昏暗，室內迴響著威芙的腳步聲。黯淡的光線下，切燈的玻璃外罩微微反光，隨著威芙的眼睛逐漸適應，周遭的擺設也逐漸成形。

她驚訝地緩緩呼出一口氣。屋裡應該有三、四間房間，不過這間房間的中央幾乎空無一物，她本以為這是間空房，但角落似乎有一些較大的形影，想來是擺了一些物品。

威芙回眸望向門邊的小窗，決定冒險看清周遭環境。她轉動一盞切燈底部的小旋鈕，直到聽見清脆的喀嚓一聲，嘶聲與啵一聲響起後，藍色小火苗在燈內燃起。她轉動旋鈕將火調小，到她只能勉強看見環境的亮度。

一面隔牆上開了道拱門，她能透過拱門隱約瞥見另一個房間，那間房的窗戶也都關了遮板。牆邊擺著一張長形工作桌，桌上整整齊齊擺著幾件工具——工具意外地少——桌下還有一張穩固的椅凳。除了工具以外，桌上還有一座組裝到一半的時鐘，鈍齒、齒輪與心軸也整齊排列。鐘面是經過精雕細琢的木材，由工匠畫上了數個一樣的自然圖案。旁邊有幾把細畫筆，一瓶瓶顏料，等著工匠回來繼續塗畫。

房間每個角落都高高堆著許多貨運箱，還有一張地毯被捲了起來，豎著靠在其中一堆箱子旁。牆上空空如也。

威芙悄悄穿過拱門，進入小小的廚房，這裡也幾乎空無一物。一個水盆邊放了一疊盤子，空空蕩蕩的房間裡只有一張桌子與兩張孤零零的椅子。

威芙從另一處門口看向第三個房間，裡頭似乎有床與衣櫃。一道樓梯通往下方，那裡想必是一樓前門吧。說來奇怪，這間工作坊的主要出入口怎麼會在巷子裡呢？不過話說回來，這也不算是店面，即使位置隱蔽些也無妨。

她雙手叉腰，愕然環顧四周。「八級地獄的，你跟我說這是大盜賊的賊窟？誰信啊？」她喃喃自語。

懷疑的情緒逐漸在她內心膨脹，總覺得她和嘉莉娜這回是大大出糗了。但既然都來了……

這棟屋子有兩處入口，風險太高了。威芙將一張椅子搬下通往一樓的室內樓梯，斜靠在最底部的階梯與一樓的門之間，堵住了這道門。

她回到樓上，目力所及之處不見他們要找的圖紙，於是她從工作桌上拿了一把細小的雕木鑿，撬開幾口貨運箱瞧了瞧。幾口箱子裡擺著盛滿時鐘零件的小木盤，還有幾口箱子裡放著完成的時鐘，箱內剩餘空間用木屑仔細填充。

威芙搖了搖頭。從這裡的事物看來，製作時鐘遠不只是屋主的興趣而已。一個惡名昭彰的大盜賊，會花這麼多心思做如此精細且技術含量極高的工作嗎？不過刺針的手指確實靈活，幹這種精細的活也是剛好。

其他幾口箱子裡，裝著摺疊整齊的衣服與斗篷、餐具與各式雜物。

「看來這人準備出城了。」威芙輕聲說。

但假如這**真**是刺針的藏身處，她自然不可能將戰利品擺在外頭，要是被窗外的人瞧見可就不好了。

威芙迅速在工作桌上尋找藏匿物品的機關，進廚房搜找了一陣，在櫥櫃木板上敲了敲，檢查所有平面的下側。她用一隻腳的重量測試地板，尋找任何不尋常的吱呀聲，或是隱藏的接縫。

她接著進到臥房，單手掀起床墊，並往抽屜櫃裡頭看了看。最終，威芙走近小小的梳妝檯，確認檯上沒有東西後，她敲了敲梳妝檯底部，聽見喀一聲。她露出笑容。

好啊，她這個偵探當得不錯嘛。

她取下那片木板，一綑摺起的羊皮紙落到了手裡。

威芙直起身攤開那幾張紙，舉到面朝街道的窗戶下，試圖透過遮板照進來的稀薄光線，看清紙上的圖文。每一張紙上都繪著繁複的線條，外加一些測量尺寸、註記，以及威芙先前在藏書閣見過的那種黑點記號。

「找到你了。」威芙說。說來神奇，僅僅是記錄在紙上的幾個想法，竟價值如此高昂。她回頭望向後方幾間房間。「但我不得不承認，芬奈斯說得沒錯。我們的確沒理由半吊子行事。」

她回到工作間，熄滅了切燈，拖著椅凳到房間一角靜靜等待。

威芙深感敬佩。她甚至沒聽見外頭鐵樓梯發出任何一絲聲響。

她坐的位置看不到窗戶，不過灑落地面的微光發生了細微的擾動，她便立刻戒備了起來。一聲幾乎微不可聞的金屬滑動聲過後，門緩緩地開了，暮光灑進了房間。光線下，不見來人的身影。

門沒有關上。

威芙先前將短劍掛在了桌角，此時她恨不得拔劍出鞘，但還是壓下了這股衝動。

然後，刺針從屋內的陰影中走了出來，筆直注視著威芙。

「妳其他那幾個朋友呢？」

威芙立刻認出了對方低沉而滑順的嗓音。「妳不如去點燈吧，這樣才看得到我聳肩。」

「我在黑暗中看得很清楚。」

「這我可做不到了，不過在妳決定下一步要怎麼做之前，我有件東西想讓妳看看。妳還是幫我點個燈吧，免得我把它拿反了，在妳面前出洋相了。」

刺針靜立了片刻，這才後退一步，點亮一盞切燈。她又斜跨出一步，動作流暢地關上了屋門。

威芙在突如其來的燈光中瞇起雙眼，繃緊了全身，以免刺針突然發難。對方沒有偷襲。眼睛適應光線後，威芙發現刺針的樣貌和昨日相差不遠，這倒是令她訝異。這種情況下，她還以為對方會換一副新的面貌示人。真是怪了。

精緻的精靈五官、耐穿且便於行動的衣物、紮成了一條長辮的淺髮……以及如扇子般握在一隻手裡的三把銳利短刀。

威芙用兩根手指捏著圖紙，舉了起來。她依舊故作輕鬆地坐在椅凳上，翹著二郎腿。「我必須告訴妳，就算妳同時用三把刀射中我，很可能還是阻止不了我，只會讓我心情很差而已。」

刺針發出嫌惡的聲音，一把扯下掛在胸前的某種護身符，憤憤地往地上一丟。「沒用的垃圾。我一定要**宰**了他。」

「喔，我也不曉得那東西是什麼，不過它應該還是有用的。我不是用魔法追蹤妳，而是靠顏料找到這裡的。」威芙將羊皮紙朝工作桌的方向一揮，示意桌上的顏料瓶。「算妳運氣不好，選錯興趣了。所以，妳就是**雷頓**了？」

刺針臉上首次流露出冰冷、不耐與惱火以外的表情，整張臉竟露出近乎搞笑的震驚，以及微乎其微的擔憂。

幻形師很快便回過了神來，威芙看見她審視的目光在短劍、圖紙與威芙之間游移。威芙自己也已多次衡量過種種可能性，她讀懂了對方的眼神。

「妳竟然還沒把贓貨賣了，這我倒是滿意外的。但反正妳已經準備要出城了，在路上銷贓畢竟比較安全。」威芙拍了拍旁邊的木箱。

「妳說了這麼多，到現在也還沒人開始流血。」刺針說。「所以，他們想活捉我了？」

「他們的說法是：『由團隊視情況決定目標死活』。」

刺針點點頭。

「那。」威芙說。「既然死活都可以，我寧願——」

但刺針已經展開了行動，威芙也沒浪費氣息咒罵，而是左手一把將圖紙塞進上衣，同時在鋼鐵與皮革細微的摩擦聲中拔出了短劍。

三把短刀伴隨著嗡鳴聲飛到房間這一頭，威芙拔劍出鞘的同時從椅凳上滾到一旁，迅速單膝跪地並起身。短刀插在了灰泥牆上，震飛了灰粉。

精靈衣衫下的肌膚開始繃緊、波動，她似乎膨脹了，同時滿身皮膚浮現了墨藍色，彷彿墨水滲透了乾淨的麻布。與此同時，她的淺色長辮與眼瞳陡然變得蒼白，雙眼瞳孔扭曲成了細縫，十指則化作慘白的利爪。

原來幻形師是長這副模樣啊。威芙心想。**看來，我們已經聊完了**。她站穩身子，同時斜斜揮出一劍，維持兩人之間的距離。

「我不想傷妳，但別以為我下不了手。而且，妳好像把刀都用完了。」威芙沉聲說，劍尖平指著刺針的下巴。

「妳去死。」

威芙嘆了口氣。即使手裡沒有劍，即使一條手臂受了傷，她和對手之間還是有五英石的重量差距，如果在純粹的肉搏戰中……

刺針以迅雷不及掩耳的高速用手掌拍開了威芙的短劍，猱身侵入她的防守範圍內，一條手臂從威芙手肘下竄近身，然後把威芙整個人抱起來，丟到了房間另一頭。

威芙一條腿撞上工作桌，止住了飛出去的勢頭，背脊猛然撞上桌子另一邊。她的背從左到右燃起劇痛，全身重量砸在了肩頸上。工具與顏料被撞飛到空中，玻璃瓶碎了一地。她快速翻轉、起身，剛才扭到頸子了，現在她只覺反胃又頭暈，短劍也不知何時脫了手。

刺針並沒有停下攻勢，她顯然完全失去了與對手言語攻防的耐心，直接從房間另一邊飛撲過來。她的爪子十分尖銳，威芙奮力擋下狂風驟雨般的抓擊，前臂被抓出了好幾道深深的傷口。

威芙腦中一寒，彷彿浸在了無比冰冷的水裡，此時腦子裡只容得下「存活」這個念頭了。

威芙設法抓住刺針一隻手腕，將她拉近身，接著彎腰用另一條手臂環抱住幻形師腰間猛力一掀，兩人的腳同時離地。她們粗重地呼吸，耳中迴響著對方的喘息聲。

刺針勉強用彆扭的姿勢在威芙背上抓撓了幾下，雖然撕碎了上衣，但威芙已轉身朝屋內一面隔牆衝去。她擒著刺針讓對方的背猛力撞牆，灰泥牆被她們撞得四分五裂，兩條立柱應聲折斷，塵埃、木頭與灰泥塊四處紛飛，最後兩人重重摔在了廚房地板上。

威芙全身重量砸在刺針身上，幻形師被壓得喘不過氣來，奮力地試圖呼吸，卻只吸到了滿腔灰泥粉。她滿臉是淚地短促咳嗽，黑色肌膚沾滿了灰塵。

威芙用鼻子呼吸，設法用一邊手肘撐起上半身，然後抓住刺針雙手手腕。她向旁吐出滿嘴塵土，啞聲低吼：「別逼我跟妳展示獸人頭骨的硬度，行不行？我的頭已經夠痛了。」

刺針努力吸了幾口乾淨的空氣，奮力眨掉眼裡的淚花。

威芙感覺被自己壓在身下的幻形師逐漸繃緊了身體，宛如旋緊了的絞盤。**八級地獄的，她還沒打夠啊**。威芙疲憊地想。

幻形師咧嘴露出滿口尖銳的白牙。

「妳沒可能——」威芙陡然止住，側耳傾聽。

刺針也聽見了，她雙眼往旁一瞄。

通往一樓的樓梯底部傳來碰撞聲，抵著門的椅子撞上了樓梯底部，顯然是有人想推門入內。

「瓦蕾雅？」樓下傳來男人的呼喚，聲音透過只能推開一條縫的門傳來，變得模糊不清。

威芙眨眼看著身下的獵物，頭頸向後退了些。**瓦蕾雅**？**該死**，**她到底用了多少個假名**？

但此時刺針臉上閃過了發自內心的恐懼與驚慌，威芙絕不可能看錯。幻形師竭力掩飾神情，又一次猛烈地在威芙手中掙扎。

「瓦蕾雅，親愛的，妳在樓上嗎？我兩隻手都滿了，能不能來幫個忙！」門又撞上了椅子，接著是幾句無奈的碎念。

「**親愛的**？」威芙悄聲說。然後，齒輪忽然間歸位了。「喂，看著我。」她急切地低聲說。「**他**才是雷頓，對不對？」

刺針在她身下弓起背部，嘴唇憤恨地蠕動著。這回，從刺針眼角擠出的淚水，想必就不是塵土造成的了。

刺針陡然停止掙扎，對上了威芙的視線。她最後一次齜牙咧嘴，這才簡短地一點頭。

威芙沉默了數秒，抬頭隔著漫天塵埃望向被遮板擋住的窗戶，以及從縫隙透進來的微光。刺針的胸口吃力地起伏、粗重地呼吸，但她們算是暫時休戰了。

威芙低頭瞟了眼幻形師，對方雙眼正迅速轉動，在威芙臉上找尋任何一絲意圖。

然後，刺針悄聲說出三個字。「求妳了。」

「妳只有一次機會。」威芙仍壓低了聲音說。「我會放開妳的手，一次一隻。別白白浪費妳的機會。」

威芙緩緩鬆開抓著她左手的五指，接著是抓著她右手的五指，而後半跪坐在刺針身上，直起上半身。

在那靜默的片刻，她們互視對方。

「唉，八級地獄。」樓下的聲音嘀咕著，最後用門撞了椅子一次。然後是某件物品落到街上，開始滾遠的聲響。「唉，**八級地獄**的！」那人重複道。嘈雜的金屬碰撞聲、玻璃碎裂的叮噹聲，以及較惱火的幾聲咒罵，想來是雷頓懷裡的其他物件全都砸在了地上。

換作平時，威芙或許會同情地皺眉，但此時她只感到了寬心。雷頓的噩運，或許為她們爭取了多一些時間。

威芙撐著身體從刺針腿上起身，幻形師手忙腳亂地退到了一隻桌腳邊。刺針闔上雙眼，緩慢呼吸幾次，只見她的墨藍色皮膚變回了屬於精靈的白皙，只不過現在她手腕多了幾圈濃重的瘀青。她的耳朵變短了，頭髮也染上了金色。當她再次睜眼時，充血的雙眼變成了褐綠色，瞳孔也恢復完美的圓形。

她的呼吸仍然粗重，仔細注視著威芙，等著獸人下一步動作。

威芙嘆息一聲，坐倒在滿地的塵土和碎片之中。「他是鐘錶匠？」

「是。」

「你們兩個是……？」

「是。」

停頓。

「他知道嗎？」威芙疲憊地問。

沉默。

刺針閉眼坐在原處，嘴無聲地一張一闔。威芙猜，雷頓隨時會爬上樓，考慮的時間也將結束了。

她張口準備說話，卻被刺針搶先了。

「最後一票了。」她靜靜說道，語調透出了蒼涼的笑意。「這算是笑話吧。每一次辦事，都不過是幹最後一票。」她笑了，笑聲無比破碎。「結果這回還**真的**是最後一次了。雷頓終於給了我金盆洗手的**動機**，我也只差那麼一點就要成功了。」

威芙低頭盯著自己雙手，手上灰撲撲的，沾滿了塵土。她回想起無法入眠的夜晚，偷閒悄悄進行的調查，她的筆記本，以及她還未想到該如何填滿的空白頁。

數秒過後，她點頭撐起了身體，在多處傷口與背部瘀傷的鮮明痛楚下呻吟出聲，感覺疼痛如獲得了陣風吹拂的灌木叢野火般燒了起來。

她拍拍胸口，確認圖紙還在衣服下。「這些不能給妳。」她說。「這我也沒辦法處理。」她示意破爛的牆壁與屋子。「但我可以留妳自己找到出路。這樣說妳懂嗎？」

刺針勉強站起身來，痛得皺著整張臉。她眼周的肌膚繃緊了些，但她仍點了點頭。

「那，好吧。我是想祝妳好運，不過現在實在沒那個心情。」

威芙轉向正門的樓梯，因為從外頭的聲音看來，雷頓已經放棄了一樓那道被堵住的門，改而繞到後面來了。

刺針猛然使出全身的力量，雙拳捶在威芙上臂的傷處。威芙硬生生嚥下一聲痛呼，側身傾倒，伸手想抓欄杆卻沒能抓住，最後重重摔在了地板上。

「我不能再從頭來過了。」刺針氣聲說，一手反握著刀，居高臨下睥睨著威芙。她的皮膚仍然白皙，瞳孔卻又化成了黑色細縫，全身肌肉也不住震顫，宛若即將沸騰的水面。

「那這就會是妳的結局了。」一道高亢而銳利的聲音插話道。

嘉莉娜踏進了廚房，塵埃如迷霧般圍繞在她身周。

「**妳**在那裡躲多久了？」倒在地上的威芙啞聲說。

「這個嘛，剛剛看起來挺不錯的，我不想來打擾妳們。」她臉一沉，雙眼緊盯著刺針，雙手各握著好幾把小刀。「可是現在，我很樂意來打擾了。」

威芙勉強抓住一旁的欄杆，呻吟著扶欄杆起身。「時機就不能抓準一點嗎。」

「誰叫妳轉身背對一個身上有刀的人。妳可沒資格在這邊開玩笑。」

「剛才又不知道她還有一把。」

「而且，妳剛剛還打算放她走。」

威芙注視著嘉莉娜，感受到了無可言喻的疲憊。「現在也是。」

刺針全身頓時洩了氣，她鬆開握刀的手，身體軟軟地坐倒在了小刀旁。

「八級地獄的，威芙。**不行**。」嘉莉娜的無奈絲毫不假，同時也充滿了怒意。

「她丈夫，還是情人，反正就是……他隨時會從那道門走進來。」

「誰管他。」嘉莉娜咬牙切齒地回道。

「嘉莉娜，如果我非得求妳賣這一份人情，那我當真會求妳的。」

「為了**她**？」

威芙凝視著嘉莉娜。「不是為她，是為了我。」

後方的鐵樓梯傳來腳步聲。

嘉莉娜嘶吼一聲，從地上抄起刺針掉落的小刀，甚至連看也沒看幻形師一眼。「所以呢？」地精用刀示意樓梯下方。

兩人快步下樓，威芙抓起椅子往樓上一拋，聽見椅子落地的碰撞聲與物體散落的聲響。

然後她們回到街上，揚長而去。

在凝重的沉默中，威芙跛著腳朝旅社走去。短短幾天內，她竟在阿角穆城的街道上留下了這麼多血跡。

這回她的傷沒可能瞞過旅社老闆的眼睛了，只能心懷感激，默默從他不讚許的注目下爬上樓。反正他們很可能明天——或者更早——就得換一間旅社下榻了。

回到共用的房間，威芙抽出圖紙，收進了她的背包，然後脫下破破爛爛的上衣，默默垂頭坐著。嘉莉娜用憤怒而急躁的動作取出了治傷的用品。

儘管如此，她還是動作輕柔地替威芙上藥，將能包紮的傷口都包紮了。威芙穿上相對乾淨的上衣，感覺到背上一道道傷口揪緊又拉伸時忍不住小聲呻吟。先前撞到桌角的瘀傷處，此時隨著每一拍心跳陣陣發疼，令她倒胃。

塵土。

「妳活該。」嘉莉娜嘀咕道。這是她們離開刺針被砸得亂七八糟的家之後，她首次出聲。

「謝謝妳。」威芙靜靜地說。她用布沾了一旁小桌上水盆裡的水，擰了擰後開始擦去臉上的塵土。

擦拭完畢後，她們盯著彼此看了半晌。嘉莉娜狠狠咬著自己下唇。

然後，已是多年老友的她們，任由空氣中的緊張悄然舒緩，雙方都暗自鬆了口氣。

「我可不想乾坐在房間裡，邊看著妳到處流血邊等其他人回來。」嘉莉娜說。「妳呢？」

威芙無聲地點頭。

嘉莉娜又注視著她片刻，然後大步走到房門前，猛力拉開門。「走。我們去逛逛。」

夜色悄然從暗影中溢出，形成一波清涼的浪。「啵」一聲與一陣嘶嘶聲過後，所有路燈都同時燃了起來。她們漫無目的地在街上亂逛，威芙實在無法掩飾自己跛腳的姿勢，且她雙臂被麻布繃帶纏得像木乃伊似的，身上又直冒出酒廠般的酒精味，走到哪都引人注目。

嘉莉娜清了清喉嚨。「那個，我覺得我們可以跟大夥說是她偷襲妳，然後她就逃了。」她朝滿身是傷的威芙大致一揮手。「妳現在這副模樣，就是最好的證據了吧？」

威芙嗤之以鼻。「倒是很符合芬奈斯對我的看法。妳跟他說我被爆揍了一頓，而且目標還跑了，他絕對不會懷疑。」

「可是他錯了。」嘉莉娜輕輕地說。

「是啊……是啊。不過他這種想法，難得對我有利。」

「至少我們拿到東西了。」嘉莉娜忽然露齒一笑。「而且，我們還是搶先找到她了。」

威芙輕輕笑了笑。「我們先找到她了。」

然後，她猛然止步。嘉莉娜繼續前行一段路，注意到威芙沒跟上來時，她困惑地轉過身來。

「那是**什麼**啊？」威芙問道。

「什麼是什麼？」

「那個……味道。」她很快就找到了氣味的來源。前方不遠處，一間兩邊牆壁都生了常春藤的小店，透出了一汪黃燈光。店鋪前面兩扇大玻璃窗溢出了暖光，窗內可見幾張很小的桌子，室內傳出朦朧不清的交談聲，餐具輕碰的聲響。

「喔。」嘉莉娜皺著鼻子說。「嗯，那算是最近的新商品吧。咖啡。現在有幾間像這樣的小店了。」

威芙此生從未聞過這種氣味，她深深呼吸，吸入肺中的彷彿是祕密的溫暖、渾厚的土壤、陳舊的木材、烘烤的堅果，以及……深深的安寧。

「等等我。」她喃喃說道。「我馬上回來。」

她飄飄然走進門，忽然間也不再跛腳了。她似是深入了睡與精神飽滿的醒之間那舒適的界線。

小店被長長的大理石櫃檯一分為二，店內鋪了白色與矢車菊藍的瓷磚，拼成了地精們喜歡的幾何圖案。後面牆上掛著一面巨大的石板，上頭用粉筆寫了一張方方正正、整整齊齊的菜單，威芙只認出了約半數字詞。

櫃檯上擺著兩臺閃閃發亮的機器，嘶嘶聲中冒出了蒸汽，複雜的管線咕嚕咕嚕響著，將某種熱騰騰的深色液體注到了瓷杯中。

顧客們三三兩兩坐在小桌邊，投入在薄暮時分柔和的閒聊之中，有的啜著熱飲，有的用很小的湯匙攪拌著飲品。

威芙走向櫃檯時，其中一名操作機器的地精仰頭對上她的視線，揚起了眉頭。「需要什麼服務嗎，小姐？」

儘管威芙身高遠高於他，對這間精緻的小店而言實在過分高大，她仍感受到了如夢似幻的舒適。她問：「可以買一個咖啡嗎？」

「具體要哪一種呢？」地精示意後方的石板。

「就你最推薦的那一種吧。」

威芙站在窗邊等待，全然靜止地觀察著店內的熱鬧喧囂，似是擔心自己突然動彈便會使世界土崩瓦解。她隱隱注意到嘉莉娜走進店裡，仔細端詳著她。同伴想必在她臉上瞧見了什麼，決定保持沉默。

櫃檯後面的地精將極小的杯子交給威芙時，她小心翼翼地用大手接了過來，後退一步，把杯子舉到面前深深吸氣。

店裡沒有能容下她的座位，但她不介意站著。

威芙闔上雙眼，杯緣舉到脣邊，淺淺地啜了一口。

那熱度宛若心頭熱血，填滿了她的五臟六腑。

「啊。」她悄聲吐息。

心中再次浮現了遠方那朦朧不清的天際線。

景色逐漸聚焦成形，她真後悔沒帶筆記本出來。

本子裡，還有好多待填滿的空白頁。

頂針私藏食譜的其中一頁……

頂針糕

食材

300克中筋麵粉
150克細砂糖
50克紅糖
2顆雞蛋
1大匙植物油
1又½小匙泡打粉
½小匙小豆蔻，壓碎
1小匙磨碎的肉豆蔻
200克切片杏仁

2小匙香草精
3大匙水

方法

烤箱預熱到180℃，在烤盤上鋪一張烘焙紙。
在大碗中，混合中筋麵粉、細砂糖、紅糖與泡打粉。
加入壓碎的小豆蔻、肉豆蔻與切片的杏仁。
在另一個碗中，混合雞蛋、植物油、香草精與水。緩慢加入第一個碗，形成麵團。
將麵團分成兩大條，放進烤箱烤25到30分鐘。
取出烘烤過的麵團，靜置冷卻10分鐘，然後切成可泡入飲料的小塊。
將小塊麵團放在烘焙紙上，放回烤箱裡烤15到20分鐘。轉移到金屬架上，靜置冷卻。
享用你的頂針糕！

想嘗點不一樣的滋味嗎？
試試用頂針糕沾巧克力醬，用開心果替代杏仁，或用玫瑰水替代香草精！

作者訪談

Q《歡迎光臨，傳奇拿鐵咖啡廳》這則故事的靈感來源是什麼？

我的正職是有聲書配音員——我平常朗讀了很多奇幻冒險故事，通常都是以男性為主角的故事（畢竟我是男聲配音員），故事中也通常會出現天崩地裂般的危機、高度戲劇化的事件，還有配合那種故事節奏，情緒隨之起伏的角色。

大約在二〇二二年年中，也就是COVID疫情最嚴重的時期，我對幾個朋友表示，我真希望自己能讀一部設定在被遺忘的國度、劇情卻是走合瑪克頻道（Hallmark Channel）那種暖心風格的故事。一個並沒有重重危機，比起油炸下酒菜更像是雞湯的故事。

當時，我也很懷念在社區咖啡廳度過的時光——對疫情期間的我而言，看見其他人類、邊喝咖啡邊閒話家常，簡直就是難得可以逃避現實的奇幻故事了。

所以說，這其實最初算是個玩笑，老實說在一開始，我也以為自己會在故事中加很多彩蛋。但到了全國小說寫作月，我真正開始寫作時，它卻發展成了全然不同的一篇故事，我除了認真寫下去之外別無選擇。

最終寫出來的故事真摯且觸及了我的內心，這全然超脫了我當初的預期。

Q 你在描寫威芙的咖啡廳時，讓我們恨不得親身走一遭，自己也去店裡喝杯咖啡！你是以現實生活中的咖啡廳為基礎，想像出了威芙的店嗎？

我此生最愛的咖啡廳是魔鬼咖啡廳（El Diablo），是西雅圖一間濃厚古巴風格的咖啡店，我與家人從前幾乎天天都去光顧。很可惜，現在那間店已經不在了，但它從前是我們當地的一處淨土，我們對它，還有我們在店裡認識的人們，都留有許多美好的回憶。它絕對是威芙那間咖啡廳的原型。

Q 威芙的咖啡廳夥伴們——從害羞的頂針到大剌剌的阿災——大家都豪可愛喔。你最喜歡其中哪一個呢？

這個問題我實在很難回答，因為我愛的就是這些角色在一起的互動。在我看來，這是他們魅力的一大部分——他們每個人單獨來看都很可愛，可是看到組成一個團體時的互動，我才感到最開心。如果硬要說的話，我大概會選譚綴吧。（但明天我「最喜歡」的又會是別人了。）

Q 在與同伴們冒險數十年後，威芙決定轉換一個截然不同的跑道。這背後的靈感來源，與你個人的生活有關嗎？

當然。我過去花了幾十年時間製作電玩，也做得十分出色——然後到了四十幾歲，我決定罷手了。當時我已經兼職當了幾年的有聲書配音員，之所以做這份兼職是因為我喜歡朗讀故事，孩子們也不再需要我念故事給他們聽了。我是**真的**很喜歡朗讀。

我得到的結論是，我不必單單過一種生活，或單單當一種人，於是我完全改變了事業軌道。從事有聲書配音這一行時，我發現自己非常喜歡朗讀者與作者社群的多元性；我之前所在的電玩產業雖然有很多很棒的同僚，這個群體卻以「不多元」聞名，來到有聲書界時我可說是大開了眼界。愛書人絕對是最棒的一群人。

如今看來，我這是又轉換了一次跑道。

我和威芙的個性是很像的。

Q 在寫本書時，最具挑戰的部分是什麼？

坐下來把文字寫在紙上的部分，對我來說還是很吃力，其中的關鍵是培養天天寫作與推進進度的日常作息。我白天都在為正職忙碌（詮釋別人寫的小說），一天工作結束後才能夠坐下來寫作，所以也需要一定程度的耐力。現在回想起來，一切當然都感覺很歡樂有趣，不過在忙於寫作時，我只能一個字一個字接著寫下去，直到寫完那一章為止。

Q 大眾文學中，「溫馨奇幻」這一類型正逐漸崛起。在你看來，溫馨奇幻為什麼對現代讀者這麼有吸引力呢？

過去幾年在全球疫情和其他令人難受的事件影響下，我們所有人都經歷了孤獨與群體生活的匱乏，我覺得這之中能找到一些顯而易見的答案。另外，有一代人從小在奇幻故事的陪伴下成長，他們熱愛這類小說，但也想看看屠龍、尋寶與戰爭以外的故事。我認為泰瑞・普萊契（Terry Pratchett）很是了解讀者在這方面的需求，也許我們現在不過是為本就存在的一類文學重新命名而已。

Q 身為有聲書配音員，你想必養成了熟讀書上每行字的習慣。這是否影響了你的寫作方式？

朗讀有聲書的經驗，讓我的寫作事業受益良多。當你在朗讀文字時，目標是完全理解每一行字，並且傳達出字句的情緒分量，或者是這句話在敘事上的含意，不可能草率帶過任何一句話。每一本書都不一樣，每一位作者都想傳達不同的寓意，而你在朗讀時就不得不快速內化那些寓意，並習得形形色色的寫作風格。你很快就會分離出自己最有共鳴的部分——還有你無法產生共鳴的部分（這可能更加重要）——我認為這很有助於你確立自己的文字風格。假如我不曾花數千小時朗讀小說，這本書就不會是你今天看到的樣子了。

Q 人們給你的寫作建議當中，你認為哪一句最有幫助？

用你熟識的文字、用你自己的語氣寫作。

Q 你會用什麼方法為寫作過程增添儀式感嗎？

沒什麼有趣的儀式——但我倒是會在自己的錄音室寫作。錄音室安靜、舒適又與世隔絕，我戴上耳機就能開始寫作了。

Q你能透露關於下一本書的任何消息嗎？

我可以保守地告訴你，下一本書沿用了同樣的世界觀，故事同樣發生在圖恩城，還有幾個新主角。它雖是獨立的故事，但你可能會看到幾張熟面孔。我真的很喜歡由數個獨立故事組成的系列，雖然沒有特定的閱讀順序，不過你讀得愈多，便愈能夠認識那個世界。現在寫這第二本書，體驗又與當初寫《歡迎光臨，傳奇拿鐵咖啡廳》時迥然不同了，畢竟我現在預期新書出版後會有讀者閱讀——話雖如此，我還是儘量謹記著第一次寫作學到的種種教訓。

Q最後，我們還有一個非問不可的問題！你心目中的理想咖啡是什麼？

我最理想的咖啡是「半半」（mezzo-mezzo），再添加一點變化。簡單來說，是一半美式咖啡加上一半拿鐵。杯底蒸少量的糖，倒入美式咖啡，再加一份濃縮，最後打一些奶泡上去。最理想不過了。

Cyan 01

歡迎光臨，傳奇拿鐵咖啡廳

Legends & Lattes

作者	崔維斯・鮑德里（Travis Baldree）
譯者	朱崇旻
副社長	陳瀅如
總編輯	戴偉傑
責任編輯	丁維瑀
行銷總監	陳雅雯
行銷企畫	趙鴻祐
封面與書籤繪製	凱子包 Kaizbow
封面設計	高偉哲
內頁排版	宸遠彩藝工作室

出版	木馬文化事業股份有限公司
發行	遠足文化事業股份有限公司（讀書共和國出版集團）
地址	231 新北市新店區民權路 108-3 號 8 樓
電話	(02) 2218-1417
傳真	(02) 2218-0727
E-mail	service@bookrep.com.tw
郵撥帳號	19588272 木馬文化事業股份有限公司
客服專線	0800-221-029
法律顧問	華洋法律事務所　蘇文生律師
印刷	中原造像股份有限公司
初版一刷	2025 年 3 月
初版二刷	2025 年 6 月
定價	430 元

ISBN	978-626-314-801-7
EISBN	978-626-314-802-4 (EPUB)

Legends & Lattes
First published 2022 by Tor an imprint of Pan Macmillan, a division of Macmillan Publishers International Limited.
Published by arrangement with Andrew Nurnberg Associates (ANA) international Ltd. (Taiwan Representative Office)

國家圖書館出版品預行編目 (CIP) 資料

歡迎光臨，傳奇拿鐵咖啡廳 / 崔維斯 . 鮑德里 (Travis Baldree) 著 ; 朱崇旻譯 . -- 初版 . -- 新北市 : 木馬文化事業股份有限公司出版 : 遠足文化事業股份有限公司發行 , 2025.03
352 面 ;14.8x21 公分 . -- (Cyan ; 1)
譯自 : Legends & lattes
ISBN 978-626-314-801-7(平裝)

874.57　　114001659